Bernd Weiler

Später Fall

Bernd Weiler
in Eislingen/Fils geboren, studierte Anglistik und Germanistik in Tübingen und Leeds. Als Freier Redakteur und Autor arbeitete er bei zahlreichen Reise- und Naturführern mit. Mehrere seiner Mundarthörspiele wurden vom SWR produziert. Seit einigen Jahren schreibt er auch Krimis. Er lebt und arbeitet in Pfullingen.

Bernd Weiler

Später Fall

Schwabenkrimi

Oertel+Spörer

Postfach 16 42 · 72706 Reutlingen

Titelbild: Marco Mehl, Ravensburg
Gestaltung: PMP Agentur für Kommunikation, Reutlingen
Lektorat: Sabine Tochtermann
Satz: Uhl+Massopust, Aalen
Druck und Bindung: CPI books GmbH, Leck
Printed in Germany
ISBN 978-3-88627-893-0

Für Miriam

Jetzt musste sie bald um die Ecke. Dann, am Marienplatz, war es mit dem Versteckspiel vorbei. In ihr kam ein erstes Gefühl von Verunsicherung auf. Bisher war sie im Schatten der alten Häuser durch die Gassen geschlichen. Die Dämmerung mit ihrem spärlichen Licht machte sie für die wenigen Passanten kaum erkennbar, kaum wiedererkennbar. Aber wenn schon, sie sollten sich an die ganz in Rot gekleidete blonde Frau auf ihren hochhackigen Schuhen ruhig erinnern. Sollten sie es ruhig später der Polizei zu Protokoll geben. Damit rechneten sie ja. Die Suche nach dieser Frau würde einige Tage dauern. Tage, die sie brauchten, um hinter sich aufzuräumen und alles klar für die Reise zu machen. So dachte sich das zumindest Mark, gutgläubig wie er war. Sie war sich noch nicht sicher, wann sie sich seiner entledigen würde. Vielleicht ein Badeunfall, vielleicht auch eine Klippe, oder er verschwand ganz einfach. Das kam vor, oft. Sie musste lächeln, verbot sich diesen Gesichtsausdruck aber jetzt hier auf dem noch sehr belebten Platz. Eigentlich handelte es sich eher um eine sehr breite Straße, die zwischen zwei Häuserreihen mit prächtigen alten Patrizierhäusern mitten durch die Stadt führte. Eine Stadt, die seine Stadt war. Vielleicht der Kern ihres Problems. Seine Familie war ein Teil der Ravensburger Gesellschaft. Über die Generationen hinweg hatten sich zu den Rechtsanwälten die Immobilienmakler und schließlich auch die Architekten gesellt. Er war einer aus dieser neuen Generation, die, aufbauend auf

Reichtum und Verbindungen, hier in Ravensburg so manchen schönen Auftrag an Land gezogen hatte.

Das war alles genau überlegt. Jeder ihrer Schritte war geplant bis ins letzte Detail. Tagelang hatten sie Punkt für Punkt noch einmal durchgesprochen, die Unsicherheiten abgewogen und mögliche Probleme durchdiskutiert. Mark war es irgendwann zu viel geworden. Aber sie musste für sich sicher sein. Dazu überprüfte sie alle Punkte, die eine Möglichkeit boten, entdeckt zu werden. Einige Situationen bargen ein Risiko, das war nicht zu vermeiden. Immerhin musste sie jetzt, am Nachmittag über den Marienplatz gehen. Denn sie sollte ja gesehen werden. Im Kopf hatte sie sich das ausgemalt, durchgespielt, wie sie in ihrem knallroten Kostüm über den Platz gehen würde. Aber nun, jetzt, in der Situation, fühlte sich das ganz anders an, irgendwie gefährlicher. Denn jetzt gab es kein Zurück mehr. Nun war sie den ersten Schritt gegangen und musste den zweiten folgen lassen. Sie konnte jetzt nicht mehr umdrehen. Ihr Weg war nun klar gezeichnet, vorbei am alten Rathaus, dem Blaserturm, einem der vielen Türme dieser Stadt, die sich ihre Sicherheit in vergangener Zeit wirklich einiges hatte kosten lassen. Reich war diese Stadt schon lange, dachte Lydia, als sie am prächtigen Backsteinbau vorbei ging. Reich geworden und schließlich auch bis heute reich geblieben. Hier waren einige Vorteile zusammengekommen. Grundlage waren wohl die geschäftigen Ravensburger früherer Generationen, die aus einem kleinen Ort eine bedeutende Handelsstadt gemacht hatten. Auch sie hatte eigentlich von diesem Reichtum profitiert. Auch sie hatte es genossen, Geld zu haben. Aber eben nicht ihr eigenes Geld. Sein Geld, das Geld seiner Familie. Und dann dieser Dünkel, obwohl sie mit ihren Immobiliengeschäften in manchen Jahren mehr

Profit eingefahren hatte als er. Sie hatte ein paar Jahre zugesehen. Zu viele Jahre, wenn sie heute zurückblickte. Warum war sie so blöd gewesen, diesen Ehevertrag zu unterschreiben, das fragte sie sich später immer wieder. Einen Vertrag, der sie zu seiner und der Familie Angestellten machte. Sie war als Ehefrau und Gesellschafterin in diesem seltsamen geschäftlichen Konglomerat von Anfang an eine bessere Hilfskraft gewesen. So sah sie das wenigstens heute. Jede Loslösung aus diesem Netz hätte sie mittellos zurückgelassen. Am Anfang war ihr klar, dass dies ihr Weg aus der Situation nicht sein konnte. Sie wollte ihre eigene Frau sein, Geld haben und damit etwas Vernünftiges machen. Aber sie wollte eben auch das Leben führen, das sie sich für sich vorstellte. Nicht hier in Ravensburg, draußen in der Welt, London, New York, Paris, das waren ihre Ziele. Wie viele Nächte hatte sie neben ihm gelegen und daran gedacht, was sie alles machen könnte, wenn sie frei wäre. Dort drüben im Gasthof Engel hatten sie früher oft gesessen, vor allem im Sommer. Hubert liebte gutes Essen, vor allem die einheimische Küche. An wie vielen Sonntagen waren sie mittags ins Land hinaus gefahren, um in irgendeinem Landgasthof zu Mittag zu essen, weil Hubert einen Tipp erhalten hatte. Und immer mit einem Teil der großen Familie, anschließend natürlich dann der Kaffee zu Hause mit Kuchen aus der einen guten Konditorei, in der man seit Generationen den Kuchen holte. Was waren das für Sonntage gewesen! Allein deswegen hätte sie ihn manchmal umbringen können. Wie er dann, ganz der erfolgreiche Sohn, an der Stirnseite im Lokal Platz nahm, natürlich als Erster die Karte bekam, und zu kommentieren begann. Obwohl er selbst kaum einen Kochlöffel von einem Schneebesen unterscheiden konnte, ließ er sich dann aus über die oberschwäbische

Küche und ihre Leckereien. Irgendwann hatte sie begonnen, immer nur Schnitzel mit Pommes und Salat zu bestellen. Das war ihm saumäßig auf den Wecker gegangen, ja, richtig aufgeregt hatte es ihn manches Mal. Auch hier im Engel, an dem sie gerade vorbeiging, hatte sie so manches Schniposa bestellt. Obwohl Hubert natürlich über die oberschwäbischen Knöpfle, Krautwickel und grünen Spatzen philosophierte. Einmal, sie erinnerte sich jetzt, es war an einem der äußeren Tische der Terrasse gewesen, hatte sich Hubert richtiggehend in Rage geredet, weil sie wieder mal ihr Schniposa bestellt hatte. Er war ziemlich laut geworden. Daraufhin war am Nachbartisch ein großer Mann aufgestanden und zu ihrem Tisch rübergekommen.

»Would you please calm down a bit«, hatte er auf Englisch zu Hubert gesagt, »it's just a simple Snitzel!«

Der ganze Tisch war baff gewesen. Hubert bekam den Mund vor Staunen nicht zu. Der Engländer ging zurück zu seinem Tisch und setzte sich.

»Genau so führen die sich in der EU auf. Immer vorlaut, immer England vor!«, redete sich Hubert in Rage. Er versuchte, die Situation zu überspielen.

»Was ist die EU?«, fragte die kleine Tochter von Huberts Schwester.

»Die Europäische Gemeinschaft«, sagte Hubert.

»So wie Jungschar?«

»So ähnlich, bloß sind das Länder, die zusammen was machen«, griff Oberlehrer Richard, Huberts einige Jahre jüngerer Bruder, ein, der immer so gern erklärte.

»Zum Wohl«, rief Onkel Franz und hob sein Glas.

Damit war die Sache damals beendet. Aber genau so ging das. Nur wegen ihres Schnitzels konnte der so eine Szene hinlegen. Als ob es eine Rolle spielte, was sie aß. Vielleicht war das der Punkt gewesen, könnte sein. Es war ihr noch ein Gedanke im Kopf, dass sie sich hinterher gefragt hatte, warum sie sich so aufregte, innerlich natürlich, denn nach außen war sie die kleine Ehefrau, die eben blödsinnigerweise immer Schnitzel aß. Sie hatte sich aufgeregt, weil es niemand begriff in der erlesenen Runde. Auch Huberts Eltern waren damals dabei gewesen. Die hatten nur mit den Köpfen gewackelt, so, wie sie es immer taten, wenn Hubert mal wieder was sagte. Sie konnte nicht mehr nur mit dem Kopf wackeln. Da wackelte in Richtung Hubert deutlich nichts mehr. Vielleicht war ihr genau an diesem Abend klar geworden, dass das so nicht weitergehen konnte. Vielleicht.

Sie schaute hinauf zum Turm des Frauentors. Wie viele Frauen hatten in den letzten Jahrhunderten wohl da hinaufgeschaut und sich Besseres gewünscht. Sie hatte auf dem Heimweg damals auch hinaufgeschaut. Hinaus, durch ein Tor, in ein anderes Leben. Was für ein Leben, das war ihr damals noch nicht klar gewesen. Anders sollte es halt sein, freier und, ohne Hubert. Diesen Weg war sie gegangen. Wenn sie jetzt vor dem Frauentor links abbog, dann war es nicht mehr weit zu Huberts Büro. Ein herrschaftliches Haus in der Rosenstraße, früher Wohnhaus, heute Bürogebäude, wie so manches in der Ravensburger Innenstadt. Die Mieten wurden zu hoch und die Versuchung, mehr aus seiner Immobilie herauszuholen, war für viele zu groß. Sie hatte davon profitiert, Geschäfte gemacht, Geld verdient. Aber es war immer ein Beigeschmack geblieben. Für Hubert war das nie ein Problem gewesen. Die einen so, die andern so, meinte er. Damit war das Thema für ihn vom Tisch. Es ging darum, Geld zu machen, reich zu werden und dann reich zu sein. Sicherlich, auch sie wollte Geld verdienen, aber nicht unbedingt so. Sie hatte andere Pläne, wollte endlich finden, wonach sie suchte: sich. Aber das natürlich in einem Rahmen, der ihr auch Möglichkeiten bot, ein gutes Leben ermöglichte.

Sie musste an dieser Ecke aufpassen. Ihre Gedanken flogen und lenkten sie ab. Es war unglaublich, was einem alles in ein paar Momenten durch den Kopf gehen konnte. Vielleicht war das die Anspannung, das Adrenalin, das ihren Körper und damit auch ihren Geist so anregte und in Hochspannung versetzte. Die Ecke. Dort waren einige Menschen, die sie kannten. Wenn die vor ihren Läden standen, dann war Vorsicht geboten. Sie durfte die Menschen nicht zu nahe kommen lassen. Wenn sie an dieser Stelle jemand genauer anschaute und vielleicht hinterher auf die Idee kam, dass sie das gewesen war, diese rote Frau, dann hatte sie ein Problem. Sie beschleunigte ihre Schritte. Aber nicht zu schnell, nur nicht auffallen, keine Bewegungen, die hinterher vielleicht erinnert werden konnten. Sie musste ganz normal, wie uninteressiert, an den Läden und Häusern vorbeigehen. Den Blick nach vorne, um zu vermeiden, auf einen anderen Blick zu treffen. Wenn jemand genau hinsah, dann könnte ein Wiedererkennen möglich sein. Aus dem Augenwinkel erkannte sie Frau Zehetmayer, die, schwatzhaft wie sie war, wie immer vor ihrem kleinen Bioladen stand. Auch sie kaufte dort manchmal ein. Man sollte da schon hin und wieder einkaufen, meinte ihr Mann, denn die Familie Zehetmayer war schließlich mit der ihren befreundet. Man sah sich in der Kirche und bei verschiedenen gesellschaftlichen Anlässen. So war das. Man gehörte dazu. Das hieß eben auch, dass man bei der Frau Zehetmayer einkaufte. Auch wenn der Bioladen der ansonsten gescheiterten höheren Tochter im Grunde genommen eine Apotheke war, preismäßig. Sie kaufte nicht unbedingt billig ein, das natürlich nicht, denn im Aldi oder Lidl konnte sie sich natürlich nicht sehen lassen, vielmehr durfte sie dort auch nicht gesehen werden. So wie jetzt, dachte sie, eigentlich genau so wie jetzt auch. Aber sie konnte es kaum ertragen, in diesem Bioladen für ein paar Kleinigkeiten eine gehörige Summe Geld zu lassen. Nur, damit der Laden auch lief, auf dass die höhere Tochter, Klara hieß sie wohl, ihr Auskommen oder ihre Berechtigung hatte. Das war das Spiel in dieser Stadt. Ein Spiel, dem sie heute entkommen wollte, endgültig. Sie ging weiter, mit stetem Schritt, kein Blick nach links, kein Blick nach rechts. Ein wenig schnaufte sie durch, dass die entscheidenden Stellen passiert waren. Nur noch wenige Häuser, dann würde sie die Treppen in den ersten Stock hinaufgehen. Sie würde die Türe öffnen in der Gewissheit, dass Mark seinen Job gemacht hatte. Einen Moment musste sie unten noch warten, bis die Sekretärin herunterkam. Sie hoffte, dass bei Mark alles klappte. Eigentlich konnte nichts schiefgehen. Lange hatten sie überlegt, wie sie es schaffen konnte, die Sekretärin, Fräulein Roswitha, aus dem Büro zu locken. Aber sie wussten um deren Gewohnheiten. Jeden Nachmittag, so gegen vier Uhr, holte sie zuverlässig etwas zum Kaffee. Meistens rief Fräulein Roswitha in der Bäckerei am Ende der Straße vorher an und ließ sich das Gewünschte einpacken. Um sicherzugehen, hatte Mark kurz vor vier im Büro angerufen und sich als Bäckerei Kunzelt gemeldet. Falls sie noch Nussschnecken wollten, die sie öfters orderten, dann würde er ihnen zwei zurücklegen. Die Verwirrung hinterher war dann nicht mehr ihr Problem. Mark hatte ein Prepaidhandy, das nicht nachzuverfolgen war. Aber mit dieser Aktion wollten sie sichergehen, dass für sie der Weg frei war. Also ging sie langsamer, schaute nicht auf die Uhr. Sie wartete einfach auf Fräulein Roswitha, die jeden Moment aus der Haustür kommen musste. Wenn nicht, dann nicht. Dann war der Plan gescheitert, bevor er noch recht begonnen hatte. Sie ging noch etwas langsamer. Aber auch jetzt durfte sie nicht auffallen. Wie langsam ging ein Mensch normalerweise, wenn er langsam gehen wollte. Wie langsam konnte sie gehen, ohne aufzufallen. Sie schaute kurz nach rechts auf die Haustür. Genau in diesem Moment kam Fräulein Roswitha heraus. Sie hatte es anscheinend nicht eilig. Fünf Minuten hatten sie kalkuliert. Sie würde nur vier Minuten brauchen. Es gab ein wenig Spielraum. Sie hofften auch darauf, dass die Bestellung ein wenig Gesprächsstoff liefern würde und damit auch mehr Zeit, zur Sicherheit. Für einen Moment hielt sie noch inne. Die folgenden vier Minuten liefen wie in einem Film vor ihrem inneren Auge ab. Sie würde mit ihrem Schlüssel ins Büro gelangen, dann durch das Vorzimmer in Huberts Büro hineingehen. Er wäre am Telefon, denn wenn Fräulein Roswitha nicht da war, stellte die Anlage direkt zu ihm durch. Mark würde ihn am Telefon beschäftigen. Hubert saß, so hatte es ihm die Innenarchitektin empfohlen, auf einer Diagonale mitten im Raum mit dem Gesicht zum Fenster. Er würde sie nicht bemerken.

Fünf Jahre später

Hatte sie sich das genau überlegt? War da ein Gedanke gewesen, sich so zu entscheiden? Kim Lorenz saß auf der Terrasse ihrer Wohnung in Gaienhofen und schaute mit kritischem Blick auf den unruhigen Bodensee hinaus. Genau so ging es ihr auch gerade. Unruhig war sie, ziemlich unruhig. Das kam immer wieder, ein leichtes Kribbeln im Bauch, dann in den Beinen und schließlich diese Gedanken. Aber was sollte sie auch anderes denken. Die Situation war nun mal da und sie hatte den Salat, wie man so sagte. Peter war drüben in der Schule und schlug sich mit seinen pubertierenden Zöglingen herum. Der hatte auch sein Päckchen zu tragen, das wusste sie wohl. Allerdings schleppte er nicht einen Bauch in der Größe eines Fußballs vor sich her.

Sie hatten sich dazu entschlossen, sie hatten sich ein Kind gewünscht. Die langen Abende mit den Gesprächen. Eine Zeit, eine schöne Zeit. Die Zeit der Vorfreude, der Erwartung. Sie hatte sich immer so viele Gedanken gemacht. Peter war da ganz anders. Für ihn war das ein weiterer Schritt ins Leben. Kind eben und fertig. Sie sah das nicht unbedingt so. Immerhin ging man doch den Schritt zur nächsten Generation. Das, was da dann kommen würde, wäre die Zukunft, irgendwie. So ging das doch weiter. So war Leben, eben. Sie musste lächeln. Vielleicht ein kleiner Espresso, das könnte nicht schaden. Ihre Ärztin hatte ihr das ausdrücklich hin und wieder erlaubt. Anscheinend war der Gehalt an Koffein längst nicht so hoch wie bei einer Tasse Kaffee. Sie wusste zwar wirklich nicht, warum, aber wenn es die Ärztin schon sagte, warum dann nicht. Immerhin hatte es ihr die letzten Monate nichts gemacht, und es tat ihr einfach gut, das war das Wichtigste.

Nun war sie im sechsten Monat. Ihr Chef wusste zwar von ihrer Schwangerschaft und war auch über den entsprechenden Fortschritt im Bilde, aber sie hatte inzwischen nichts mehr von ihm gehört. Hatte weitergemacht mit ihrer Arbeit, als ob nichts Neues passiert wäre. Aber innen drin, dort, im Bauchgefühl, spürte sie ganz genau, dass bald etwas passieren würde. Die würden sie doch als Kommissarin nicht einfach so weitermachen lassen. Die doch nicht. Das war doch der Staat, da gab es Verordnungen, Regeln, zur Not auch noch Gesetze. Die würden es schon schaffen, sie aus dem Verkehr zu ziehen. Und dann? Hier, zu Hause, sitzen und auf das Kind warten, Weihnachten spielen, bis es einem zum Hals herauskam? Keinesfalls. Das hatte sie auch Peter schon gesagt. Das Telefon klingelte.

»Lorenz.«

»Michelmeier, Stuttgart. Sie wissen?«

»Ah, Herr Michelmeier, grüße Sie.«

»Tja, Frau Lorenz, ebenfalls, ebenfalls.«

»Sie wünschen, wir spielen!«

»Wie?«

»Ihr Anliegen?«

»Ach so, genau, richtig. Ich wollte mit Ihnen einen Termin vereinbaren. Wegen Ihrer Schwangerschaft, wissen Sie.«

»Warum?«

»Wie, warum?«

»Einfach warum. Was ist mit meiner Schwangerschaft?«

»Sie sind Kriminalhauptkommissarin, nicht wahr?«

»Stimmt.«

»Da ist es angebracht, zu einem entsprechenden Zeitpunkt darüber nachzudenken, was Sie noch machen können und was nicht, oder?«

»Sehe ich nicht so, aber bitte. Weiter.«

»Ich habe mir überlegt, Sie könnten doch in den nächsten Tagen in den Innendienst sozusagen übergehen und sich dort nützlich machen. Was meinen Sie?«

»Warum?«

»Frau Lorenz, ich bitte Sie! Ich brauche Ihnen wohl

nicht zu erklären, dass meine bisherige Zurückhaltung lediglich ein Entgegenkommen meinerseits war. Es ist eigentlich nicht üblich, weibliche Mitarbeiter so lange im aktiven Dienst zu belassen. Aber nun ist der Zeitpunkt gekommen, wo ich das nicht mehr vertreten kann. Also.«

»Wie, also?«

»Frau Lorenz. Sie wissen schon, dass dies nicht der übliche Weg ist, den die Dinge gehen. Ich habe Ihren Chef, Kriminalrat Mühleisen, angewiesen, Sie entsprechend einzusetzen. Wir haben hier ein Auge auf Sie, ich weiß nicht, ob Ihnen das klar ist. Ich habe einen sehr guten Eindruck von Ihrer Arbeit und habe mich deshalb an diesem Punkt eingemischt. Gut, es fiel dem Kollegen Mühleisen nicht leicht, Ihnen das schonend beizubringen, deshalb mach ich es. Sie werden sich also am kommenden Montag in Konstanz auf dem Präsidium einfinden und sich zum Innendienst melden. Dort wird sie Hauptmeister Brüderle entsprechend einweisen, damit Sie wissen, was zu tun ist. Haben wir uns verstanden?«

»Haben wir.«

»Also gut. Dann danke ich für Ihre Gesprächsbereitschaft und erwarte entsprechend Meldung am Montag, acht Uhr dreißig, Konstanz.«

»Verstanden. Auf Wiederhören.«

Sie setzte das Telefon auf die Station. So ging das also. Hatte sie das überrascht? Eigentlich nicht. Sie hatte schon mit Kolleginnen gesprochen, denen es auch so gegangen war. Auch in Filmen hatte sie schon gesehen, wie so was ablaufen konnte. Aber jetzt ging es ihr so. Jetzt ging es um ihr Leben und auch um ihre Arbeit, ihre Karriere. Ach was, Karriere. Das war ihr nun wirklich nicht das Wichtigste. Aber die Arbeit, draußen, die Wege, die Menschen, der kleine Kitzel, etwas herauszufinden, eine Spur zu verfolgen. Das war doch das, was für sie die Polizeiarbeit ausmachte. Deswegen war sie doch bei der Truppe.

Die Tür ging. Manchmal hatte das Leben sein eigenes Drehbuch, dachte sie. Kaum hatte der Kriminaldirektor aufgelegt, stand der eigene Mann in der Tür. Sie freute sich zwar, dass er heute schon ein wenig früher von der Schule nach Hause kam, aber für den Moment hätte sie sich noch ein bisschen Ruhe für sich selbst gewünscht.

»Hallo du. Und, telefoniert?«

»Hallo. Ja.«

»Soll ich wieder gehen?«

»Nein, bleib ruhig. Ich wollte eigentlich nur ein wenig nachdenken.«

»Ohne mich?«

»Vielleicht.«

»Verstehe. Wer hat angerufen?«

»Stuttgart.«

»Stuttgart?«

»Ja, echt.«

»Immerhin.«

»Stimmt.«

»Und dann also Stuttgart. Und, was meint Stuttgart?«

»Dass ich am Montagmorgen in Konstanz mit dem Innendienst anfange.«

»Sinnvoll, oder?«

»Sinnvoll vielleicht schon, aber ich, keine Lust!«

»Du weißt aber schon. Die Situation und so. Die können das doch nicht anders machen. Da gibt es Regelungen.«

Kim Lorenz setzte sich in ihren Sessel. Peter stellte sich hinter sie und legte ihr die Hände auf die Schultern. Das war oft so, wenn sie wichtige Gespräche zu führen hatten.

Sie hatten festgestellt, dass sie sich nicht unbedingt in die Augen sehen mussten und sie so am besten miteinander in Gesprächen klarkamen.

»Das weiß ich, natürlich gibt es das. Im Grunde genommen verstehe ich das auch. Nur nicht für mich. Da kann ich das nicht akzeptieren. Stell dir das doch mal vor. Ich in einem kleinen Büro über die Ohren mit Akten überhäuft. Dieser Staub dann auch noch, und …«

»Jetzt mach mal halblang. Zum einen geht es um ein paar Wochen, die du nun halt im Innendienst verbringen musst. Zum andern geht es darum, dass du mit unserem Kind im Bauch einfach keine Verbrecher jagen kannst und darfst. Verstehst du das?«

»Schon, irgendwie. Aber dann gleich Innendienst!«

»Was sollen sie denn sonst mit dir anfangen? Frag dich das mal. Willst du als Schülerlotse in deinem Zustand am Zebrastreifen stehen?«

Kim musste lachen. Auch Peter stimmte mit ein. Immerhin konnten sie über ihre Situation mit ein wenig Humor reden. Das tat schon mal gut. Kim stand auf, legte den Arm um Peters Hals und schaute ihm tief in die Augen.

»Aber du hast mich lieb, gell. Trotz meines Zustands?«

Er drückte sie ganz fest an sich und spürte das neue Leben, das sich vehement gegen seinen Bauch presste. Fast meinte er, Bewegungen des kleinen neuen Ichs zu spüren. Aber das bildete er sich wahrscheinlich ein, dachte er.

»Und wie ich dich lieb hab. Wie am ersten Tag, würde ich sagen. Vielleicht sogar noch mehr, wer weiß.«

Kim schmunzelte. Es war gut, eine solche Schulter immer in der Nähe zu haben. Es klingelte an der Tür. Beide drehten ihre Köpfe dem Eingang zu.

»Das kann nur Max sein, kannst wetten!«, rief Peter.

»Stimmt. Aber vielleicht ist Julia auch dabei.

Peter ging zur Wohnungstür und riss sie mit Schwung auf. Max und Julia, die draußen auf der Treppe standen, schauten etwas überrascht.

»Na«, sagte Max, »fehlt es euch an Gesellschaft, oder was?«

Julia lachte laut los.

»Die junge Familie freut sich über Besuch, das lasse ich mir doch mal gefallen.«

»Schön, dass ihr vorbeischaut«, sagte Kim.

»Jetzt aber herein«, lud Peter die beiden Besucher ins Wohnzimmer.

Alle vier setzten sich auf Sofa und Sessel.

»Na, wie geht's?«, fragte Julia in Kims Richtung.

»Nach mir fragt mal wieder niemand«, schmollte Peter.

»Es gibt Momente, mein Freund, da sind wir mehr als abgemeldet in dieser Angelegenheit. Wir spenden unseren Samen …«

»Unter Schmerzen«, führte Peter fort.

»… na ja. Du vielleicht, als ich …«

»Es reicht, die Herren!«, unterbrach Julia.

»Genau«, stimmte Kim zu, »nicht schon wieder die leidige Rolle des Mannes in dieser sogenannten Angelegenheit. Ich kann es wirklich nicht mehr hören!«

»Vielleicht ein Weizenbier?«, fragte Peter.

»Danke, ein Tee tut es auch«, antwortete Julia ungefragt.

»Wäre schön«, meldete sich nun Max.

Peter ging in die Küche zum Kühlschrank. Mit seinem zweiten Handgriff füllte er die Wasserkanne und suchte nach den Teebeuteln.

»Wie wäre es mit einem schönen Wohlfühl-Tee?«, rief er ins Wohnzimmer.

»Sehr gut, der Mann«, bestätigte Julia. Auch Kim nickte.

»Die werdende Mutter ist auch einverstanden«, rief Julia Peter in der Küche zu.

»Mein Tee darf ruhig ein bisschen Schaum haben«, bemerkte Max lapidar.

Peter kam aus der Küche zurück und stellte zwei gut gefüllte Weizenbiergläser auf den Couchtisch.

»Tee dauert noch einen Moment«, meinte er.

Julia und Max saßen auf dem Sofa. Max legte Julia seinen Arm um die Schulter. Die haben das alles hinter sich, dachte Peter, ihre Kinder waren schon groß, aus dem Haus, überall im Land und auf der Welt verstreut. Wie wird das einmal sein. Wenn Kim und er in einer Wohnung oder einem Haus sitzen werden und die Kinder gegangen waren.

»Wie geht es euch denn?«, fragte er, durchaus mit seinen eigenen Hintergedanken.

Max schaute auf, auch Julia wendete ihren Blick Peter zu.

»Gut«, sagte Max.

»Ganz gut«, meinte Julia mit leiser Stimme.

»Julia vermisst halt die Kinder«, erklärte Max.

»Es ist nicht mehr viel los bei uns«, sagte sie.

»Klar, das war abzusehen. Dann sagt man immer: Das wird einmal eine ruhige Zeit, wenn die Kinder dann aus dem Haus sind. Von wegen. Ruhig schon. Aber es braucht schon einiges, sich daran wieder zu gewöhnen. Plötzlich ist es so ruhig. Keine nörgelnden Kinder, keine Jugendlichen, die an dir ihre Launen auslassen und dann doch zum Sport gefahren werden wollen. Das alles fehlt einem dann.«

»Aber sie kommen euch doch besuchen«, meinte Kim.

»Schon. Das ist auch immer toll. Aber du merkst plötzlich, dass da Leben weitergehen. Und du selbst bist nur noch ein kleiner Teil dieser Leben. Die suchen sich, orientieren sich, finden ihren Platz im Leben.«

»Stimmt schon«, sagte Max, »es ist ein wenig Neid dabei, glaube ich. Manchmal denkt man einfach über sein eigenes Leben nach. Welche Möglichkeiten man hatte, vielleicht gehabt hätte. Welche Wege man hätte gehen können, und so weiter. Das ist nicht leicht. Es ist wie ein Licht, das sich auf die eigene Vergangenheit wirft. Ein Licht, das nachdenklich macht.«

Peter schaute die beiden an, wie sie da einträchtig auf dem Sofa saßen. Ein vertrauter Anblick. Ein Anblick, der es ihm warm ums Herz werden ließ. Wie lange kannte er die beiden schon? Gefühlt ein halbes Leben. Schließlich hatten Max und er sich schon im Studium kennengelernt. Dort hatte Max auch Julia getroffen und sich in sie verliebt. Wie lange sie wohl schon zusammen waren, fragte er sich. Immerhin war ihre älteste Tochter schon zwei- oder dreiundzwanzig.

Kim kuschelte sich in ihren Sessel und zog soweit sie konnte die Beine hoch. Über ihre Knie hinweg schaute sie Max und Julia an. Irgendwie war es seltsam, nun ein Kind zu erwarten, wenn bei den beiden das Thema Kind fast erledigt war. Schade eigentlich, dachte sie. Wie gerne hätte sie mit Julia hinter dem Kinderwagen ihre Runden gedreht. Aber vielleicht würde sich das auch so ergeben.

»Und, wie geht es bei dir weiter, Kim?«, fragte Max.

»Genau. Du kannst doch mit diesem Bäuchlein nun wahrlich keine Verbrecher jagen, oder?«, setzte Julia hinzu.

Peter stellte sich hinter die beiden und legte ihnen seine Hände auf die Schultern.

»Die Frau Hauptkommissarin soll sich in den Innendienst zurückziehen. Das schmeckt ihr gar nicht!«, meinte Peter lächelnd.

»Na und«, kam es von Julia mit einem leichten kritischen Unterton, »verstehst du das etwa nicht?«

Verunsichert zog Peter seine Hände zurück.

»Echt?«, fragte Max.

Kim schmunzelte innerlich. Endlich, endlich. Menschen, die sie verstanden, die wussten, was das für sie bedeutete.

»Schon«, sagte Peter leise.

»Also, wie geht es dir dabei?«

Max wollte nun endlich Klarheit. Er liebte lange Redereien, aber an manchen Punkten wollte er wissen, was nun Sache war.

»Sagen wir mal so«, setzte Kim an, »es ist halt nicht einfach. Ich war die letzten Jahre immer dort draußen, mal mehr, mal weniger. Mich jetzt in ein Büro zu setzen und Akten zu wälzen, da habe ich überhaupt keine Lust drauf, echt nicht!«

»Verstehe ich voll«, meinte Julia.

»Klar«, kam es von Max.

»Schon«, sagte Peter.

»Aber ich weiß auch, dass ich ein neues Leben in mir trage und damit eine gute Portion Verantwortung. Das heißt auch, dass ich zu Vielem bereit bin. Aber ich kann es mir überhaupt noch nicht vorstellen.«

»Seh es doch mal so«, versuchte sich nun Julia, »vielleicht hast du dadurch ein wenig mehr Zeit für anderes. Für dich, für das Kind oder vielleicht die Flüchtlingsarbeit. Wir machen das nun schon eine ganze Zeit, und ich muss wirklich sagen, es hilft über Kinder, die nicht mehr da sind, oder die noch nicht geboren sind, wie soll ich sagen, hinweg.«

Sie sah Kim mit einem schmunzelnden Lächeln an.

»Flüchtlingsarbeit?«

»Warum denn nicht«, sagte Max, »wenn du wieder mehr hier bist, dann kannst du uns da wirklich helfen. Du kennst dich doch aus mit den Institutionen, Ämtergängen, Personaldokumenten und so weiter. Das ist doch ...«

»Papierkram!«

»Stimmt, aber sinnvoll. Du hilfst Menschen.«

»Da hat Max vollkommen recht. Warum solltest du deine Fähigkeiten nicht auch bei uns einbringen«, wandte Julia ein.

Kim schaute sich um. Eine Welt wurde kleiner. Ihre Welt. Anscheinend hatten die Menschen, auf die sie gehofft hatte, keine Ahnung von ihrer Freiheit, ihrer Luft, die sie zum Atmen brauchte. Sie konnte kein Büro in Konstanz für ein Büro in Gaienhofen eintauschen. Was Julia und Max da machten, in der Flüchtlingsarbeit, war aller Ehren wert. Sie fand das toll und war stolz darauf, solche Menschen zu Freunden zu haben. Aber als Ersatz für ihre Arbeit dort draußen war das einfach zu wenig.

»Wird interessant, wie es weitergeht. Jetzt, nach dieser Wahl«, sagte Peter.

»Es ist links nichts mehr los. Diese Zeiten sind vorbei«, meinte Max.

»Das von dir, dem Altlinken, fast Achtundsechziger?«, fragte Kim.

»Vielleicht ein wenig provokant. Aber ich sehe schon die Änderung. Wir haben es ihnen zu leicht gemacht. Alles purzelte über uns herein. Versteht mich richtig, über die anderen auch. Aber wir mussten nach vorwärts, wir wollten vorne sein. Aber wir haben uns nur inhaltlich ausgehöhlt, sind leer geworden. Da muss man sich dann nicht wundern, wenn man ein solches Ergebnis bekommt.«

Max hatte fast feuchte Augen. Peter bedauerte es beinahe, dieses Thema angesprochen zu haben. Aber es musste sein, dachte er.

»Die alte Tante SPD. Nun hat sie abgewirtschaftet. Vorbei, der sozialdemokratische Traum.«

Julia sagte es leise. Sie wusste um Max' Empfindlichkeit. Sie hatte ihm aber auch immer wieder gesagt, so ginge es nicht. Und er. Hatte gehofft. Und Gerechtigkeit und wir und Schulz. Und jetzt?

»Wo seid ihr?«, fragte Peter.

»Gute Frage«, antwortete Max, »ich weiß es nicht. Ist ein Sozialismus in einer humanen Form möglich? Muss, soll ich mir darüber Gedanken machen? Sind wir nur noch postengeile Figuren? Sind sie das? Soll das alles sein, was bleiben könnte? Ich weiß es nicht. Das kann ich dir sagen. Ich hatte Hoffnung im Frühjahr mit: Gerechtigkeit! Aber wenn dann nichts mehr kommt, dann ist es eben aus. Dann kann ich nur einen Titel einer Linken zitieren: Wohin denn wir.«

Komisch, dachte Kim. Max war sonst keiner, der so schnell die Flinte ins Korn warf. Aber jetzt, auf einmal. Wie erklärte sich das, fragte sie sich. War es eine zu lange Zeit in der Großen Koalition gewesen oder hatte Max an eine Sache geglaubt, die schon längst nicht mehr seine war?

»War die richtige Entscheidung von Schulz, in die Opposition zu gehen, oder?«

»Ich sehe die Opposition nicht als Allheilmittel. Es war klar, dass eine weitere Große Koalition uns schließlich den Rest kosten würde. Aber inwieweit sich diese Partei in der Opposition erneuern kann, das wage ich denn doch zu bezweifeln.«

»Ich glaube, Max hat da recht«, meinte Julia, »dieser Partei fehlen die richtigen Köpfe, die Denkerinnen und Denker!«

»Stimmt schon«, bestätigte Kim.

»Und, was macht dein Krimi?«, fragte Julia in Richtung Peter.

»Ach, mein Krimi. Tja. Immerhin habe ich schon einen guten Titel gefunden, denke ich: Hopfentod. Was denkt ihr?«

Max nickte nur mit dem Kopf. Julia strahlte über das ganze Gesicht.

»Toll!«, sagte sie, »richtig gut. Tettnang, Hopfen, Hopfentod. Das passt doch prima!«

»Finde ich auch«, meinte Kim, »allerdings ist mir die Geschichte ein wenig zu nahe an der Wirklichkeit.«

»Wie, zu nahe?«, fragte Max.

»Sie meint, es sei zu nahe an ihrem eigentlichen Fall dran. Ich hab natürlich die Fakten so genommen, wie sie waren ...«

»Und eigentlich hast du dir wenig dazu einfallen lassen«, bemerkte Kim schnodderig.

»Bloß weil der Fall doch so gut war«, verteidigte sich Peter.

Max stand auf, ging zu Kim hinüber und legte ihr den Arm um die Schulter.

»Vielleicht war das halt so ein Fall, wo man überhaupt nichts dazuspinnen muss? Kann das sein?«

»Vielleicht schon«, gab Kim zu, »es war wenig klar und die verschiedenen Täter haben sich mehr oder weniger selbst gerichtet. Das stimmt schon. Aber trotzdem, es gefällt mir nicht, nun in einem Krimi die Hauptrolle zu spielen!«

»Da sind wir dann an des Pudels Kern«, setzte Max nach, »das ist ein anderes Thema. Verstehe ich, verstehe ich gut. Da sollte der Krimischreiber vielleicht ein wenig weg von der Wirklichkeit gehen. Oder?«

Max schaute Peter an. Peter sah ein wenig betroffen zu Boden.

»Vielleicht«, sagte er.

»Na, das wird doch nicht so schwer sein«, meinte Julia.

»Ich möchte das aber!«, sagte Kim entrüstet, »ich brauche keinen Watson, der meine Fälle aufschreibt.«

Max lachte. Das Thema amüsierte ihn. Im Grunde genommen gefiel es Kim schon, dass sich Peter für ihre Arbeit und eben nun für ihren ersten großen Fall interessierte. Sie war sich wohl nur nicht so recht ihrer Rolle als Hauptkommissarin dabei bewusst. Schließlich war dieser Fall in etwa ausgegangen wie das Hornberger Schießen.

»Fühlt sich die Frau Hauptkommissarin ein wenig auf den nicht vorhandenen Schlips getreten, oder was?«

Kim schaute den Freund erstaunt an. Irgendwie schaffte es dieser Max immer wieder, ihre eigentlichen Gedanken zu erraten. Denn es war tatsächlich so. Dieser Fall war nun wirklich kein Ruhmesblatt für eine junge Hauptkommissarin. Drei mögliche Täter, einer hängt sich auf, der zweite kommt bei der Flucht ums Leben, und nur die dritte Täterin überlebt. Kim dachte an die Frau des Hopfenbauern, die bei dessen Tod auch irgendwie beteiligt gewesen war. Sie hatte es nie genau herausgefunden, welchen Anteil die Ehefrau an der Tat gehabt hatte und konnte sie deshalb auch nicht verhaften und anklagen. Es stimmte schon, in diesem Sinne war ihr nicht ganz wohl bei dem Gedanken, gerade diesen Fall in einem Buch ihres Freundes und dem Vater ihres Kindes zu lesen. Aber sie musste zugeben, Hopfentod, das war tatsächlich ein sehr brauchbarer Titel für diesen Fall. Irgendwann würde sie vielleicht wieder nach Tettnang kommen und sich nach der Frau erkundigen. Irgendwann, wenn sie mal wieder unterwegs sein durfte, dem Verbrechen auf der Spur. Kim lachte nun auch.

»Touché, Max, du hast mal wieder meine Gedanken erraten. Ich weiß nicht, wie du es machst, aber vielleicht bist du an der Schule in Gaienhofen nicht unbedingt am richtigen Platz. Du solltest auf die Bühne, Gedanken lesen. Wäre doch eine Idee!«

»Der auf eine Bühne?«, sagte Julia, »dem reichen seine Schulklassen. Mit denen macht er genug Blödsinn!«

Peter wusste genau, auf was Julia nun anspielte. Max scheute sich nicht, auch mal den Affen zu machen. Erst vor Kurzem hatte er seinen Schülern anhand von Prospekten die englische Sprache näher zu bringen versucht. Um sie ein wenig durcheinanderzubringen, mischte er Prospekte aus dem Bodenseegebiet darunter, die englischen Übersetzungen natürlich. Der Witz war, kaum einer der Schüler bemerkte den Betrug. Einer hatte sich sogar am Schluss der Stunde gemeldet und gemeint, er hätte wirklich nicht gewusst, dass es sowas wie den Bodensee auch in England gäbe. Das hatte Max natürlich nach der Stunde sofort im Lehrerzimmer in blumigen Worten zum Besten gegeben. Sie hatten eine sehr lustige, entspannte Pause genossen, wie sich Peter erinnerte. Allerdings hatten sich die Schüler grausam gerächt. Sie mochten es nicht, verarscht zu werden. Also hatten sie tatsächlich den guten alten Streich mit dem Wasser auf dem Stuhl des Lehrers zum Einsatz gebracht.

»Na ja, zum Affen machen würde ich das nun nicht nennen wollen, aber es war schon ein toller Auftritt, als Max mit nasser Hose im Lehrerzimmer auftauchte«, sagte er.

»Das kann ich mir vorstellen. Vor allem der Weg vom Klassenzimmer bis ins Lehrerzimmer muss toll gewesen sein«, sagte Kim schmunzelnd.

»Aber Max, ich muss sagen, du hast toll Haltung bewahrt. Alle Achtung, das hätte nicht jeder so hingekriegt«, lobte Peter den Kollegen.

»Na ja, ohne die neue Hose, die ich ihm gleich gebracht habe, hätte er das nicht durchgestanden«, meinte Julia.

»Ach was, neue Hose, das war mir doch alles wurscht. Schließlich haben sich die Burschen echt was einfallen lassen. Lag doch da ein Zettel auf meinem Stuhl: ›Water from de britisch See of Konschtanz‹. Da musste selbst ich trotz nasser Hose lachen. Ist doch erfreulich, mal wieder richtig hochgenommen zu werden.«

»Und auch noch in einem sehr interessanten Englisch, meine ich«, sagte Peter. Er kann schon unheimlich hämisch lächeln, dachte Kim und musste innerlich grinsen. Aber das liebte sie auch an ihm. Dieses Ein-bisschen-Drüberstehen manchmal.

»Also gut. Das war das. Aber wie geht es jetzt bei euch weiter?«, unterbrach Max Kims Gedanken.

Peter und Julia blickten erwartungsvoll hinüber zur Hauptkommissarin, die zum Fenster gegangen war.

»Ich fange am Montag in Konstanz an. Ich habe eine Büronummer und anscheinend hat schon jemand dafür gesorgt, dass ich auch genügend Arbeit habe. Mein alter Kollege dort hat von Aktenbergen gesprochen und der kennt sich aus, war jahrelang im Archiv.«

»Na, dann viel Spaß«, bemerkte Max.

»Du Arme«, sagte Julia.

Peter ging zu ihr hinüber. Er stellte sich hinter sie und schaute für einen kleinen Moment durchs Fenster hinunter auf den See. Er legte ihr die Arme um die Hüfte.

»Das wird schon nicht so schlimm werden, mein Schatz. Da bin ich sicher.«

Kim drehte sich unvermittelt um. Sie schob ihren Freund ein Stück von sich weg, dann sah sie ihm ins Gesicht.

»So, so. Da bist du dir sicher. Peter, ich bin eine Kriminalhauptkommissarin. Ich bin dort draußen, mein Beruf ist dort draußen. Ein Beruf, den ich, wie du ganz genau weißt, liebe. Jetzt soll ich in Konstanz in ein Kämmerchen sitzen und in verstaubten Akten herumblättern? Was soll da bitte nicht so schlimm werden?«, fragte sie laut.

Julia und Max nahmen kurz Blickkontakt auf. Julia stand auf.

»Max, ich denke, wir sollten die beiden jetzt alleine lassen.«

»Ich wollte auch noch die Rosen schneiden«, meinte Max.

»Du und Rosen, mein lieber Freund! Okay, okay, wir müssen das sowieso allein klären. Geht ihr ruhig. So ist das mit Freunden, wenn du sie brauchst…«

»Jetzt hör aber auf, Peter. Was sollen sie denn sagen?«, unterbrach ihn Kim.

»Das war nicht besonders ernst gemeint«, erklärte Max, »jetzt redet ihr erst mal miteinander und heute Abend laden wir euch zum Essen ins Seehörnli ein. Die Lehrerband spielt. Dann können wir bei einem guten Essen und einem schönen Glas Wein die Sache in aller Ruhe besprechen. Na, ist das was?«, fragte Max.

Peters Gesicht hellte sich auf, auch Kim schien sich zu freuen. Julia schüttelte nur den Kopf. Dieser Max, immer einen guten Vorschlag parat. Aber gut, sie fand das eine gute Idee. Sie schnappte Max unter dem Arm und winkte den beiden werdenden Eltern zu.

»Dann bis heute Abend. Gegen sieben?«, fragte sie noch im Hinausgehen.

»Ich freue mich«, sagte Kim.

»Ich auch«, sagte Peter.

»Na, dann freuen wir uns alle. Tschüs, ihr beiden«, sagte Max und schloss die Tür hinter sich.

Kim und Peter sahen den beiden hinterher, dann etwas verdattert auf die geschlossene Tür.

»Und jetzt?«

»Jetzt lege ich mich erst mal eine Weile hin«, meinte Kim und machte sich auf den Weg Richtung Schlafzimmer. Peter zögerte einen Moment, ging ihr dann hinterher. Kim wandte sich um.

»Aber allein«, sagte sie.

Peter war enttäuscht. Dieses sich anbahnende Familienleben war wohl ziemlich anstrengend.

Er wusste es ja. Er wusste es ganz genau. Es war wirklich seine Schuld, da gab es nichts zum Herumreden. Seine Entscheidungen hatten sie in diese Lage gebracht, da hatte sie recht. Aber hatte er nicht immer das Beste gewollt? Hatte er zu viel riskiert, zu viel Hoffnung gehabt, immer wieder? Er schenkte sich noch einen kleinen Schluck des samtigen Rotweins ein. Alkohol war keine Lösung, das wusste er wohl. Aber es tat gut, sich diesen trockenen Roten die Kehle hinunterlaufen zu lassen. Seine Gedanken wurden mit jedem Schluck ein wenig ruhiger. Er begann, wieder ein wenig drüber hinauszusehen. Vielleicht hätte er den letzten Job doch weitermachen sollen. Vielleicht. Aber sie hatte ja keine Ahnung, was das für ihn bedeutet hätte. Es war ihm schon lange egal, was er machte, Hauptsache war, dass

Geld hereinkam. Von ihrem Halbtagsjob konnten sie nicht leben, das stimmte auch und schließlich machte sie neben diesem Job auch noch den Haushalt und versorgte die Kinder. Das machte jetzt er.

Es klopfte an der Tür.

»Papa!«, rief Markus draußen.

»Komm rein«, sagte er.

Der fünfzehnjährige Markus öffnete langsam die Tür. Er kam herein und schaute seinen Vater mit vorsichtigem Blick an.

»Was gibt es?«

»Wir sollen morgen zehn Euro für die Klassenfahrt in die Schule mitbringen. Mama hat gesagt, du sollst mir das Geld geben.«

Er schob seine Hand suchend in die Hosentasche. Der feine Schweiß auf seiner Stirn war das übliche Zeichen, dass er wieder mal Angst hatte. Angst, dass sein Griff in die Tasche keinen Erfolg haben würde. Dann aber spürte er Papier zwischen seinen Fingern. Hoffentlich ist das kein Kaufbeleg, dachte er noch, dann zog er das Papier aus der Tasche. Gott sei Dank war es ein Zwanzig-Euro-Schein. Sein letzter, das wusste er ganz genau.

»Hier, das Wechselgeld bringst du aber wieder mit, gell«, sagte er zu seinem Sohn.

»Klar«, antwortete der, »zehn Euro retour, keine Frage.«

Es erstaunte ihn immer wieder, wie die Kinder mit der Situation klar kamen. Schließlich zeigte es sich an allen Ecken und Enden, dass das Geld knapp war. Sie mussten bei den meisten Ausgaben ganz genau überlegen, ob sie es sich leisten konnten oder nicht.

»Oder, weißt du was, behalt den Zehner. Kannst du doch bestimmt brauchen, oder?«

Markus strahlte über das ganze Gesicht.

»Danke Papa, vielen Dank«, antwortete er.

Bernhard Willmer nickte dem Jungen zu. Mit einer Handbewegung bedeutete er ihm, zu gehen. Die Kinder kamen selten in seine Werkstatt in den Keller. Eigentlich nur in solchen Situationen. Seine Frau längst nicht mehr. Früher hatte sie abends noch hereingeschaut, seine kleinen Meisterwerke bewundert und ihm übers Haar gestrichen. Aber das war vorbei. Es waren keine Meisterwerke mehr. Eher unverkäufliche Kunstuhren, die keiner wollte. Dabei hatte er sich von diesem Hobby so viel erhofft. Aber ihm fehlte einfach die Fähigkeit, solche Dinge auch an den Mann zu bringen. Dabei hatte er so vieles versucht, hatte so sehr gehofft, mit diesem Hobby, seinen Uhren, mal richtig Geld in die Familie zu bringen. Nichts war es gewesen. Er schaute in sein Weinglas. Dann trank er es aus. Er ging die Treppe hinauf, vergewisserte sich in der Diele, dass seine Frau noch nicht gegangen war. Dann öffnete er die Wohnzimmertür.

»Kommst du auch mal wieder aus deinem Loch?«, kam die lapidare Frage.

»Essen wir bald?«

»In einer Viertelstunde ist das Essen fertig«, antwortete seine Frau.

Er setzte sich neben sie auf den alten Sessel. Überall, wo er hinschaute, sah er den Mangel, das fehlende Geld. Für ihn war das offensichtlich und auch seine Frau schien so zu denken. Besuch bekamen sie so gut wie nie. Die letzten Freunde hatten sie, wie man so sagte, am langen Arm verhungern lassen. Sie hatten sich einfach nicht mehr gemeldet, einige Anrufsversuche ignoriert. Es war einsam um seine Familie geworden, musste er feststellen. Zu viele Jahre hatte er sich von einer Hoffnung zur nächsten gehangelt.

Maria hatte das lange mitgemacht. Ihr konnte er eigentlich keinen Vorwurf machen. Hier in Weingarten galt zumindest in ihren Kreisen noch der Grundsatz, dass der Mann das Geld nach Hause brachte. Natürlich hatten auch andere Frauen und Mütter ihre Jobs, aber dabei ging es dann eher darum, das Haus schneller abzuzahlen oder sich ein besseres Auto leisten zu können.

»Ich habe Frieder in der Stadt getroffen. Er hat natürlich gefragt«, sagte Maria.

»Und, was hast du gesagt?«

»Das Übliche. Wenig bis gar nichts.«

»Gut.«

Frieder Zwerfel war einer seiner ehemaligen Kollegen von damals, als es ihnen noch gut gegangen war. Eigentlich eine treue, liebe Seele, der sich nicht abschütteln ließ. Er rief immer wieder an, fragte, wie es geht, wollte wissen, was geht und so. Fragen, die er lieber nicht hören und nicht beantworten wollte.

Maria deckte den Tisch. Es waren immer die gleichen Geräusche. Er saß in seinem Sessel und lauschte. Zuerst das Scheppern der Teller, daran konnte er ablesen, wie sie heute drauf war. Das Besteck konnte er von seinem Platz aus nicht sehen. Wie das angeordnet war, zeigte ihm auch einiges. Aber das konnte er erst in Betracht ziehen, wenn er aufstand und zum Tisch hinüberging.

Er stand auf. Die beiden Kinder, Markus und Katrin, kamen herein. Sie waren auffällig ruhig heute. Sonst gab es immer mal wieder ein Geplänkel. Wahrscheinlich hatte Maria wieder mal mit ihnen gesprochen. Sie führte immer Gespräche mit den Kindern darüber, was ging und was nicht und wie eben ihre Situation war. Er blieb da meistens außen vor. Er spielte da lang schon keine Rolle mehr.

»Gibt's was Neues?«, fragte er nach einer Weile. Von selbst fingen die Kinder am Tisch kein Gespräch an. Das war überhaupt eine sehr wortkarge Generation, dachte er immer bei sich. Vor lauter sozialer Medien wussten die schon gar nicht mehr, wie sich eine richtige Langeweile anfühlte, wie das war, einfach mal dazusitzen und nicht zu wissen, was man machen sollte. Die konnten immer ihr Handy zur Hand nehmen und irgendwas spielen oder Whatsappen. Er wollte wirklich nicht wissen, was da für Informationen hin- und hergeschickt wurden. Katrin schaute mit einem Lächeln zu ihrem Bruder hinüber. Die beiden dachten sich schon ihren Teil, ging es ihm durch den Kopf. Für sie war er der Versager, der so viel probiert hatte, dem aber nichts, aber auch gar nichts gelungen war. Und wahrscheinlich dachten sie auch, dass sie das jetzt ausbaden mussten, dass er nichts erreicht hatte. Seine Frau half ihm da inzwischen wenig. Die kümmerte sich um den Haushalt und machte ihren Job. Das war nicht wenig, das musste er zugeben. Aber sie nahm ihn halt längst nicht mehr in Schutz oder bestärkte ihn in seinen Versuchen. Die Zeiten waren längst vorbei.

»Wir haben am Samstag ein Spiel«, sagte Markus.

»Wo?«, fragte er.

»Drüben in Tettnang«, antwortete sein Sohn.

»Da könnte ich doch mal wieder zuschauen«, meinte er und schaute erwartungsvoll seinen Sohn an.

»Och, lieber nicht«, meinte der.

»Warum denn nicht?«

»Wahrscheinlich verlieren wir wieder«, kam die Antwort.

»Aber, das ist doch nicht schlimm. Verlieren gehört doch zum Sport dazu«, sagte er.

»Zum Sport vielleicht schon«, kam es von Markus zurück.

Ihm blieb das Gesicht stehen. Er konnte diese versteckten Andeutungen nicht mehr ertragen. Es fiel ihm immer schwerer, dabei ruhig zu bleiben. Immer wieder fiel mal hier, mal da ein Sätzchen, das ihn bis ins Mark traf. Er wusste auch genau, warum er nicht zum Fußballspiel seines Sohnes kommen sollte. Weil da nämlich auch andere Väter waren. Die würden ihn dann sehen, mit ihm zusammen am Spielfeldrand stehen und ihn vielleicht ausfragen, wie es denn so ginge. Markus hatte einfach Schiss davor, dass seine Mitspieler genauer erfuhren, wie es bei ihnen zu Hause wirklich stand. Dabei verstanden sie sich gar nicht schlecht, er und sein Sohn. Eigentlich interessierte den Jungen auch vieles, was er da unten in seinem Keller fabrizierte. Aber es gab eben Momente, da konnte er nicht an sich halten.

»Markus!«, mischte sich Maria ein.

»Isch ja gut«, sagte er.

»Er meint es net so«, sagte Katrin. Sie hatte nebenher auf ihrem Handy herumgetippt, obwohl sie beide das ausdrücklich verboten hatten. Aber sie hatte es unter dem Tisch gemacht. Das hatte er zu spät entdeckt. Jetzt war das Handy auf einmal verschwunden. Seine Tochter war mal wieder auf Vermittlungskurs. Das bedeutete, dass sie irgendetwas wollte, neue Klamotten, neues Handy, irgendwas. Wahrscheinlich hatte sie von Maria schon eine Abfuhr bekommen, deshalb würde sie es später bei ihm probieren.

»Die Schenkawurst isch heut aber guat«, versuchte er einzulenken.

»Ausem Supermarkt halt«, meinte seine Frau.

»Trotzdem guat«, gab er zurück.

»Wenn du meinsch.«

»Ich fend au, die schmeckt wirklich gut«, sagte Katrin.

Wieder ein klares Zeichen, dachte er, wenn Katrin so sehr seiner Meinung war, dann führte sie was im Schilde, dann war was im Busch. Er war gespannt.

»War was in dr Zeitung?«, fragte er zu seiner Frau hinüber.

»Bloß Kleinkram, Hilfsarbeite ond so«, antwortete sie.

Maria schaute bei der Arbeit in die Tageszeitung. In der Pause bekam sie von einer Kollegin den Stellenteil. Aber in der letzten Zeit war wenig Brauchbares dabei gewesen. Er konnte halt auch nicht viel vorweisen. Mit seiner Ausbildung zum Schriftsetzer war nichts mehr zu machen. Es war ein Fehler gewesen, dem Vater damals nachzugeben und diesen Beruf zu ergreifen. Kaum hatte er seine Lehre beendet gehabt, war die Zeit der Schriftsetzer vorbei. Der Bleisatz kam ins Museum und viele seiner Kollegen standen wie er auf der Straße. Dann hieß es umlernen auf irgendwas. Der Fotosatz machte ihm keinen richtigen Spaß. Er hatte immer etwas mit den Händen machen wollen, machen müssen. Daher war er in die Firma gewechselt und hatte sich zum Betriebselektriker weitergebildet. Wenn die Stellenstreichungen damals nicht so radikal gewesen wären, dann hätte er seinen Posten vielleicht behalten können. Ein anderes Problem war es, dass er nicht unbedingt in einen Vollzeitjob reinwollte, damals. Schließlich brauchte er doch Zeit für seine Projekte, hatte er gedacht. Das war vielleicht falsch gewesen. Jedenfalls sagte das seine Frau, die schließlich meinte, die Familie und so ginge vor, er solle seine Flausen mal eher nach hinten schieben. Was folgte waren ein paar Aushilfsjobs, ein paar Jahre bei einer Zeitarbeitsfirma, wo er einen Hungerlohn verdiente und schließlich der Schritt seiner Frau, sich selbst eine Arbeit zu suchen. Damit war für ihn irgendwie der Zug abgefahren gewesen. Ein wenig Hoffnung war nach dem plötzlichen Tod seines Vaters aufgekommen. Schließlich waren er und seine Schwester in Tettnang die beiden einzigen Erben gewesen. Sein Vater hatte nicht viel besessen, aber er hatte sein Leben lang Briefmarken gesammelt. Keiner von ihnen hätte gedacht, was diese kleinen Papierchen einmal wert sein könnten. Sie hatten beim Notar nicht schlecht gestaunt, als der ihnen andeutete, dass es sich wahrscheinlich um mehrere zehntausend Euro handelte, die da in den Alben seines Vaters schlummerten. Seine Schwester und er hatten sich natürlich gefreut, dass nun doch etwas zu erben war. Die böse Überraschung kam dann, als der Notar die letzten Sätze des Testaments verlas. Er hatte diese beiden Sätze immer noch im Ohr: Außerdem verfüge ich, Herbert Willmer, dass meine Briefmarkenalben erst zehn Jahre nach meinem Tod veräußert werden dürfen. Ich möchte meinen Kindern damit einen absehbaren, wesentlich höheren Verkaufspreis garantieren. Nun hatten sie beide, seine Schwester und er, zwar die Alben, durften sie aber nicht verkaufen. Es waren noch gut und gerne fünf Jahre, bis sie an das Geld kommen würden. Jedes Jahr kam der Notar zu seiner Schwester und ihm und überprüfte die Vollständigkeit. Das hatte sein Vater sicherlich nicht bedacht, dass ein solcher Besuch natürlich auch wiederum Geld kostete. Seine Schwester war bisher großzügig gewesen und hatte die Rechnungen in Höhe von mehreren Hundert Euro übernommen. Sie würde das Geld ja einmal wieder zurückkriegen, hatte sie gemeint. Zumindest dieser Kelch war an ihm vorübergegangen. Nur Maria konnte sich mit der Situation überhaupt nicht abfinden. Da standen in ihrem Wohnzimmerbuffet an die dreißig Briefmarkenalben, die gut und gerne jedes an die tausend Euro wert waren und sie konnten nichts, aber auch gar nichts damit anfangen.

»Hol sie doch mal raus«, hatte sie vor ein paar Tagen gesagt, »vielleicht gibt es ja ein paar doppelte Marken, die der Notar dann nicht bemerkt, wenn sie fehlen.«

»Das kann ich doch nicht machen«, hatte er geantwortet, »wenn das rauskommt, dann ist das Erbe dahin. Du hast den Notar doch gehört, du warst doch dabei!«

»Mensch, so ein paar Marken für ein paar Hundert Euro! Das würde uns doch mal so richtig helfen. Das wäre doch sicher auch im Sinne deines Vaters, wenn er unsere Situation sehen könnte«, hatte sie gemeint.

Er hatte ein paar Tage überlegt. Der Gedanke ließ ihn nicht los. Vielleicht hatte sie ja recht. Womöglich hatte sein Vater wirklich einige Marken doppelt gesteckt, sodass sie in der Aufstellung des Notars gar nicht auftauchen würden. Folglich würde auch ihr Fehlen keinem auffallen. Eines Abends, die Kinder und seine Frau waren schon ins Bett gegangen, hatte er das untere Schränkchen am Buffet geöffnet. Wenigstens nachschauen wollte er mal, hatte er gedacht. Er hatte wahllos ein Album herausgenommen und sich auf das Sofa an den Couchtisch gesetzt. Vorsichtig schlug er die ersten Seiten um. Auf den ersten Blick konnte er nicht erkennen, ob da vielleicht mehrere Marken hintereinander gesteckt waren. Zuerst holte er noch seine Brille, dann eine der Pinzetten seines Vaters. So ausgerüstet, blätterte er weiter und zog mit der Pinzette immer wieder eine Marke heraus. Nach mehreren Versuchen hatte immer nur eine Marke im Album gesteckt. Aber als er wieder umblätterte, hatte er einen kleinen, vergilbten Zettel gefunden. Als ob jemand auf ziemlich altes Papier etwas mit einem Kugelschreiber geschrieben hatte. Warum steckte dieser Zettel in einem Album seines Vaters, fragte er sich. Er nahm den Zettel mit der Pinzette heraus. Als er ihn gegen das Licht hielt, konnte er die blasse Schrift recht gut erkennen: Lydia ist die rote Frau, stand da in der Schrift seines Vaters. Das Datum war kaum zu entziffern. Nur die Jahreszahl, so einigermaßen. Der Zettel war vor über fünf Jahren geschrieben worden. Wer wohl diese Lydia war? Er würde das herausfinden. Die folgenden Wochen hatte er überlegt, wie man da wohl am besten vorgehen würde. Er wollte natürlich nicht allzu viel Staub aufwirbeln, denn er hatte ja keine Ahnung, was sein Vater sich dabei gedacht hatte, diesen Zettel in eines seiner Briefmarkenalben zu legen. Hatte er ihn versteckt? Oder hatte er sich nur zur Erinnerung diese Notiz gemacht? Aber warum sollte er sich notieren, dass diese Lydia die rote Frau war? Was hatte das zu bedeuten, fragte er sich. Und vor allem: Wie konnte er herausfinden, wer Lydia und wer die rote Frau war? Freilich schrieb sein Vater: Lydia ist die rote Frau. Aber das hieß doch auch, dass es diese rote Frau gab oder gegeben hatte. Dachte er da richtig, fragte er sich. Seit diesem Abend ließen ihn die Gedanken um diese Lydia und die rote Frau nicht mehr los. Immer wieder bewegte er sie hin und her. Maria hatte er davon nichts erzählt. Erst musste er wissen, was wirklich hinter dieser Notiz seines Vaters steckte.

»Machst du dir wieder mal Gedanken?«

Er zuckte zusammen. Das passierte ihm in letzter Zeit öfter, dass er sich ganz in seine Gedanken verlieren konnte.

»Wo sind denn die Kinder?«, fragte er seine Frau.

»Die haben sich längst verabschiedet«, antwortete sie, »du warst ja wie weggetreten.«

»Tschuldigung. Mir ging irgendwas durch den Kopf«, sagte er.

»Das möchte ich manchmal wirklich wissen, was dir durch den Kopf geht, aber ehrlich. Mir geht immer nur die Haushaltskasse durch den Kopf, das kann ich dir sagen«, meinte sie schnippisch.

Sie räumte noch den Brotkorb vom Tisch und schüttelte die Tischdecke aus.

»Ich saug morgen eh«, sagte sie, als sie seinen kritischen Blick sah. Sie legte die Decke zusammen und hängte sie über den Stuhl. Dann ging sie zum Sessel, setzte sich und schaltete den Fernseher ein.

»Ich geh noch in den Keller. Nicht lang, heute«, sagte er.

»Das sagst du jeden Abend. Und morgen früh kommst du wieder nicht auf die Beine. Ich hab morgen Frühdienst, bin um halb acht weg.«

»Ich denke, wir sehen uns dann noch«, meinte er.

»Dein Wort in Gottes Ohr«, sagte sie nur.

Er stand auf, gab ihr einen Kuss auf die Stirn und ging hinunter in den Keller. Als er die Tür hinter sich schloss, dachte er schon wieder an den Zettel. Arg weit war er mit seinen Nachforschungen noch nicht gekommen. Vielleicht sollte er doch mit Maria drüber sprechen, hatte er noch gedacht. Vielleicht fiel der was ein, wie man die Lydia und die rote Frau finden könnte. Er setzte sich an seinen Tisch und holte den großen Block aus der Schublade. Darauf hatte er den Satz vom Zettel als Überschrift notiert: Lydia ist die rote Frau. Dann hatte er Lydia über die eine Spalte und rote Frau über die andere Spalte geschrieben. Darunter hatte er sich ein paar Notizen gemacht, was ihm alles zu diesen beiden Frauen einfiel. In der Spalte Lydia stand: Einwohnermeldeamt, Friedhof und Kirchenbücher. In der Spalte rote Frau stand nur: Farbe, Frau, warum rot. Hier war ihm wirklich noch nicht viel eingefallen. Aber bei der

Lydiaspalte dachte er, immerhin. Nur war ihm dann auch klar geworden, dass er mit einem Vornamen im Einwohnermeldeamt nicht weit kam. Er konnte sich schließlich nicht alle Lydias in Weingarten und Umgebung raussuchen lassen. Wahrscheinlicher noch, die würden ihm keine solchen Auskünfte geben. Und Friedhöfe, fragte er sich. Das könnte er immerhin probieren. Er hatte schließlich Zeit, konnte sich zumindest Zeit für ein paar Spaziergänge über die Friedhöfe nehmen. Allerdings erwartete er sich davon nicht sehr viel. Könnte schon sein, dass diese Lydia tot war, aber ob sie hier oder in Ravensburg oder sonst wo gestorben war, das blieb offen. Also hatte er sich erst mal nicht auf den Weg über die Friedhöfe gemacht. Die Idee mit den Kirchenbüchern hatte er sozusagen aus dem Fernsehen. Dort hatte er das mal in einem Krimi gesehen. Diese Kirchenbücher vermerkten jede Geburt, jede Hochzeit und jeden Todesfall. Dort könnte er blättern und diese Lydia suchen. Aber wie viele Kirchen gab es allein in Weingarten oder etwa in Ravensburg. Er hatte erst gar nicht angefangen zu zählen. Irgendwie schien ihm die rote Frau noch der beste Anhaltspunkt zu sein. Das war doch komisch, wie sein Vater das aufgeschrieben hatte: Lydia ist die rote Frau. Was sollte das bedeuten, fragte er sich. Welche Rolle spielte diese rote Frau und weshalb war die Tatsache, dass Lydia diese rote Frau war, seinem Vater diese Notiz und das Verstecken des Zettels im Briefmarkenalbum wert gewesen? Fragen über Fragen. Sein Vater hatte diese Lydia gekannt und auch die rote Frau. Woher? Kannte er die Lydia persönlich? Kaum. Dann war diese Lydia jemand Bekanntes, jemand, der vielleicht auch mal in der Zeitung kam, oder so. Aber vielleicht war es auch die rote Frau, die sein Vater aus der Zeitung oder sogar aus dem Fernsehen kannte, zumindest mal gesehen hatte. Also hatten beide Frauen eventuell eine Rolle gespielt, die sie irgendwie in die Medien gebracht hatte. Ob es nun Lydia war oder die rote Frau, das spielte jetzt erst mal gar keine Rolle. Vielleicht musste er die Sache ganz anders angehen. Er hatte schließlich zumindest diese Jahreszahl: 2012. Mit einem Vergrößerungsglas hatte er zumindest so viel vom Monat ausmachen können, dass es sich um eine Fünf oder eine Sechs handeln musste. Also die Monate Mai oder Juni im Jahr 2012. Das grenzte den Zeitraum ziemlich gut ein. In diesen zwei Monaten war also etwas passiert, das entweder die Lydia oder die rote Frau in die Medien gebracht hatte. Wie konnte er nun herausfinden, was das gewesen war, fragte er sich. Er überlegte. Zwei Monate Fernsehprogramm von vor fünf Jahren konnte er beim besten Willen nicht anschauen. Erstens rein technisch nicht, zweitens rein zeitlich. Fernsehen war also keine Möglichkeit. Aber die Zeitung! Die hatten doch Archive. Da müssten sich doch die Zeitungen aus diesen zwei Monaten finden lassen. Gleich morgen würde er sich beim örtlichen Blatt erkundigen. Sicherlich war der Zugang auch öffentlich. Er hoffte nur, dass es kein Geld kosten würde.

Fünf Jahre früher

Sie hatte es geschafft! So einfach hatte sie sich das nicht vorgestellt. Hubert saß in seinem Büro wie immer. Ihren Gruß hatte er kaum wahrgenommen. Sie war kurz zum Fenster gegangen und hatte auf die Straße hinuntergeschaut. Da war wieder dieser alte Mann gewesen. Ihre Klamotten hatte sie im Vorzimmer platziert. Das war alles trainiert, das war blitzschnell gegangen. Irgendwie liebte sie dieses Risiko. »Das funktioniert doch nie«, hatte Mark gesagt. In solchen Sachen war er wirklich ein Feigling, dachte sie, aber auch in anderen Sachen. Sie lächelte vor sich hin. Frau musste ihr Leben in die eigene Hand nehmen, sonst wäre sie irgendwann explodiert.

»Was willst du«, hatte Hubert gefragt. Kein nettes »Grüß Gott« oder »Schön-dass-du-mich-besuchst«, nichts. Längst hatte sich ihre Kommunikation auf das Notwendigste reduziert. Sie sprachen noch über die Kinder oder über den Urlaub oder eben Wochenendausflüge und Mittagessen. Mehr nicht. Ihr Schlafzimmer glich inzwischen einer Kältekammer, in der jeder von ihnen nur möglichst schnell in sein Bett wollte. Die anschließende Ruhe war unheimlich und wurde immer unheimlicher. Sie hielt das einfach nicht mehr aus.

»Ich dachte, ich schau mal vorbei«, hatte sie geantwortet und war hinter ihn getreten. Langsam hatte sie die Nadel aus ihrer Hose gezogen. Ihr Arm strich ihm zärtlich über den Scheitel. Er drehte sich verwundert um. Als er ihr in die Augen schaute, stach sie die lange Nadel von hinten durch das Netz des Bürostuhls mitten in sein Herz. Es ging ganz schnell. Sie konnte tatsächlich sehen, wie sein Blick brach. Das war also wirklich so. Die Augen zeigten das erlöschende Leben. Faszinierend, wirklich. Sie wartete nur einen kleinen Moment, denn sie war sich ihrer Sache sicher. Dann zog sie die Nadel wieder heraus. Sie wischte sie an seinem feinen Anzug ab und verbarg sie wieder in der Hose. Nun schnell nach draußen, umziehen und wieder zurück. Hoffentlich war dieser alte Mann inzwischen verschwunden. Irgendwie komisch, wie der sie angeschaut hatte. Als ob ein wenig Erkennen in seinem Blick gewesen war. Sie schlüpfte schließlich in ihre hochhackigen Schuhe. Der Abgang über die Hintertreppe war geplant. Sie durfte Fräulein Roswitha nicht in die Arme laufen. Das wäre natürlich fatal gewesen. Sie lächelte ein teuflisches Lächeln. Es war geschafft. Hubert war tot. Ihr Hubert konnte sich nun die Radieschen von unten ansehen. Jetzt war es vorbei mit Sonntagsbraten und Trollinger. Wo der nun war, gab es das alles nicht mehr. Und sie war frei, endlich frei. Sie konnte nun machen, was sie wollte. Dafür war ja gesorgt. Es war ein feiner Winkelzug von ihr gewesen, das Testament so abfassen zu lassen. Eigentlich hatte Hubert darauf bestanden, das Geld in der Familie zu halten, aber sie hatte auf die Kinder verwiesen und auf ihre Verantwortung ihnen gegenüber. So hatte sich Hubert schließlich überreden lassen, sie als die Alleinerbin einzutragen, die wiederum an die Kinder vererbte. So blieb das Geld in ihrer kleinen Familie, eben bei ihr.

Vorsichtig schloss sie die hintere Tür. Es war eine alte Stahltür, die, wenn man nicht aufpasste, mit lautem Knall ins Schloss fiel. Das hatte sie genau recherchiert und wusste um die Tücken des alten Dings. Nur ein leises Klacken war zu hören. Mit gemäßigt schnellen Schritten ging sie ums Haus herum nach vorne auf die Straße. Vorsichtig ließ sie ihren Blick über den kleinen Platz schweifen. Kein alter Mann in Sicht. Ein wenig erleichtert war sie schon, denn solche Momente waren in ihrem Plan nicht vorgesehen. An den Häusern entlang ging sie hinüber zum Rathaus. Hin und wieder blieb sie stehen und betrachtete die Schaufenster. Sie durfte wieder nicht den Eindruck erwecken, als ob sie schnell gehen wollte. Wenn sie die Kornhausgasse hinter dem Rathaus erreicht hatte, war der schwierigste Teil des Weges erledigt. Sie schnaufte durch, schaute bewundernd zum alten Rathaus hoch. Ein mächtiges altes Gebäude, wie Ravensburg noch einige zu bieten hatte. Es war wirklich eine schöne Stadt. Ein wenig fiel ihr der Abschied schwer. Aber nur ein wenig. Vielleicht würde sie irgendwann nach einiger Zeit wieder zurückkommen. Wenn erst mal ein paar Jahre ins Land gegangen waren und sie in der Welt herumgekommen war, dann könnte sie sich das schon vorstellen.

Obwohl die rote Frau ihn nicht sehen konnte, sah der alte Mann die rote Frau. Er blieb hinter einer Ecke des Rathauses stehen und sah ihr zu, wie sie den Weg in die Wolfsgasse einschlug. Irgendwie wollte die nicht gesehen werden, war es ihm vorhin durch den Kopf gegangen. Er wusste selbst nicht, warum sie ihm zuerst aufgefallen war. Etwas an ihr war falsch. Wahrscheinlich war vieles an ihr nicht echt, dachte er, als sie in die Gasse hineinstöckelte. Die war diese Art Schuhe nicht gewohnt, ging es ihm durch den Kopf, zumindest nicht hier mitten in der Stadt, wo auch mal ein Kopfsteinpflaster zu meistern war. Wo sie wohl hinwollte, fragte er sich. Wenn sie da vorne, am Ende der Gasse nach links ging, würde ihr Weg hinüber zur Marktstraße führen. Sollte er ihr hinterhergehen? Er glaubte, die Frau erkannt zu haben. Aber es war ja schließlich nicht verboten, so verkleidet durch Ravensburg zu gehen. Er schaute ihr noch eine Weile hinterher. Sie bog nach rechts ab.

Sie hatte sich nicht mehr umgeschaut. Jetzt hieß es nach vorne schauen. Sie musste den alten Mann vergessen, durfte daraus kein Problem machen. Sollte er sie doch sehen. In dieser Verkleidung erkannte sie doch niemand, das hatte sie in verschiedenen Situationen in den letzten Minuten doch erlebt. Ihr Weg war klar. Drüben im Parkhaus am Marienplatz stand das Auto, das sie in ihrer Verkleidung mit dem Ausweis einer Freundin geliehen hatte. Nun ja, eine richtige Freundin war es nicht gewesen. Die gute Frau wusste wahrscheinlich auch noch gar nicht, dass ihr der Ausweis und der Führerschein fehlten. Die Gelegenheit hatte sich beim Tennis sehr einfach ergeben. Sie sah ihr sehr ähnlich. Das dunkelblonde schulterlange Haar, die markanten Wangenknochen und sogar die hohe Stirn. So eine Umkleidekabine war eine feine Sache. Ließ die doch ihre Tasche einfach so auf der Bank liegen, als sie zum Duschen ging. Und schon hatte sie einen Ausweis, von dem niemand wusste, wie sie dazu gekommen war. Die junge Angestellte in der Autovermietung hatte nur einen kurzen Blick auf den Ausweis und den Führerschein geworfen. Lediglich die Nummer hatte sie sich notiert. Aber das konnte ihr ja egal sein. Die Frau würde sich nicht schlecht wundern, wenn die Polizei in ein paar Stunden vor ihrer Tür stand. Verdächtig in einem Mordfall, würden sie sagen und in ein entsetztes Gesicht schauen. Na, dann schau mal, wie du da wieder rauskommst, dachte Lydia und lächelte. Abgesehen von dem alten Mann war bisher alles wie am Schnürchen gelaufen. Alles war genau so gewesen, wie sie das geplant hatte. Es hatte sich gelohnt, den Ablauf mit Mark zusammen immer wieder durchzugehen.

Am Eingang des Parkhauses schob sie ihre Karte in den Automaten und zahlte. Die Anzeige leuchtete auf: ein Euro. Wenig Geld für einen guten Mord, dachte sie. Auf dem Weg hinunter zu ihrem Parkdeck überlegte sie, was als Nächstes zu tun war. Sie musste die Klamotten und die Schuhe zusammen mit der auffälligen Handtasche im Ofen verbrennen. Sie war damals beim Hausbau gegen diese Holzfeuerung gewesen. Ihr hatte es widerstrebt, wenn Hubert nicht da war, diese großen Holzscheite in den Schlund des Ofens zu schieben. Nun war ihr diese Art der

Feuerung sehr willkommen. Es würde nur wenige Augenblicke dauern, und alle Spuren ihrer heutigen Tat würden sich durch den Schornstein in der Luft verlieren. Sie fuhr mit ihrem kleinen roten Mietauto hinaus auf den Hirschgraben. Langsam fahren, bläute sie sich ein. Auch hier galt es, auf keinen Fall einen Unfall zu bauen oder ein Verkehrszeichen zu übersehen. Konzentration, mahnte sie sich. Der Weg zur Mietwagenfirma führte hinaus aus der Innenstadt. Es war ein glücklicher Umstand, dass von dort die Strecke zu ihrem Haus in wenigen Minuten zu bewältigen war. So konnte sie in aller Ruhe den Wagen zurückgeben. Damit auch hier niemand irgendeinen Verdacht schöpfte, hatte sie das Auto schon vor zwei Tagen gemietet. Es wäre natürlich sehr seltsam gewesen, sie hätte es schon nach weniger als einer Stunde wieder zurückgebracht. Die Angestellte war dieselbe wie vor zwei Tagen. Auch diesmal ging alles glatt. Ein kurzer Gang rund um den Wagen, ein Blick in den Innenraum und auf die Tankanzeige. Sie hatte den Tank gestern randvoll gemacht. Außerdem war sie in der Nacht bis nach Friedrichshafen und zurück gefahren, damit wenigstens ein paar Kilometer auf dem Tacho abzulesen waren. Mit den kaum vier Kilometern, die sie heute gefahren war, wäre das beim Abgeben des Autos aufgefallen. Denn wer mietete schon ein Auto für nur vier Kilometer. Sie machte sich auf den Heimweg. Wenn sie hinter der Mietwagenfirma den Hohlweg entlangging, dann kam sie nach nur wenigen Minuten von hinten an ihr eigenes Grundstück heran. Mit den hochhackigen Schuhen auf dem unbefestigten Feldweg musste sie ein unheimlich lächerliches Bild abgeben. Sie stakste vorsichtig den Weg entlang. Auch hier war Vorsicht angesagt. Zwar waren sie das letzte Haus an dem kleinen Wäldchen, aber wer konnte wissen, ob nicht ausgerechnet heute hier jemand seinen Hund ausführte. Sie hatten auch diese Möglichkeit abgewogen. »Sehr unwahrscheinlich, um die Mittagszeit, meine ich«, hatte Mark gemeint. Sie hatte ihm zugestimmt. Es war eben eines der Risiken, die sie auf sich nehmen mussten. Sie kam ein wenig ins Schnaufen. Mit diesen blöden Schuhen war das gar nicht so einfach. Immer wieder rutschte sie auf einem Stein aus und musste aufpassen, nicht lang hinzuschlagen. Sie ging durch das kleine Gartentor in den Garten. Dort zog sie schließlich dann doch ihre Schuhe aus. Sie wollte nicht mit diesen Dingern über den Rasen gehen. Mark wartete schon im Wohnzimmer an der Terrassentür. Er machte ihr auf.

»Und, wie ist es gelaufen?«, fragte er gleich.

»Ganz gut. Alles wie geplant.«

»Hat dich niemand erkannt?«, kam die nächste Frage.

»Ich glaube nicht.«

»Was heißt, du glaubst nicht?«

»Na ja, da war so ein alter Mann, der hat mich länger angeschaut«, antwortete sie.

Sein Gesichtsausdruck verdunkelte sich. Sie kannte das. Immer, wenn er ins Grübeln kam, oder etwas kritisch überlegte, setzte er diese Miene auf.

»Wie, länger?«, fragte er dann nach.

»Na, länger eben, nicht nur so kurz mal geguckt, sondern eben länger.«

»Wie lange denn etwa?«

»Vielleicht eine halbe Minute, oder so.«

»Das ist zu lange. Der hat dich vielleicht wirklich erkannt.«

»Das glaube ich, wie gesagt, eben nicht.«

»Und wenn doch?«

»Dann werden wir sehen«, sagte sie nur.

»Du bist gut«, sagte er.

»Ich bin wirklich gut«, sagte sie stolz und drückte ihm einen Kuss auf die Wange.

»Lass das doch jetzt.«

»Wieso denn. Wir haben doch jetzt freie Bahn!«

»Noch sind wir nicht zu Hause.«

»Natürlich sind wir zu Hause. Wir sind doch zusammen jetzt hier zu Hause«, sagte sie und strahlte ihn dabei an.

Wie lange er hier noch zu Hause war, das würde sich dann rausstellen, dachte sie.

»Wir haben es noch nicht geschafft, meine ich doch.«

»Ich denke schon«, sagte sie.

»Du glaubst, du denkst. Immer dasselbe. Es war doch klar, dass wir uns keinen Fehler erlauben dürfen.«

»Und wir haben uns auch keinen Fehler erlaubt. Echt! Ich habe ein gutes Gefühl.«

»Mit deinem guten Gefühl fange ich nicht viel an. Mensch, Lydia, wenn der alte Mann dich erkannt hat, sind wir geliefert!«

»Er hat mich nicht erkannt. Todsicher«, sagte sie, »ich will jetzt erst mal aus diesen Klamotten raus.«

Sie ging an ihm vorbei ins Treppenhaus und stieg die Treppe zum Schlafzimmer hoch.

»Du kannst ja mal nachsehen kommen, wie weit ich bin«, rief sie ihm nach unten zu.

»Vielleicht«, sagte er nur.

Kim Lorenz parkte ihren Wagen frech auf einem der Parkplätze, die mit Schildern »Ermittlungsgruppe« versehen waren. Wenn schon Archivarbeit, dann aber auch ein eigener Parkplatz, dachte sie bei sich. Sie wuchtete sich mit ihrem dicken Bauch hinter dem Lenkrad hervor. Das wurde immer schlimmer, dachte sie, und das würde noch viel schlimmer werden. Sie hatte festgestellt, dass auch ihr Atmen immer schneller wurde, sobald sie sich anstrengte. Das sei normal, hatte ihre Ärztin gemeint. Da würden noch ein paar andere Beschwerden dazukommen, hatte sie gesagt und süffisant gefragt, wie es denn mit dem Essen ginge. Mit dem Essen ginge es recht gut, hatte sie geantwortet, sie habe die wohl schwangerschaftsüblichen Gelüste nach allerlei Komischem.

»Was meinen Sie mit allerlei Komischem«, hatte die Ärztin gefragt.

»Mal Marshmallows mit Senf, dann Essiggurken mit Vanilleeis, das Übliche eben.«

Die Ärztin hatte nicht schlecht gestaunt. Das hatte Frau Doktor wohl noch nicht zu hören bekommen. War auch ein wenig geflunkert gewesen, musste Kim Lorenz zugeben. Aber sie konnte diese Gespräche eben nicht ab. Viel mehr als: Das ist eben so, hatte sie von der Medizinerin bisher bei diesem Thema nicht zu hören bekommen. Irgendwann würde ihr das über die Hutschnur gehen. Irgendwann würde sie einfach platzen und diese Frau fragen, ob sie denn selbst auch Kinder habe. Sie hatte nämlich ein bisschen den Eindruck, dass die gute Frau Doktor zu etwas Ratschläge erteilte, von dem sie selbst überhaupt keine Ahnung hatte. Ihr Gefühl trog sie da selten.

»Na, dann mal guten Appetit«, hatte Frau Doktor Bohm noch bemerkt. Kim Lorenz hatte sich daraufhin verabschiedet.

Guten Appetit, die hat Nerven, murmelte Kim Lorenz vor sich hin, als sie die Treppe zum Eingang des Polizeigebäudes hochstieg. Alles ging langsamer, das nervte sie. Wie oft war sie diese Treppe schon mit schwungvollem Schritt hochgelaufen. Jetzt musste sie, oben angekommen, erst mal durchschnaufen. Hoffentlich traf sie nicht allzu viele Kollegen, denen sie dann erklären musste, was sie in ihrem Zustand hier im Hause denn täte. Sie versuchte, mit zügigem Schritt auf den Fahrstuhl zuzugehen. Wenn sie den geschafft hatte, war sie aus dem Gröbsten heraus.

»Hallo Kim, ja, was machst denn du hier?«, rief es hinter ihr. Sie kannte die Stimme. Es war zwar schon eine Weile her, seit sie in der Ravensburger Ermittlungsgruppe zusammen mit dieser Stimme den Tod eines Mädchens aufzuklären versuchte. Martmann, dachte sie, der gute alte Martmann. Ein Kriminaler alter Schule. Der müsste doch inzwischen ziemlich nahe am Ruhestand sein, dachte Kim. Sie dreht sich um.

»Oha!«

»Was oha?«

»Na, das da. Familienpläne?«, fragte Kollege Martmann mit hämischem Grinsen.

»Sieht so aus. Grüß dich, Rolf. Wie geht's?«

»Danke. Noch ein gutes halbes Jahr, dann bin ich hier raus. Es wird Zeit!«

»Na, die paar Tage kriegst du auch noch rum. Da bin ich mir sicher.«

»Worauf du … Ach was, das sage ich jetzt nicht. Aber, zu dir, wie weit bist du denn, Kim?«

»Bald achter Monat.«

»Und da treibst du dich noch hier herum?«

»Tja, geht wohl nicht anders. Innendienst, du verstehst.«

»Dann geht's wohl runter in den Keller, zu den alten Fällen?«

»Genau. Der Herr Polizeidirektor hat es zwar sehr nett formuliert, aber genau das hat er gemeint, den Keller.«

»Na, dann viel Spaß. Ich schau dann mal vorbei und helfe beim Abstauben!«

»Mach das Rolf, würde mich freuen. Vielleicht bringst du noch eine Tasse Kaffee mit«, sagte Kim Lorenz, betrachtete dann aber ihren Bauch, »oder vielleicht besser einen Kräutertee.«

Martmann lachte. Er lachte immer, wenn andere auch nur den kleinsten Witz machten. In Kollegenkreisen trug er deshalb den Spitznamen Lachmann. Vor allem Kollegen, die eigentlich keinen vernünftigen Witz zustande brachten, mochten den Martmann, denn als Lachmann war er ihnen ein willkommener Zuhörer.

Der Fall damals in Ravensburg. Das war jetzt auch schon wieder mehr als zwei Jahre her. Sie hatten schließlich den entscheidenden Hinweis liefern können, aber bei den weiteren Ermittlungen hatte sie nicht mehr mitgemacht. Sie war nach Gaienhofen geschickt worden, um den Tod eines Mädchens aufzuklären. Der Witz war dann gewesen, dass sie in Horn, am See, dem flüchtigen Mörder über den Weg gelaufen war. Hauptkommissarin Lorenz löste ihre Fälle halt eher en passant, dachte Kim und musste innerlich grinsen. Sie war deshalb nach Stuttgart zitiert worden, wo ihr dann ihr Chef mit knirschenden Worten zur Lösung der beiden Fälle gratuliert hatte. So muss das laufen, hatte sie damals gedacht, soll der ruhig mitkriegen, was seine oft seltsamen Entscheidungen für Folgen hatten.

Wie angeordnet, meldete sie sich zuerst im ersten Stock in der Abteilung A wie Archiv. Ein verblichenes Türschild, wie passend, dachte die Hauptkommissarin, zeigte die Archivabteilung an. Darunter stand: Kommissar Fritz Drechsler. Sie klopfte.

»Herein«, ließ sich eine Stimme von drinnen vernehmen.

Kim Lorenz drückte auf die Klinke und machte die Tür auf. Das war also die Archivabteilung. Eigentlich hätte es das Türschild gar nicht gebraucht. Sowohl die Einrichtung, wie auch der Mann, der dort hinter einem vorsintflutlichen Schreibtisch saß, vermittelten mehr als deutlich den Begriff Archiv. Der übergewichtige Mann, vielleicht Ende fünfzig, Anfang sechzig, erhob sich schwerfällig aus einem alten, hölzernen Drehstuhl.

»Ah, grüß Gott, die Frau Hauptkommissarin!«

»Hallo, Kim Lorenz«, stellte sich Kim vor.

»Drechsler, Fritz. Willkommen in der Vergangenheit.«

»Danke. Das sieht hier auch sehr nach Vergangenheit aus.«

»Gut erkannt, Kollegin. Das ist auch der Sinn der Sache. Schließlich sollen wir hier keine neuen Ermittlungsmethoden erfinden, sondern in eben dieser Vergangenheit wühlen, oder sie ablegen, schön fein säuberlich, Ordner für Ordner.«

Fritz Drechsler reichte ihr eine aufgequollene Hand, die sich in ihrer wie etwas Weiches, Undefinierbares anfühlte. Sie konnte Männer nicht leiden, die einem die Hand gaben, als ob sie sie abgeben würden. Das wird nicht leicht werden, ging es der Hauptkommissarin durch den Kopf. Während sie noch seine rechte Hand hielt, fuhr sich Drechsler mit der linken über die spärliche Tolle, als wolle er damit seine Beinaheglatze verdecken. Eitel auch noch, und das in dem Alter, spannend. Kim Lorenz ließ die teigige Hand los. Drechsler zog sich wieder hinter seinen Schreibtisch zurück. Mit einer leichten Handbewegung wies er ihr den gegenüber platzierten Stuhl zu. Vorsichtig setzte sich Kim auf das abgewetzte lederne Polster. Ihr Blick durchsuchte den Raum nach irgendetwas, das vielleicht aus dem einundzwanzigsten Jahrhundert stammen könnte. Obwohl sie ein Auge für solche Untersuchungen hatte, fiel ihr nichts auf. Kein Computer, kein Handy, von einem Tablet oder einem USB-Stick ganz zu schweigen. In diesem Raum war alles so, wie es vielleicht vor fünfzig Jahren mal gewesen war. Jeden Moment konnte Kommissar Keller um die Ecke kommen und Rehbein bitten, ihnen doch bitte einen Kaffee zu machen. Keller, der Kommissar der Sechziger- und der Siebzigerjahre. Das Einzige, was zu diesem Szenario nicht gepasst hätte, wäre vielleicht das rote Tastentelefon gewesen, das auf Drechslers Schreibtisch stand.

»Nun, Kollegin, ich weiß Bescheid. Stuttgart hat mich informiert. Ich bin im Bilde. Sie sind schwanger.«

»Ach was! Sie sind doch nicht etwa auch noch Mediziner?«

»Nein, nein. Ich habe doch einen Brief aus Stuttgart bekommen, mit diesem Inhalt.«

»Welchem Inhalt?«

»Na eben, dass Sie nun schwanger sind.«

»Was heißt denn nun?«

»Dann eben jetzt.«

»Ja, ich bin schwanger. Können wir das damit dann abhaken?«

»Gut, gut. Nur die Ruhe bewahren, Kollegin. Ruhe ist im Zusammenhang mit Vergangenheit ganz wichtig. Nur die Ruhe bringt uns vorwärts. In der Ruhe liegt sozusagen …«

»Die Kraft?«

»Genau.«

Kim Lorenz konnte sich ein Lachen nicht verkneifen. War sie hier im falschen Film? Wurde sie auf die Schippe genommen? Solche Fragen gingen ihr durch den Kopf. Das konnte doch nun wirklich nicht wahr sein. Archiv, alte Fälle, gut und schön, aber auch noch dieses Relikt!

»Da habe ich Ihnen also was zusammengestellt. Hier eine Liste der betreffenden Fälle. Wir sind etwa bei 2012 angekommen.«

»Wer wir?«, fragte Kim Lorenz.

»Ich und das Archiv«, kam die prompte Antwort.

»Sind Sie allein hier? Bearbeiten Sie allein die alten, ungelösten Fälle?«

»Freilich.«

»Dann wundert mich nichts mehr«, rutschte es Kim Lorenz heraus.

»Wie? Ach so. Tja, mehr Stellen waren im Etat einfach nicht drin. Der Herr Kriminaldirektor hat es bedauert. Aber die aktuelle Verbrechensbekämpfung ginge eben vor, oder so ähnlich.«

Drechsler reichte ihr ein kariertes Blatt über den Schreibtisch. Darauf standen, in einer kleinen, unscheinbaren Schrift Namen und Nummern in fünf Zeilen, sauber untereinandergeschrieben. Für einen Moment betrachtete Kim Lorenz den Zettel. Ein paar Fettflecken am Rand wiesen auf ein vorheriges Vesper hin. Außerdem war ein leichter Zigarrengeruch wahrnehmbar.

»In der Vesperpause nebenher geschrieben und dann dabei eine Zigarre geraucht«, stellte sie lapidar fest.

»Hoppla, die Ermittlerin kommt durch!«, rief Drechsler theatralisch aus, »richtig erkannt, Frau Hauptkommissarin. Ich habe hier sehr viel zu tun, da vespert man halt nebenher und anschließend rauche ich hin und wieder gern einen Zigarillo zum Fenster hinaus. Riecht man was?«

»Hier drin nicht, aber das Papier riecht.«

»Das liegt daran, dass ich es von zu Hause mitbringe. Ich brauche mein eigenes kariertes Papier. Das habe ich immer so gehalten.«

»Warum das denn? Kann Ihnen die Polizei kein Papier dieser Art zur Verfügung stellen?«

»Vielleicht schon. Aber dann ist es ja nicht mein Eigenes. Verstehen Sie?«

»Nein«, antwortete Kim Lorenz.

Sie schaute vom Papier auf, visierte Drechsler an. Der meinte das tatsächlich so, wie er es sagte. Sein Papier. Sollte sie weiterbohren. Sie beschloss, das jetzt erst mal auf sich beruhen zu lassen. Dann eben sein Papier, bitte.

»Und was sind das für Namen und Nummern?«

»Mit diesem Papier, gehen Sie hinunter in den Keller und suchen sich die jeweiligen Akten heraus. Es gibt dort hinten«, er zeigte auf die Wand hinter der Hauptkommissarin, »einen kleinen Raum, der hat sogar ein kleines Oberfenster und eine Lampe.«

»Ach was?«

»Doch, doch. Wissen Sie, Kollegin, ich hatte früher sogar mal eine Zeit lang eine Sekretärin.«

»Und wo ist die jetzt?«

»Wegrationalisiert. Von einem Tag auf den andern. Brief aus Stuttgart und vorbei war es mit dem Vorzimmer, respektive Hinterzimmer. Können Sie die Namen lesen?«

Kim Lorenz schaute wieder auf die kurze Liste.

»Kunze, Friedrich – Reitberger, Henriette – Schöllhorn, Hubert – Rüster, Max – Viellechner, Anton.«

»Genau. Das sind fünf Fälle aus dem Jahr 2012, Mordfälle. Wurden nie aufgeklärt. Sie sollen die Akten noch mal durchgehen, genau studieren und eventuelle neue Ansatzpunkte finden, die eine erneute Aufnahme der Ermittlungen rechtfertigen, verstanden?«

»Das habe ich verstanden. Aber, 2012, da wurde doch längst alles digitalisiert, das muss doch mit dem Computer zu machen sein. Solche Unterlagen bewahrt man doch längst nicht mehr in Papierform auf.«

»Da haben sie recht, Frau Lorenz. Aber ich nicht. Ich habe hier meine Fälle in Papierform, und ein Archiv haben wir auch noch. Sie können natürlich auch hinüber zu den Schnöseln in den Neubau gehen und sich an einen solchen Computer setzen. Aber, glauben Sie mir, Papier redet, ein Computer nicht!«

»Wie meinen Sie denn das jetzt?«

»Das werden Sie schon merken. Seien Sie so gut und probieren es am Anfang mit dem Papier. Sie werden dann schon merken, was ich meine. Also, mit dem Aufzug in das zweite Untergeschoss. Ich werde Sie beim ersten Mal begleiten, damit Sie die Ordnung in meinem Archiv gleich richtig verstehen.«

»Das ist aber nett!«

»Gell«, sagte Rolf Drechsler und strahlte dabei über beide Pausbacken.

Kim Lorenz war sich nicht sicher, was da auf sie zukam. Archivarbeit, schön und gut, aber Museumsarbeit? Drechsler stand auf, setzte eine Schiebermütze auf seine Glatze und zog einen grauen Arbeitsmantel an.

»Ist ganz schön staubig da unten«, sagte er erklärend.

»Und ich?«

»Sie sollten morgen auch einen solchen Mantel mitbringen, und vielleicht ein Kopftuch!«

Wie hatte es der Mann beschrieben? Vom Marienplatz nach rechts in die Eisenbahnstraße. Bernhard Willmer kannte sich in Ravensburg einfach nicht aus. Obwohl er in Weingarten aufgewachsen war, hatte die Familie die große Nachbarstadt lediglich zum Einkaufen und hin und wieder für einen Spaziergang besucht. Das heutige Museumsangebot hatte es in seiner Kindheit noch nicht gegeben. Er hatte sich im Internet kundig gemacht. Neben dem inzwischen schon berühmten Kunstmuseum und dem Humpis-Quartier gab es natürlich noch das Ravensburger Spielemuseum und als neueste Errungenschaft der Stadt ein Wirtschaftsmuseum. Vielleicht, wenn er nachher noch ein wenig Zeit hatte, würde er sich das Humpis-Quartier ansehen. Eigentlich hatte er gedacht, mit der Karte, die er sich bei Google-Maps ausgedruckt hatte, würde er die Redaktion der Schwäbischen Zeitung schon finden. Aber, wie es so manchmal ging, nun hatte er auf seinem Blatt einen zu kleinen Ausschnitt. Den Wagen hatte er im Parkhaus am Frauentor abgestellt, dann stand er auf dem Marienplatz und wusste nicht, in welche Richtung er gehen musste. Also hatte er gefragt.

Er ging in die Eisenbahnstraße hinein. Nach ein paar Minuten sah er rechts eine Schokoladen-Manufaktur. Das wäre auch was, dachte er, wenn er seinen Job erledigt hätte. Irgendwann musste er auf die Karlstraße stoßen. Das sah er auf seinem Blatt, denn jetzt stimmte sein Plan und er wusste, wo er hinmusste. Rechts öffnete sich nun eine Straßenzeile mit einer Baumreihe. Genau so hatte das auf dem Satellitenbild ausgesehen. Hier musste er nach rechts und würde nach wenigen Metern vor der Redaktion der Schwäbischen Zeitung stehen. Dort fand sich auch das Archiv.

»Grüß Gott, wo find ich denn das Archiv?«, fragte er an der Empfangstheke.

»Ein Archiv in dem Sinne haben wir eigentlich nicht«, antwortete ihm die junge Frau.

»Wieso, a Zeitung hot doch ein Archiv, oder?«

»Schon, aber wir haben das alles digital, wissen Sie.«

»Koine Jahrgänge zom Blättern oder so?«

»Nein. Wenn Sie eine bestimmte Ausgabe suchen, dann können wir Ihnen die gerne ausdrucken«, kam die Antwort.

»Und was koschtet des?«, fragte er.

»Fünf Euro pro Seite.«

»Au. Des isch mir zu viel. I brauch zwei Monate von Ihrer Zeitung, mindeschtens«, sagte er.

»Tja, dann müssten sie Abonnent sein oder einer werden, dann können Sie selbst in den betreffenden Zeitungen suchen«, meinte die junge Frau.

»Abonnent, so so. Gut, dann dank ich schee. Auf Wiedersehen«, sagte er und machte sich auf den Weg nach draußen.

Auf der Straße ging er ein paar Schritte in Richtung Eisenbahnstraße. Er wollte sich jetzt irgendwo hinsetzen und sich Gedanken machen. Er musste überlegen. Unmöglich konnte er sich die Zeitungen von zwei Monaten ausdrucken lassen, selbst wenn er den nationalen, den Kultur- und den Sportteil weglassen würde. Das würde ja einige Hundert Euro kosten. Unmöglich konnte er sich das leisten. Aber sie hatten kein Abo, schon gar kein Online-Abo. In dieser Gegend fand sich keine Möglichkeit, sich gemütlich auf eine Bank zu setzen. Also ging er weiter in Richtung Marienplatz. Er erinnerte sich an die Schokoladen-Manufaktur. Es war erst elf, also hatte die sicherlich noch geöffnet. In seiner geheimen Kasse hatte er noch ein paar Euro für Notfälle. Das war nun ein Notfall. Er würde seiner Frau und seinen Kindern ein paar gute Schokoladen mitbringen. Schokolade hob die Stimmung, hatte er mal gelesen. Das konnten sie jetzt gerade alle brauchen. Als er den Laden erreicht hatte, ging er mit einem Lächeln hinein. Das wäre auch eine Welt, in der er sich wohlfühlen könnte, dachte er. Den ganzen Tag umgeben von feinen süßen oder herben Düften, hier mal etwas probieren, da mal etwas verkaufen. Das wäre was. Er liebte Schokolade, seit er denken konnte. In seiner Jugend hatte er eine Tante, eigentlich eine unmögliche und vor allem strenge Person. Aber immer, wenn sie zu Besuch kam, brachte sie seiner Schwester und ihm eine Tafel Lindt-Schokolade mit. Damit hatte sie immer gewonnen.

Fünf Jahre früher

Der Tote sitzt in seinem Bürosessel, als ob er noch leben würde, dachte der Kommissar, als er sich die Szenerie betrachtete. Sein Assistent untersuchte die Einstichstelle. Die Spurensicherung hatte den Raum schon freigegeben. Sie hatten nicht viel gefunden. Fingerabdrücke vom Toten und dessen Frau, natürlich von der Sekretärin und noch ein paar, die wahrscheinlich der Putzfrau zugeordnet werden konnten. Der Kommissar musste richtiggehend überlegen, wann er zum letzten Mal einen Täter oder eine Täterin aufgrund von Fingerabdrücken überführen konnte. Das war schon ziemlich lange her und außerdem ein Zufall gewesen, dass dieser Täter einen kaputten Handschuh getragen hatte. Der berühmte Kommissar Zufall, dachte der Kommissar.

»Öchsle, wie sieht's aus?«, rief er zu seinem Assistenten

Rainer Öchsle hinüber, der nun schon minutenlang auf die Einstichstelle gestarrt hatte.

»I untersuch des«, sagte der nur.

»Was gibt's denn do scho zom Untersucha. A Loch em Sessel ond a Loch en dr Leich ond domit hot sich's!«

»Aber der Wenkel, der Wenkel«, sagte Öchsle.

»Was fir a Wenkel?«

»Vom Eistich. Dui Person ka net sehr groß gwesa sei.«

»Worom?«

»Gucket se mol, die Höhe von dem Eistich!«

Rainer Öchsle, selbst gut und gerne eins neunzig groß, stellte sich hinter den Bürosessel und hielt seine rechte Hand angewinkelt vor sich in Richtung Stuhllehne.

»Sehet se des? Der Onderschied, des send guat ond gern dreißig Zentimeter. Also muss die Person kaum eins sechzig groß sei, höchschtens eins siebzig. Maximal!«

»Guat, no hemmern ja bald, den Täter oder die Täterin. Was gibt's sonscht no?«

»Kaum Spura ond wenn, dann von ihm, seiner Frau wahrscheinlich oder von dr Sekretärin.«

»Ond was isch mit dem Diktiergerät aufem Schreibtisch?«, fragte der Kommissar.

»Er hot en Brief diktiert.«

»Ach was!«

»Doch, ans Landratsamt, wega irgendwelche Wasserrechte.«

»Von wem?«

»Einem Herrn Dieter Wehling, Ravensburg. Der wohnt wohl an einem Bach.«

»Aha.«

Der Kommissar ging langsam um den Schreibtisch herum, blieb dann vor seinem Assistenten stehen, der ihm den Weg bei seiner Runde versperrte. Er schaute auf. Öchsle trat zur Seite. So musste das sein. Immer das Heft in der Hand halten, dachte der Kommissar.

»Kommet Se, Öchsle, mir packet hier zsamma. Ich denke, mir solltet mol der trauernden Witwe einen Besuch abschtatta, oder, was meinet Sie?«

»Doch, des isch sicher a guate Idee«, antwortete Öchsle.

»Also, dann wollet mer mal«, sagte der Kommissar und ging voraus ins Treppenhaus.

Öchsle folgte ihm auf dem Fuße. Vielleicht durfte er heute mal fahren. Der Kommissar ging schnellen Schrittes die Stufen hinab. Dieser Öchsle. Wahrscheinlich hoffte er jetzt wieder, fahren zu dürfen. Aber das gab es bei ihm nicht. Wenn er in einem Auto saß, dann nur auf dem Fahrersitz. Er ließ sich doch nicht von so einem Bürschchen durch Ravensburg kutschieren. Wie würde das denn aussehen!

Sie hatten direkt vor dem Haus geparkt. Öchsle überholte den Kommissar und steuerte die Fahrertüre an.

»Öchsle! Andere Seite!«, rief der Kommissar ihm zu.

Öchsle zog eine Schnute, dann ging er vorne um den Dienst-BMW herum und stellte sich an die Beifahrertür. Der Kommissar öffnete und beide stiegen ein. Ausgetrickst, dachte der Kommissar. Auch das gehörte zur Ausbildung bei der Kriminalpolizei. Dieser Öchsle musste noch einiges lernen. Immerhin stellte er sich nicht ganz so blöd an, das musste der Kommissar zugeben. Hin und wieder ein bisschen übereifrig, manchmal ein wenig vorlaut, aber sonst, nicht schlecht, der junge Mann. Der Kommissar grinste vor sich hin. Warum sollte es dem besser gehen, als ihm damals. Öchsle schaute zu ihm herüber. Was dieser Kommissar immer zu grinsen hatte, das wollte er mal wissen. Der Kommissar startete den Motor.

»Wohin?«, fragte er.

»In die Hehnstraße 77«, antwortete Öchsle.

»Wo ist denn das? Jetzt bin ich schon mehr als zehn Jahre immer wieder hier in Ravensburg, aber Hehnstraße, das habe ich noch nie gehört.«

»Droben, bei den Villen, am Ortsrand«, sagte Öchsle, der selbst gebürtiger Ravensburger war, »da wohnen die besseren Ravensburger.«

»Aha. Deshalb bin ich da noch nie gewesen. In solchen Gegenden passieren selten Kapitalverbrechen, höchstens mal ein Einbruch oder eine Sachbeschädigung. Da werden wir natürlich nicht gerufen.«

»Genau«, sagte Öchsle, »da vorne rechts und dann den Berg hoch.«

»Gut«, sagte der Kommissar.

Sie fuhren jetzt raus aus der Stadt. Entlang der Hangstraße standen schmucke Einfamilienhäuser, die, je weiter es aus der Innenstadt herausging, immer größer zu werden schienen.

»Da vorne müssen wir links und dann gleich wieder rechts, das ist dann die Hehnstraße«, dirigierte Öchsle.

»Gut«, sagte der Kommissar und lenkte den Wagen entsprechend.

Als sie die Hehnstraße erreicht hatten, suchte Öchsle nach den Hausnummern. Das war bei den großen Villen, die hier standen, gar nicht so einfach. Schließlich hatten sie die Siebenundsiebzig erreicht. Hinter einem schmiedeeisernen Tor ging es eine kleine Auffahrt hinauf. Das Haus war prächtig, aber längst keine Villa im Stil der viel größeren Nachbarshäuser. Eher bescheiden für diese Lage, dachte der Kommissar.

»Eine der kleineren Villen«, sagte Rainer Öchsle, »eigentlich ganz sympathisch.«

Sie klingelten vorne am Tor.

»Bitte?«, ließ sich eine weibliche Stimme vernehmen.

»Frau Schöllhorn, hier ist die Kriminalpolizei. Wir möchten gerne mit Ihnen sprechen.

»Um was geht es?«

»Um Ihren Mann. Dürfen wir bitte reinkommen.«

Ohne eine Antwort wurde der Türöffner betätigt. Öchsle drückte die Tür neben dem großen Tor auf. Der Kommissar ging voraus, die Auffahrt hoch.

Vor dem Haus stand ein blaues BMW-Cabrio. Öchsle ging auf den Wagen zu. Sein Blick zeigte Bewunderung.

»Das ist ein Auto!«, rief er aus.

»Öchsle, das ist kein Auto, das ist ein Wagen. Echt guat«, bemerkte der Kommissar. So einen hatte er sich immer gewünscht. Dann, am Wochenende das Dach runterlassen, die Lederkappe aufgesetzt und über Land fahren. Das war sein Traum. Aber es sah nicht so aus, als ob er den in diesem Leben noch würde realisieren können. Vielleicht im nächsten, sagte er zu sich, darfst halt nicht wieder Kriminaler werden. Er lachte in sich hinein.

»Was ist denn?«, fragte Öchsle, der den Kommissar beobachtet hatte.

»Och, nichts«, antwortete der Kommissar.

Die Haustüre wurde geöffnet. Ihnen gegenüber stand eine hübsche Frau, vielleicht Ende dreißig, dunkelblondes, schulterlanges Haar, mittelgroß. Die könnte es gewesen sein, dachte der Kommissar. Öchsle starrte die Frau an. Der Kommissar stieß ihm mit dem Ellenbogen in die Seite.

»Lydia Schöllhorn, guten Tag«, begrüßte sie die Frau.

Sie trat zur Seite und wies den beiden Beamten den Weg in Richtung Wohnzimmer. Die Tür stand offen. Öchsle und der Kommissar betraten den großen Raum. Eine ausladende Sitzgruppe stand in der Mitte, davor ein Couchtisch aus Marmor. Alles war in einem dezenten Grau gehalten. Zwar maß der Raum gut und gerne seine fünfzig Quadratmeter, das Ganze wirkte aber eher gemütlich als protzig. Das zeugt von einigem Geschmack, dachte der Kommissar. Auch Öchsle schaute sich staunend um. In so ein Haus kam auch er selten, wenn überhaupt.

»Bitte, setzen Sie sich doch«, lud sie die Hausherrin ein.

»Danke«, sagten Öchsle und der Kommissar.

»Nun, was führt Sie her? Einbrüche?«

»Nein, gnädige Frau, wir müssen Ihnen leider eine traurige Mitteilung machen. Heute Nachmittag wurde Ihr Mann erstochen in seiner Kanzlei aufgefunden. Er ist tot.«

Der Kommissar beobachtete die Reaktion der Frau genau. Im ersten Moment war da Schrecken, dann Trauer, dann stand sie auf und ging ein paar Schritte. Eigentlich eine normale Reaktion, dachte der Kommissar. Vielleicht ein Quäntchen zu normal. Lydia Schöllhorn setzte sich wieder.

»Wie ist es passiert, ich meine, wie wurde er …«

»Man hat ihn von hinten erstochen. Wahrscheinlich war es jemand, den er kannte«, beantwortete der Kommissar die unvollständige Frage.

Lydia Schöllhorn zeigte keine Reaktion. Sie sah den Kommissar an, dann dessen Assistenten.

»Frau Schöllhorn, können Sie sich jemanden denken, der Ihrem Mann Böses wollte?«

Es war die übliche Frage. Wie immer, dachte der Kommissar, wie in jedem besseren oder schlechteren Krimi. Eine Frage, die so einfach schien und doch so schwer zu beantworten war. Böses, gut, das mochte es ja geben, aber dass jemand, den das Opfer kannte, in dessen Büro ging und ihn von hinten mit einem dünnen Gegenstand erstach, das war schon mehr als etwas Böses. Das war schlicht und ergreifend Mord. Lydia Schöllhorn schien zu überlegen. Gab es da tatsächlich etwas zu überlegen, fragte sich der Kommissar. Musste sie jetzt gerade eine Liste der Leute durchgehen, die für eine solche Tat infrage kamen, unwahrscheinlich.

»Mein Mann hatte eigentlich keine Feinde in dem Sinne.«

»In welchem Sinne?«, fragte der Kommissar nach.

»In dem Sinne, dass ihn jemand so hasste, dass er ihn ermorden wollte«, antwortete Frau Schöllhorn schnell.

»Ach so. Gut. Wir werden sehen. Frau Schöllhorn, ich bräuchte eine Liste mit all Ihren Freunden, Bekannten und natürlich der Familie«, sagte der Kommissar.

»Familie?«, fragte Lydia Schöllhorn.

»Ja, auch Familie«, bestätigte der Kommissar.

Frau Schöllhorn schaute die beiden Kriminalbeamten kritisch an. Was sollte denn die Familie mit diesem Mord zu tun haben, schien ihr Blick zu fragen.

»Wir müssen alle Möglichkeiten in Betracht ziehen, Frau Schöllhorn«, erklärte der Kommissar.

»Na gut, wenn Sie meinen«, sagte Frau Schöllhorn.

»Ja, ich meine«, bestätigte der Kommissar.

»Was haben Sie heute Nachmittag gemacht, wo waren Sie, Frau Schöllhorn?«, fragte nun Rainer Öchsle.

»Ich?«

»Ja, Sie.«

»Ich bitte Sie, was sollte denn ich mit dieser Tat zu tun haben?«

»Reine Routine, Frau Schöllhorn. Wie gesagt, wir müssen jede Möglichkeit in Betracht ziehen, beurteilen und dann ausschließen«, erklärte nun wieder der Kommissar.

»Ach so. Gut. Ich war zu Hause, heute Nachmittag, den ganzen Nachmittag.«

»Kann das jemand bestätigen?«, fragte Rainer Öchsle.

»Ja, das kann jemand bestätigen. Ein Bekannter meines Mannes war da. Mark Rohleder. Er ist noch im Haus. Wenn Sie wollen, rufe ich ihn, dann kann er Ihnen Auskunft geben.«

»Das wäre nett, Frau Schöllhorn«, sagte Öchsle.

Lydia Schöllhorn stand auf und ging ins Treppenhaus. Nach einem einzigen Ruf ertönte gleich die Antwort.

Bisschen flott, dachte der Kommissar. Kurz darauf kam ein Mittvierziger die Treppe herunter und ins Wohnzimmer.

»Rohleder, Mark. Ist was passiert?«, fragte der Mann.

Warum diese Frage, dachte der Kommissar. Vielleicht wusste der Mann, dass etwas passiert war.

»Ihr Freund, Hubert Schöllhorn, wurde heute Nachmittag ermordet aufgefunden«, erklärte Rainer Öchsle.

»Hubert, tot? Das kann nicht sein!«

»Doch, es ist so. Wir sind sicher. Sind Sie hier zu Besuch?«, fragte der Kommissar.

»Ja, ich bin ein Studienfreund von Hubert und wollte mal wieder für ein paar Tage vorbeischauen. Aber dann musste Hubert heute dringend ins Büro.«

»Und was haben Sie gemacht?«

»Ich war hier im Haus. Ich habe mit Lydia einen Spaziergang über die Wiesen gemacht, dann haben wir Kaffee getrunken und anschließend bin ich auf mein Zimmer. Wir haben Hubert erst zum Abendessen erwartet.«

»Und Frau Schöllhorn war immer im Haus?«, fragte Öchsle.

»Ja. Ich habe sie entweder gesehen oder gehört. Bis vorher hat sie noch Klavier gespielt.«

»Aha. Gut. Danke. Dann war es das jetzt mal für's Erste«, sagte der Kommissar.

Er stand auf. Mit ausgestreckter Hand ging er auf Frau Schöllhorn zu.

»Mein herzliches Beileid, Frau Schöllhorn«, sagte er und gab ihr die Hand.

»Danke.«

Auch Öchsle kondolierte. Dann verabschiedeten sie sich von Mark Rohleder.

»Kann sein, dass wir noch die eine oder andere Frage haben, Frau Schöllhorn«, meinte der Kommissar im Gehen.

»Genau, wir melden uns«, ergänzte Öchsle.

Kaum waren sie auf dem Weg die Auffahrt hinunter, brach es aus Öchsle heraus.

»Wie im Film, das war doch echt wie im Film. Jeder Satz wie aus einem Drehbuch!«

»Gut erkannt, Öchsle«, meinte der Kommissar, »aus Ihnen wird doch noch ein Kriminaler.«

Rainer Öchsle strahlte übers ganze Gesicht. Es war selten, dass er vom Kommissar ein solches Lob erhielt. So sehr er sich auch bemühte, es gelang ihm nicht oft, eine solche Bestätigung seiner Arbeit oder seines Denkens zu bekommen.

»Und, was meinen Sie, Öchsle? Schuldig oder nicht schuldig?«

»Schuldig, aber dermaßen«, antwortete der Assistent.

»Gut. Schuldig vielleicht schon, aber wenn die dicht halten, werden wir es schwer haben«, sagte der Kommissar.

Im Gehen hatte er sich überlegt, wen sie kannten, der ein Abo der Schwäbischen Zeitung hatte. Er hatte lange überlegen müssen, schließlich war ihm sein Neffe eingefallen. Der Sohn seiner Schwester, Marie Lohr, die drüben in Tettnang wohnte. Der Mann hatte sich vor Jahren aufgehängt. War eine schlimme Sache gewesen, damals. Seine Schwester hatte ein Verhältnis mit ihrem Schwager angefangen. Das war natürlich irgendwann rausgekommen. Dann hing der Schwager eines schönen Sonntagmorgens tot im Hopfen. Anscheinend hatte der Mann seiner Schwester etwas damit zu tun gehabt. So richtig war das alles nie ans Licht gekommen, denn ein zweiter Verdächtiger war ebenfalls im Hopfen mit seinem Motorrad auf der Flucht vor der Polizei ums Leben gekommen. Eine verworrene Geschichte. Aber er hatte den Kontakt zu seiner Schwester nie abbrechen lassen. Sie hatte ihnen auch schon hin und wieder geholfen, wenn es mal wieder ganz knapp hergegangen war. Deren Sohn Thomas machte inzwischen eine Lehre bei einer guten Tettnanger Firma. Irgendwann hatte er ihm mal erzählt, dass sie nun keine Papierzeitung mehr hätten, sondern eine digitale Ausgabe der Schwäbischen Zeitung. Den könnte er fragen. Er würde ihn gleich heute Abend mal anrufen. Vielleicht hatte Thomas ja auch Interesse, an diesen Ermittlungen teilzunehmen. Ermittlungen, ein großes Wort, dachte Bernhard Willmer. Aber es stimmte doch, sie mussten herausfinden, was sein Vater mit diesem Satz gemeint haben könnte.

Am Marienplatz blieb er einen Augenblick stehen. Eigentlich könnte er auch mal wieder eine Runde durch die Stadt drehen. Seit seine Frau arbeitete, kam er nur noch wenig raus. Hin und wieder zum Einkaufen oder wenn etwas Besonderes anstand. Daher genoss er es, wenn sich eine

Gelegenheit ergab, zu schauen, was es in Ravensburg Neues gab. Obwohl vor allem die Innenstadt von historischen Gebäuden und Türmen geprägt war, gab es doch immer wieder etwas zu entdecken, das sich verändert hatte.

Er könnte mal wieder die Marktstraße hochgehen, sagte er sich. Das Wirtschaftsmuseum gab es erst seit wenigen Jahren. Noch hatte er keine Gelegenheit gefunden, dort mal reinzuschauen. Das berühmte Humpis-Quartier lag schräg gegenüber. Dort hatte er sich beim letzten Besuch in Ravensburg die eindrucksvollen Ausstellungen angesehen. Das Tolle dort war der Originalschauplatz. Man konnte im Haus sehen, wie es immer wieder erweitert und ergänzt wurde. Ein interessantes Beispiel für eine innerstädtische Entwicklung, hatte er damals gedacht. Kein Wunder, dass diese Museen zusammen mit der berühmten Selinka-Sammlung im Kunstmuseum jedes Jahr viele Touristen nach Ravensburg brachten. Obwohl er in seiner Jugend ja nur wenig in die große traditionsreiche Nachbarstadt gekommen war, hatte sie ihn immer fasziniert. Einmal hatte er dann später eine Stadtführung mitgemacht. Es war schon toll, was hier an historischen Gebäuden erhalten geblieben war. Letztendlich war dies der Nähe zu Friedrichshafen zu verdanken. Im Zweiten Weltkrieg hatten sich die Bombenangriffe der Alliierten auf die Nachbarstadt konzentriert, Ravensburg war im Großen und Ganzen verschont geblieben. Dafür hatte Friedrichshafen die volle Wucht der Bomben abbekommen. Er hatte mal gelesen, dass nach dem Krieg sogar eine Gleisstrecke in die zerbombte Stadt gelegt worden war, um die Trümmermassen abtransportieren zu können.

Er schaute interessiert in die Läden entlang der Marktstraße. Hier gab es immer wieder Besonderes zu entdecken.

Die Straße war recht belebt, denn die meisten Touristengruppen nahmen diesen Weg hinauf in Richtung des Mehlsacks, dem markantesten Turm der Stadt, unterhalb der Veitsburg. Seinen Namen trug er wahrscheinlich aufgrund seiner weit leuchtenden weißen Farbe, dachte er bei sich, genau wusste er es aber nicht. Auf dieser Strecke lagen viele der Sehenswürdigkeiten Ravensburgs recht eng beieinander. Es tat ihm wohl, hier unter Menschen zu sein. Das Wetter war für einen frühen Herbsttag herrlich, die Sonne schien, und es herrschte in der Stadt eine fröhliche Stimmung. Die Straßencafés waren gut besucht. Er könnte sich eigentlich auch noch ein kleines Weizenbier gönnen, dachte er sich. Also ging er am Ende der Marktstraße nach rechts, am Kunstmuseum vorbei und nahm dann rechts die Burgstraße, um wieder zurück ins Zentrum zu kommen. Dort würde sich schon ein Plätzchen finden.

Als er sich gesetzt und ein Bier bestellt hatte, betrachtete er das Treiben auf dem Marienplatz. Woher die Menschen nur das viele Geld hatten, das sie hier Tag für Tag ausgaben. Irgendwie war das in seinem Leben anders gelaufen, falsch, vielleicht. Er kannte das Leben nur als Kampf, als Überlebenskampf inzwischen. Jeder Euro musste genau überlegt werden, bevor man ihn ausgeben konnte. Deshalb war es eine absolute Ausnahme, dass er nun hier saß, sich die Sonne ins Gesicht scheinen ließ und ein Bier trank. Er konnte sich gar nicht erinnern, wann er das zum letzten Mal gemacht hatte. Das musste beinahe ein Jahr her sein.

»Hallo, Onkel Bernhard, was machsch denn du in der Stadt?«, rief es plötzlich hinter ihm.

Bernhard Willmer drehte sich um. Da stand doch tatsächlich der Thomas, den er später hatte anrufen wollen. Manchmal gab es schon Zufälle.

»Ich war in der Stadt unterwegs und bei dem schönen Wetter dachte ich, gönnst du dir ein Bier. Hallo Thomas, wie geht's dir?«

»Danke gut.«

»Setz de doch. Hosch Zeit?«

»Doch, doch, s'goht. Freit me, di zom Seha.«

»Mi au. Also di. Grad vorher han i an di denkt.«

»Echt?«

»Jetzt sitz erscht mol na. Mechtesch was trenka?«

»A Cola vielleicht.«

»Guat.«

Bernhard Willmer bestellte bei der Bedienung ein Cola. Besser hätte sich das nicht ergeben können, dachte er. So konnte er sein Anliegen mit Thomas gleich von Mann zu Mann besprechen. Er kam auch gleich zum Thema und erklärte Thomas, um was es ging. Der kriegte vor lauter Staunen den Mund bald nicht mehr zu, in was für eine Sache sein Opa da verwickelt worden war und vor allem, was dieser rätselhafte Zettel zu bedeuten hatte.

»Ond jetzt willsch du rausfenda, was dr Opa mit dem Satz gmoint hot?«

»Genau, Thomas, du hoschs begriffa. Des muss irgenda Bedeitung han, worom der des aufgschrieba ond dann en seine Briefmarka-Alba versteckt hot. Oder was denksch du?«

»Klar hot des a Bedeutung. Sicher sogar. Aber ob mir bei dr Zeitung do weitrkommet. Fraglich.«

»Probiera misset mers. Du hosch doch des Abo von dr Schwäbische Zeitung no, oder?«

»Scho.«

»Also. Wie se mer gsagt hen, kannsch du als Abonnent do online suche. Du gibsch oifach die Begriffe Lydia ond rote Frau mol ei, dann sehet mer scho, was do rauskommt. Proscht.«

Voller Eifer prostete Willmer seinem Neffen zu. Das hatte ja prima geklappt. Mit ein bisschen Glück wüsste er vielleicht heute Abend schon mehr.

»I han aber heut Obend Training. Vielleicht dann morge.«

»Noi, noi. Komm, des wirsch scho vorem Training no schaffa. Wie lauft's denn mitem Kicka?«

»Net schlecht. Mir send emmerhin Dritter.«

»Prima. Also. Trenk aus, no ganget mer. Glei, wenn da drhoim bisch, probiersch des mol. Ond wenn da was fendesch, noch ruafsch glei a, gell!«

Sie verabschiedeten sich, nachdem Bernhard Willmer gezahlt hatte. Er blieb stehen und schaute seinem Neffen zu, der sich einen Weg durch die vielen Menschen auf dem Marienplatz bahnte. Hoffentlich fand der was heraus, hoffentlich.

Er wollte sich eben auch auf den Heimweg machen, als sich plötzlich eine Hand von hinten auf seine Schulter legte.

»Der Bernhard, jetzt guck na!«, rief eine freudige Stimme.

»Dr Frieder, jetzt kann ich gar nemme«, sagte Bernhard Willmer.

Das hatte ihm gerade jetzt noch gefehlt. Ausgerechnet der Frieder. Der würde ihn doch wieder Löcher in den Bauch fragen.

»Hosch no Zeit? No trenket mer no a Klois! Komm, setz de.«

Bernhard Willmer wusste sich nicht zu helfen. Gegen den Frieder half auch nichts. Wenn er den jetzt stehen ließ, dann würde der morgen bei ihm an der Haustüre klingeln und fragen, was denn los sei. Also setzte er sich wie befohlen wieder an den Tisch. Frieder bestellte zwei kleine Weizen, obwohl Bernhard sich ein bisschen wehrte, weil er noch fahren musste. Frieder hatte es da einfacher. Er und seine Familie wohnten im Haus seiner Eltern in der Rossstraße nahe der Innenstadt. Der musste nachher nur ein paar Minuten nach Hause laufen. Nachdem er bestellt hatte, legte Frieder natürlich sofort los.

»Ond, wie lauft's, Bernhard?«

»Ganz gut. Ich kann net klaga«, antwortete er vorsichtig.

»Komm, her doch auf, klaga kennet mer elle«, sagte Frieder schnell.

»Noi, es goht scho.«

»Ach, es goht bloß? Bisch also noit weiterkomme mit deine Uhra?«

»So richtig halt net. Mir fehlt halt a gschickter Vertriebsweg, woisch.«

»Des hosch letzscht Mol au schon gsagt.«

»Was soll e denn saga. Es fällt mir halt nex meh ei.«

»Bei ons en dr Firma suchet se en Hausmeischter.«

»Ond?«

»Wär des nex fir di?«

»I? Hausmeischter? Wie schtellsch dr denn des vor?«

»Ha, du kennsch de doch aus mit Technik ond Elektrik, worom denn net. Des wär halt was Feschtes.«

»I woiß net. Jetzt grad isch schlecht. I han halt mei Gschäft.«

»Mit dem da nix verdiensch, oder?«

»Scho. Aber i glaub emmer no dra.«

»Freilich, des glaube dr scho. Aber a Geld muaß halt au reikomma, oder?«

»Des schtemmt.«

»I will gar et me saga, wenn da willsch, no setz e me fir

de ei. Überleg ders. Ond sonscht? Was machet Maria ond d' Kender?«

»Elles wohlauf. Dr Markus isch halt grad a bisle schwierig. Aber, wie's halt isch, wenn se en dem Alter send.«

»Wie alt isch der denn jetzt?«

»Fuffzehn, bald sechzehn. Der lässt sich nemme viel saga.«

»Des kenne. Do bisch fira guate Zeit abgmeldet. Aber, glaub mer, des wird au wieder andersch, echt.«

»No wille mol hoffa.«

»Proscht.«

»Proscht.«

Die beiden Männer saßen noch eine ganze Weile zusammen in der Sonne. Dem einen kleinen Weizenbier folgte dann noch eins. Wenn es nach Frieder gegangen wäre, hätte Bernhard bei ihm in der Stadt übernachten sollen, damit sie mal wieder so richtig einen draufmachen konnten. Nur sein Argument, dass seine Frau morgen früh das Auto brauchte, überzeugte den Frieder. Schließlich verabschiedeten sie sich nach einer guten Stunde.

Auf der Heimfahrt gingen ihm allerlei Dinge durch den Kopf. Ehrlichkeit war ein Begriff, der immer wieder vor seinem inneren Auge auftauchte. Warum konnte er nicht mehr ehrlich sein? Warum konnte er dem Frieder nicht einfach sagen: Du, mir geht es beschissen, ich weiß nicht, wie es weitergehen soll. Wenn nicht bald etwas Gutes passiert, dann weiß ich nicht, was ich mache. Aber so etwas konnte er doch nicht sagen. Man sagte nicht, wie es einem wirklich ging. Andererseits wusste er ganz genau, dass der Frieder ihre Situation nur allzu gut kannte. Maria erzählte hin und wieder, sie hätte den Frieder in der Stadt oder im Laden getroffen. Und die Maria sprach eher über ihre Situation als er. Er wischte diese Gedanken fort. Er wollte sich nicht schon wieder damit rumschlagen. Das drehte sich im Kreis, und er fand keinen Ausweg mehr.

Der Zettel, unterbrach er sich gedanklich selbst, er musste an den Zettel denken. Gleich, wenn er daheim war, wollte er den Thomas anrufen. Vielleicht hatte aber auch der sich schon gemeldet, weil er was rausgefunden hatte. Dann würde Maria auch Bescheid wissen. Na und, dachte er, sie konnte womöglich mithelfen, dieses Rätsel zu lösen.

Irgendwie tat ihm das gut, etwas zu haben, wonach er suchen konnte, eine Aufgabe, ein Rätsel eben. Das war spannend, das war echt. Nicht Fernsehen, Bilder gucken, Stimmen hören. So etwas interessierte ihn längst nicht mehr. Aber hier den Zettel seines Vaters zu haben und dieser Sache auf den Grund zu gehen, das machte nicht nur neugierig, das erfüllte ihn irgendwie mit Freude. Aber vielleicht waren das auch die anderthalb Weizenbiere, dachte er bei sich. Und auch der Frieder. Denn bei allen Heimlichkeiten, war er doch ein Freund, der sich kümmerte und sorgte. Vielleicht sollte er ihm gegenüber ehrlicher sein, vielleicht würde das auch ihm gut tun?

Mit solchen Fragen im Kopf, stieg er die Treppe hoch. Als er den Schlüssel ins Schloss steckte, hörte er drinnen Stimmen.

»Dr Thomas hot angerufe. Er hätt was gfunde.«

Kaum hatte er seine Schuhe ausgezogen, stand schon seine Frau vor ihm. Auch die Kinder lugten aus ihren Türen. Hoppla, dachte er, plötzlich war der Vater endlich mal wieder gefragt. Kaum hatte man ein Geheimnis, schon hatte man auch die entsprechende Aufmerksamkeit. Das sollte er sich vielleicht für die Zukunft merken.

»So, so. Dr Thomas. Scho. Überrascht mich.«

»Om was geht es denn da?«, fragte seine Frau, deren zweiter Vorname Neugier war.

»Ach, ich hab ihn en dr Schtadt troffa. Do hannen halt gfrogt, ob er mir helfa kennt. Des isch eigentlich elles.«

»Was isch denn des, wo er dir helfa kennt?«

»En Zettel.«

»En Zettel?«

»Genau. En Zettel.«

»Ja ond, was isch mit dem Zettel, was schteht drauf, worom kann dir do dr Thomas vielleicht helfa. Jetzt verzehl doch!«

Seine Frau stand mit hochrotem Kopf in der Wohnzimmertür, die Kinder warteten nur darauf, dass er dann schließlich doch erzählen würde, warum es denn nun ging. Sie standen inzwischen schon auf dem Flur.

»Also. Jetzt tät ich gern was veschpra, ond dann verzehl ich eich di ganze Gschicht. Okay?«

»'S Veschper schtod no aufem Tisch. Du kannsch glei loslega. Aber fei schnell, i will wissa, was des mit dem Zettel auf sich hot, gell.«

Er wusch sich die Hände, ging dann ins Wohnzimmer und setzte sich an den Tisch. Er würde heute mal drei Scheiben Brot essen, langsam, sehr langsam. Und er würde in die Gesichter seiner Familie blicken, die alle nur darauf warteten, dass er endlich erzählte, was es mit diesem Zettel auf sich hatte.

»Was hot dr Thomas denn gsagt?«, fragte er noch.

»Du sollsch ihn unbedingt heut no anrufa«, sagte seine Frau.

»No mach ich des nochher«, meinte er.

»Aber zerscht verzehlsch, gell«, hörte er eine sanfte Stimme. Es war die seiner Frau. Es gab Momente …

Fünf Jahre früher

Herbert Willmer las die Zeitung. Er hatte ja Zeit. Seit ihn seine Frau vor zwei Jahren verlassen hatte, wusste er kaum, was er mit der vielen Zeit anfangen sollte. Im Sommerhalbjahr hatte er seinen Garten, wo immer was zu tun war. Die Kinder freuten sich auch, wenn er ihnen bei einem Besuch mal einen Salatkopf, mal eine Gurke oder ein paar Tomaten mitgab. Aber da die Besuche eher selten waren, verschenkte er viel von seinem Gemüse. Das störte ihn nicht, denn die Arbeit im Garten an der frischen Luft machte ihm Spaß und hin und wieder ergab sich ein kleiner Plausch mit den Nachbarn oder Bekannten, die an seinem Garten vorbeikamen. In dieser Hinsicht lag das Grundstück genau richtig, dachte er, denn an seinem Garten vorbei, führte ein Fußweg in die Innenstadt.

Er blätterte um. Das Lokale interessierte ihn immer weniger. Er war zwar noch im Gesangverein Germania aktiv, aber das sonstige Vereinsgeschehen brachte auch nicht gerade Neuigkeiten, hier eine Veranstaltung, dort ein Feschtle. Das hatte er schon zur Genüge gehabt. In der Regel blätterte er diese Seiten schnell durch, überflog sie, wie man so sagte. Heute blieb er allerdings an einer fetten Schlagzeile hängen: Anwalt am helllichten Tag erstochen, stand da im Lokalteil auf der ersten Seite. Er las den Artikel. Ein gewisser Hubert Schöllhorn war in seiner Kanzlei von einem unbekannten Täter erstochen worden. Als Tatzeit wurde der gestrige Nachmittag genannt. Die Polizei tappe noch im Dunkeln und bittet um Mithilfe. Mithilfe? Wer sollte da helfen, fragte er sich. So ein Mörder lief doch nicht mit dem blutigen Messer über den Marienplatz. Er holte das Telefonbuch und schlug die Seiten mit den Anwälten auf. Hier, Schöllhorn, Kanzlei. Die Straße lag am Rande der Innenstadt. Dort, wo er gestern gewesen war. Eigentlich hatte er nur in der Bücherei ein paar Bücher ausleihen wollen, war dann aber wegen des schönen Wetters ein paar Schritte über den Marienplatz gegangen. Es war schön gewesen. Er liebte sein Ravensburg, vor allem, wenn die Sonne schien und so viele Menschen in der Stadt unterwegs waren. Er hatte sogar überlegt, ob er sich auf eine Tasse Kaffee in eines der Straßencafés setzen sollte. Hatte sich dann aber dagegen entschieden, denn er wollte das schöne Wetter ausnutzen und den restlichen Nachmittag im Garten arbeiten. Also hatte er sich auf den Heimweg gemacht. Da sah er sie zufällig, die rote Frau. Er war sich nicht hundertprozentig sicher, aber fast. Wenn ihn nicht alles täuschte, dann war das die Frau von diesem Hubert gewesen, die Lydia Schöllhorn. Ihn kannte er nicht, aber die Lydia, schon von klein auf. Sie war eine geborene Hausmüller, die hatten bei ihnen in der Nachbarschaft gewohnt. Lydia war einige Jahre jünger als seine Marie. Trotzdem hatten sie hin und wieder miteinander gespielt. Später sah er Lydia nur noch sporadisch, bekam halt mit, wie sie vom Mädchen zur jungen Frau wurde. Irgendwann hatte seine Frau ihm von der Hochzeit mit diesem Hubert erzählt. Seine Frau hatte vom großen Los gesprochen, das die Lydia mit diesem Anwalt gezogen hätte. Klar, die Schöllhorns waren eine alteingesessene Familie mit allerlei Immobilienbesitz, eine Kanzlei hier, ein Maklerbüro dort und noch einige gewinnbringende Beteiligungen. Wo das Geld ist, kommt das Geld auch hin, dachte er. Er war nicht neidisch, aber es wurmte ihn schon, dass manchen Menschen das Geld richtiggehend hinterherlief. Sie wohnten zwar in einem Häuschen, aber das war nur auf Lebenszeit gemietet.

Ein örtlicher Fabrikant hatte die Häuserzeile vor vielen Jahren für seine Mitarbeiter bauen lassen. Inzwischen wurden die Häuser als Sozialwohnungen von der Stadt verwaltet. Da er zeitlebens als Hausmeister im Rathaus gearbeitet hatte, war er eines schönen Tages doch tatsächlich auf der Liste ganz oben gewesen. Im Jahr 1964 waren sie eingezogen. Ein paar Jahre später waren die Kinder gekommen. Er schaute hinaus in seinen Garten. Es waren schöne Jahre gewesen, hier, in diesem Haus mit seiner Frau und den Kindern. Er wischte sich eine kleine Träne aus dem linken Auge. Immer, wenn er so in der Vergangenheit schwelgte, dann wurde es ihm warm ums Herz und es kam immer die Träne, aber nur links. Er unterbrach seine Erinnerung und widmete sich wieder der Zeitung. Die Polizei bat um Mithilfe. Konnte er helfen, fragte er sich. Was hatte diese Lydia, als rote Frau verkleidet, an diesem Nachmittag in der Innenstadt gemacht? Wieso kam sie genau aus der Richtung auf den Marienplatz, in der die Kanzlei lag? Warum hatte sie ihn so seltsam angeschaut? Das war ein Blick gewesen, er erinnerte sich noch ganz genau. Es lief ihm jetzt noch kalt den Rücken hinunter, wenn er daran dachte. Ein Blick wie ein Eisklotz, mit so viel Verachtung, so viel Hass. Er hatte sich vorher nicht vorstellen können, dass jemand so einen Blick haben konnte.

Die Lydia. Die Lydia. Er nahm einen Zettel und einen Stift. Die Lydia ist die rote Frau, schrieb er darauf. Er betrachtete den Zettel eine ganze Weile. Wenn die Lydia die rote Frau war, warum war sie die rote Frau? Wieso musste sie sich verkleiden? Oder wollte sie sich einfach mal verkleiden, mal nicht als die Frau Lydia Schöllhorn in die Stadt gehen, sondern als die rote Frau? Er ließ seinen Gedanken freien Lauf. Es machte ihm manchmal einen Heidenspaß, da oben im Hirnkasten die Synapsen mal so richtig ins Rotieren zu bringen. Das hält jung, sagte er sich. Er bewegte den Zettel zwischen seinen Fingern. Wenn die Lydia mit dem Tod ihres Mannes etwas zu tun hatte, dann musste er zur Polizei gehen. Zumindest sollte er von der roten Frau berichten. Aber, wie sollte er das denn berichten? Ich habe eine rote Frau gesehen, die wie die Lydia Schöllhorn aussah? War er sich wirklich so sicher, dass es die Lydia gewesen war? Konnte es nicht vielleicht noch eine andere Frau geben, die der Lydia so ähnlich sah, dass er sie vielleicht verwechselte. So richtig sicher war er sich nicht. Nicht so sicher, dass er die Lydia praktisch des Mordes an ihrem Ehemann verdächtigen würde. Er hatte ein Gewissen, und er glaubte an Gott. Das war es. Konnte er sich getäuscht haben, dann durfte er nicht zur Polizei gehen. Nur wenn er sich absolut sicher war, konnte er jemanden eines Mordes bezichtigen. Zwar konnte er noch recht gut sehen für sein Alter, aber seine Augen hatten sich vielleicht was vorgemacht, wollten die Lydia in der roten Frau erkennen und er fiel darauf herein. Mit dieser Unsicherheit konnte er sich nicht an die Polizei wenden. Aber nichts tun konnte er auch nicht. Er überlegte. Wenn Lydia mit dem Tod ihres Mannes etwas zu tun hatte, dann durfte sie damit auch nicht davonkommen. Er wollte das genau überlegen. Wenn er diese Frau zu Unrecht beschuldigte, dann machte er sich selbst schuldig. So empfand er das, wenn er in sich hineinhorchte. Andererseits könnte sein Hinweis eine Mörderin überführen, die womöglich sonst straffrei davonkommen würde. Was sollte er tun? Wie er es machte, war es seinem Gefühl nach nicht gut. Aber was nutzte ihm sein Gefühl, wenn er eine Entscheidung zu treffen hatte. Eine Entscheidung von einiger Tragweite. Da kam ihm ein Gedanke. Was, wenn er die vielleicht Schuldige selbst ansprach, sie ihrer Schuld bewusst machte. Konnte das funktionieren? Wäre das eine Möglichkeit, aus diesem Dilemma herauszukommen? Vielleicht. Er beschloss, Lydia einen Brief zu schreiben, in dem er ihr erzählen würde, dass er sie gesehen hatte, aber auch, dass er erst einmal nicht zur Polizei gehen würde. Er wollte sie treffen, mit ihr sprechen, hören, was sie dazu zu sagen hatte. Dann würde er entscheiden. Wenn sie sich nicht klar äußerte, womöglich ihre Schuld bekannte, dann würde er wahrscheinlich zur Polizei gehen. Wenn die Sache anders lief, war er aus dem Schneider und die Schuldige stellte sich selbst. So könnte es gehen, dachte er bei sich. Er holte seinen Block und begann zu schreiben …

Fünf Jahre später

Heute war nicht ihr Tag, war es nie gewesen. Kim Lorenz war mit Fritz Drechsler in den Archivkeller hinuntergefahren. Sie hatte es erst nicht glauben können, dass es so etwas im einundzwanzigsten Jahrhundert noch gab. So viel Staub hatte sie noch nie auf einem Haufen gesehen. Da lagen Akten aus den vergangenen Jahrzehnten. Laut Drechsler gingen sie zum Teil noch zurück in die Sechzigerjahre.

»Vorsicht, jetzt schtaubt's!«, hörte sie Drechsler noch rufen, dann stürzte ein ganzer Aktenberg neben ihr in sich zusammen.

»Tschuldigung, aber das hat sein müsse. Wisset Se, manchmal lieget die Richtige halt ganz unten, gell«, sagte Drechsler mit einem Lächeln.

Wenigstens eine Atemmaske hatte der Herr Archivar

für sie noch gehabt. Sonst wäre sie hier unten bestimmt erstickt. Das war nun zwar Innendienst, für eine schwangere Hauptkommissarin aber auch nicht gerade die gesündeste Umgebung.

»Jetzt holet mer die andere zwei Fälle noch, dann send mer fertig«, sagte Drechsler.

Kim Lorenz stand nur daneben und schaute ihm zu. Es war bewundernswert, wie sich der Mann in seiner Aktenwelt bewegte. Als ob er hier unten und nicht dort oben zu Hause wäre, dachte die Hauptkommissarin.

»So, hier isch Nummer eins«, kommentierte Drechsler seine Suche, »ond hier isch Nummer zwei. Jetzt haben wir's beinander, gell!«

Sie konnte dieses Gell nicht mehr hören. Anfangs hatte sie noch mitgezählt, hatte daran aber vor lauter Staub bald das Interesse verloren. Sie war dann nur noch hinter Drechsler hergetappt und hatte die Akten in Empfang genommen. Nun stand sie vor ihm mit den Akten bis ans Kinn. Drechsler kam auf sie zu.

»Wartet Se, ich nehm Ihne a paar ab«, meinte er und griff sich die obersten drei Akten. Viel Erleichterung war das nicht, dachte Kim Lorenz und schlug schnell den Weg zum Fahrstuhl ein. Drechsler drückte den Knopf, dann ging es endlich wieder nach oben.

Im Büro angekommen, legte Kim so schnell sie konnte die Akten auf den Tisch in ihrem Kabuff. Da runter würden sie in den nächsten Monaten keine zehn Pferde mehr bekommen, das war aber sicher. Sie würde noch heute Nachmittag Michelmeier anrufen. Wie gesagt, Innendienst, von ihr aus, aber so nicht!

Drechsler hatte die Tür zu seinem Büro geschlossen. Anscheinend gab es bei ihm Dinge, die etwas Privatheit brauchten. Vielleicht pafft er wieder einen Zigarillo zum Fenster raus, dachte Kim. Sollte er doch, war ihr doch egal, solange er hier in ihrem Kämmerchen nicht rauchte.

Sie blätterte langsam die Akten durch. Auf diesem Stuhl würde sie es keinen ganzen Tag aushalten. Es ärgerte sie, dass es nun nicht mehr nur darum ging, dass sie Innendienst schieben musste, sondern darum, diesen Innendienst einigermaßen gepflegt hinter sich zu bringen. Ein nettes Büro, ein paar Akten, hin und wieder eine schöne Tasse Tee, ein Salat in der Mittagspause und dann pünktlich Feierabend wie sonst nie. So hatte sie sich das vorgestellt in ihrem jungmütterlichen Leichtsinn. Nun saß sie verstaubt in ihrer kleinen Bude und musste aufpassen, dass sie beim Umschlagen der Seiten nicht erstickte.

Fünf Fälle, fünf Tote. Beim ersten Durchblättern war ihr nicht viel aufgefallen. Die Ermittlungen hatten in allen fünf Fällen wenig Ergebnisse gebracht. Es fehlten direkte Zeugen, es fehlten Verdachtsmomente, es fehlten Verdächtige. Es fehlte in diesen Fällen vor allem eines: ein Motiv. Warum sollte jemand den Handwerksmeister erschlagen, warum die treu sorgende Hausfrau und so weiter. Beim letzten Fall blieb sie hängen. Ein Anwalt, Hubert Schöllhorn, Ravensburg. Ach, Ravensburg, dachte Kim, dort jetzt im Café Glücklich sitzen und einen Cappuccino trinken oder vielleicht einen großen Eisbecher mit Senf löffeln. Kim merkte, wie die Schwangerschaft sich immer wieder bemerkbar machte. Selbst in ihren Träumen stellte sie sich Dinge vor, die sie vor der Schwangerschaft für unmöglich gehalten hätte. Es war zwar nicht besorgniserregend, aber schon komisch. Manchmal konnte sie allerdings darüber auch herzlich lachen. Allein wenn sie die Gesichter der anderen sah, wenn sie ihre interessanten Zusammenstellungen kundtat. Da gab es schon so manches erstaunte Gesicht, wenn sie von Essiggurken mit Sahne, Erdbeeren mit Meerrettich und solchen Sachen erzählte. Natürlich übertrieb sie immer maßlos, aber frau hatte ja sonst wenig Spaß als Hochschwangere. Das letzte Mal war sie mit Peter im Café Glücklich gewesen. Letzten Sommer, meinte sie sich zu erinnern. Sie hatten damals Ravensburgs Gassen erkundet. Dabei hatten sie das reizende Café entdeckt. Sie hatten draußen gesessen. Peter konnte mal wieder nicht an sich halten, und hatte gleich zwei Stück von der leckeren Torte verputzt. Sie hatten über Kinder geredet, das wusste sie noch ganz genau. Da war eine Familie mit vier kleinen Kindern vorbeigegangen. Peter hatte dann mit dem Thema Familienplanung angefangen. Für sie lag das damals noch in weiter Ferne. »Wir werden nicht jünger«, hatte Peter gesagt. Obwohl er recht hatte, konnte sie sich das für sich nicht vorstellen. Damals. Und jetzt war es bei ihnen soweit.

Sie riss sich zusammen. Schließlich hatte sie zu arbeiten. Also, Schöllhorn, Hubert, von hinten mit feinem Gegenstand, womöglich Hutnadel, erstochen. Hutnadel war schon mal seltsam. Sie wüsste gar nicht, wo man so was herkriegte. Sie müsste sich bei den Hutläden in Ravensburg und Friedrichshafen mal erkundigen. Brauchte frau so etwas heute noch? Vielleicht auf der Pferderennbahn oder bei Staatsempfängen, aber hier bei ihnen in Süddeutschland? Kaum. Sie notierte diese Sache auf ihrem Block. Denn so wollte sie vorgehen, die ihr auffallenden Punkte aufschreiben und noch mal nachrecherchieren oder sie überhaupt recherchieren, wenn sie überhaupt noch nicht überprüft worden waren. Sie wollte mit dem Fall Schöllhorn anfangen. Der erste Eindruck zeigte keine Besonderheiten. Ein ungelöster Fall eben, keine Anhaltspunkte, keine Verdächtigen, kein Motiv. Nur die Ehefrau könnte eines haben, Gier, dachte Kim Lorenz. Aber die hatte ein mehr oder weniger wasserdichtes Alibi. Das war schwer zu knacken. Sie suchte in den Unterlagen nach dem ermittelnden Kommissar. Als sie die Angabe dazu gefunden hatte, staunte sie nicht schlecht. Der Kommissar hieß Rolf Martmann. Der Martmann mit dem sie heute Morgen noch ein paar Worte gewechselt hatte. Sie würde wohl noch ein paar Worte mit ihm wechseln müssen, dachte sie. Denn der Fall war irgendwie seltsam. Es störte sie etwas, nein, eigentlich störte sie vieles. Das war alles so glatt, das sah zu sehr nach dem perfekten Verbrechen aus. Aber sie wusste, es gab dieses perfekte Verbrechen nicht. Es gab vielleicht ungeklärte Morde, aber das deshalb, weil der entscheidende Hinweis oder ein fehlender Beweis nicht beigebracht werden konnte.

Sie nahm die Akte Schöllhorn und ging hinaus zu Drechsler. Vielleicht wusste er etwas zu erzählen zu diesem Fall. Sie war gespannt.

»Herr Drechsler, darf ich Sie kurz stören?«, fragte sie und klopfte alibimäßig gegen die Tür.

Drechsler schaute auf. Anscheinend war er keine Störungen gewohnt. Hier unten war man abseits des Tagesgeschäftes, im Archiv eben.

»Ah, Frau Lorenz. Gerne, koi Frag. Bitte, setzen Sie sich doch«, sagte Drechsler mit einer einladenden Handbewegung.

»Ich hätte da eine Frage zu einem Fall: Schöllhorn, Hubert, ermordet 2012, im Mai, genauer: am 10.«

»Genau, der Fall Schöllhorn, ich erinnere mich. Den hatte ich schon einmal auf dem Tisch. Eine seltsame Sache. Keine Anhaltspunkte, rein gar nichts.«

»Genau.«

»Aber, was sagt uns das, Frau Lorenz?«

»Was?«

»Dass da etwas nicht stimmt, oder?«

»Genau mein Bauchgefühl«, antwortete die Hauptkommissarin.

»Gut, Frau Kollegin, ich sehe, Sie passen hier rein, denn genau dieses Bauchgefühl brauchen wir, damit wir einen neuen Ansatz in einem Fall finden.«

»Stimmt«, bestätigte Kim Lorenz, denn das leuchtete ihr ein.

»Sehet Se. Aber ich hab kein neua Ansatz gfunde, vielleicht ja Sie.«

»Also, mehr als die Akten wissen Sie auch nicht?«

»Ich nicht, aber vielleicht der ermittelnde Kommissar.«

»Der Martmann?«

»Genau, der Martmann, des isch ein alter Hase. Ich sah damals keinen Grund mit ihm zu schwätza. Steht schließlich alles en de Akte, aber wenn Sie es für sinnvoll haltet, bitte.«

»Danke. Ich glaube, das mache ich. Es kann ja nicht schaden, oder?«

»Eben, machet Se ruhig. I ben gschpannt, was drbei rauskommt.«

»Gut, dann danke.«

»Nichts zu danken, Frau Kollegin.«

»Dann mach ich mich an den Rest«, sagte Kim Lorenz, stand auf und ging zur Tür.

»Frau Lorenz!«, rief ihr Drechsler hinterher. Die Hauptkommissarin drehte sich zu ihm um.

»Ja?«

»Machet se au langsam. Hier unte geht alles a bisle langsamer als do droba, gell. Sie müsset sich hier koin abschaffa, scho gar net en Ihrem Zuschtand, gell.«

»Ich werde es schon langsam angehen, nur keine Sorge.«

»Guat.«

»Na, dann tschüs«, sagte Kim Lorenz und verschwand in ihrem Zimmer. Sie setzte sich wieder an ihren Tisch. Jetzt würde ihr eine feine Tasse Kaffee schmecken. Aber mit dem Kaffee war es für eine Weile vorbei. Sie musste sich mit einem Kräutertee begnügen, den sie in einer großen Thermosflasche mitgebracht hatte. Sie schenkte sich eine Tasse ein. Die Uhr zeigte Viertel vor vier. Sie würde noch eine halbe Stunde weitermachen, dann war Schicht im Schacht. Es reichte ihr. Sie hatte genug Staub geschluckt. Eine Weile hing sie ihren Gedanken nach. Meistens dachte sie an das neue Leben, das da gerade in ihr drin heranwuchs. Es waren nur noch wenige Wochen, dann würde der Mutterschutz beginnen. So richtig freuen konnte sie sich darauf noch nicht. Die Rolle des Hausmütterchens, das dann auch noch durch die Schwangerschaft beeinträchtigt war, lag ihr so gar nicht. Freilich blieb ihr nichts anderes übrig, als diese Rolle für die nächsten Monate anzunehmen. Nach der Geburt des Kindes wird es sicherlich einfacher, da kann ich dann mit dem Kinderwagen raus in den Ort, einkaufen und mit den Leuten reden, dachte sie sich. Sich selbst konnte sie sich hinter einem Kinderwagen schon vorstellen. Ihren Freund Peter allerdings eher weniger. Sie war sich unsicher, wie er mit der Vaterrolle zurechtkommen würde. Obwohl er ja nun seit einigen Jahren beruflich mit Kindern zu tun hatte, war es für sie etwas ganz anderes, wie er sich mit einer Tochter zurechtfinden würde. Sie war sich schon sicher, dass er ein prima Papa werden würde. Aber wie er in die Rolle hineinfinden sollte, das konnte sie sich noch nicht so recht vorstellen. Sie hatte die Kinder ihrer Schwester aufwachsen sehen und dabei begleitet. In ihrer Zeit in

Stuttgart hatte sie die junge Familie oft besucht, später auch mal die kleinen Kinder gehütet. Peter hatte in dieser Hinsicht keine Erfahrungen. Man kann alles lernen, dachte sie. In diesem Fall musste dieser alte Spruch halt herhalten. Sie wusste, dass sie sich viel zu viele Gedanken machte. Das würde schon alles klappen, da war sie sich sicher. Sie schaute wieder auf die Uhr. Es war Zeit, die halbe Stunde war schnell vorbeigegangen, dabei hatte sie das Gefühl, nur ganz wenig gedacht zu haben. Wahrscheinlich hatte sie im Geiste ein wenig gedöst, denn Staub und Akten hatten sie müde gemacht. Also packte sie ihre Sachen zusammen. Sie nahm ihre Jacke vom Haken, dann ging sie zur Tür hinaus. Der Schreibtisch von Drechsler war leer. Hatte der denn schon Feierabend gemacht, ohne sich von ihr zu verabschieden. Kim wunderte sich. Sie wollte gerade zur Tür hinaus, als diese schwungvoll aufgerissen wurde.

»So, machet Se Feierobend. So isch recht. Es langt au, gell«, sagte Drechsler und grinste dabei über das ganze breite Gesicht.

»Ja, es reicht. Ich mach für heute Schluss. Bis morgen dann«, sagte sie und wollte zur Tür hinaus.

»Wartet Se, do han ich was für Sie«, sagte Drechsler und überreichte ihr ein kleines Geschenkpapierpäckchen.

Überrascht nahm Kim das Geschenk entgegen. Das war aber jetzt wirklich nett von diesem schrulligen Kollegen. Ein Geschenk. Sie packte es aus. Zum Vorschein kam ein kleiner, ganz kleiner Strampler, wahrscheinlich die kleinste Größe, die sich finden ließ.

»Aber Herr Drechsler, das ist aber lieb von Ihnen. Vielen Dank«, sagte Kim.

»I han halt denkt, zum Einschtand. Also, i ben dr Fritz«, stellte er sich noch mal vor.

»Kim, freut mich, Fritz. Auf gute Zusammenarbeit«, sagte Kim freudig.

»Genau, dann auf gute Zusammenarbeit, Kollegin Kim«, bestätigte er.

»Dann bis morgen, Fritz«, verabschiedete sich Kim.

»Bis morga, Mädle«, sagte Fritz.

Fünf Jahre früher

Es war schön gewesen, dachte Lydia, schön und unheimlich entspannend nach diesem Nachmittag und dem Besuch der Kriminalpolizei. Mark hatte sich voll ins Zeug gelegt. Wahrscheinlich hatte er seine ganz Unsicherheit und seine Zweifel mit dieser Nummer vertreiben wollen. Sie schaute zu ihm hinüber, er schien zu dösen. Sie schlüpfte aus dem Bett, zog ihren Morgenmantel über, dann ging sie in die Dusche. Sie musste danach immer duschen, das war auch mit Hubert immer so gewesen. Ach ja, der Hubert, der war ja nun nicht mehr. Es schien alles prima gelaufen zu sein. Die beiden Kriminaler würden sicher noch mehrere Male bei ihnen auftauchen. Da war es angesagt, Mark nach seiner Aussage möglichst schnell aus der Sache rauszuziehen. Geplant war ein Flug nach Gran Canaria. Sie hatten dort ein Haus gemietet. Mark sollte vorfliegen und dort auf sie warten, bis hier in Ravensburg alles geregelt war. Die Erbschaft würde eine Weile auf sich warten lassen, das wusste sie wohl. Zuerst musste der Fall Hubert Schöllhorn abgeschlossen sein. Sie hatte Mark darauf eingestellt, dass er unter Umständen ein oder zwei Monate auf sie warten musste. Vielleicht könnte sie zwischendurch mal ein paar Tage auf die Insel fliegen. Das wäre gut, auch für Mark. Sie hatte sich noch nicht entschieden, was sie mit Mark anschließend machen sollte. Er war ein netter Kerl, aber sie wollte nicht ihr restliches Leben mit ihm verbringen. Dazu war er zu einfach und zu normal. Er suchte ein Glück, das nicht das ihre war. Aber das hatte er noch nicht gemerkt. Sie stieg in die Duschkabine, drehte das Wasser ziemlich heiß auf und ließ es sich minutenlang über den Körper fließen. Das liebte sie, damit konnte sie alle miesen Stimmungen vertreiben. Jetzt war es eher die vollkommene Wohligkeit, die sie mit dem heißen Wasser erreichte. Sie seifte sich langsam ab. Dann spülte sie und trat aus der Dusche. Er stand in der Badezimmertür, nackt.

»Warum bist du gleich aufgestanden. Ich wüsste nicht, dass wir schon fertig waren«, sagte er mit einem dreckigen Grinsen.

»Ich schon. Ich wollte duschen«, sagte sie nur.

»Komm, wir gehen noch mal ins Bett«, lockte er sie.

»Ich möchte mich jetzt anziehen.«

»Auch er möchte noch ein wenig ins Bett«, sagte er und schaute dabei an sich hinunter.

»Was er möchte, ist mir jetzt gerade ziemlich egal. Er hat seinen Spaß gehabt«, sagte sie kühl.

»Ach komm, sei doch nicht so.«

Er kam auf sie zu, wollte sie in den Arm nehmen. Sie kannte seine Maschen, aber sie hatte jetzt genug. Sie wollte sich anziehen, nach unten gehen und einen Drink nehmen. Anstoßen auf die gelungene Tat. Dann etwas Schönes kochen und einen guten Film anschauen. Mal sehen, was Mark dazu sagt, dachte sie.

»Lass das doch bitte«, sagte sie und schob ihn von sich weg.

»Du willst wirklich nicht?«, fragte er, als ob das ein Ding der Unmöglichkeit wäre, seiner Männlichkeit zu widerstehen.

»Wirklich nicht«, antwortete sie.

Dann ging sie an ihm vorbei zum Schrank. Das Kleid musste für den Anlass passen. Vielleicht sollte sie doch nicht selbst kochen. Sie könnten sich ja auch was kommen lassen. Mit der Schürze sah sie immer so lächerlich aus. Ach ja, die Kinder, sie musste noch die Kinder anrufen. Nicht, dass sie es aus der Zeitung erfuhren, dass ihr Vater ermordet worden war. Beide studierten, Simon in Freiburg, Verena in Hamburg. Sie würde sie anrufen, sobald sie angezogen war. Hoffentlich hatte nicht schon die Polizei mit ihnen Kontakt aufgenommen. Falls ja, würde sie alles auf den Schock schieben. Das klappte immer, das wusste sie.

»Na gut, dann vielleicht später«, lenkte Mark ein.

»Vielleicht«, sagte sie, »ich gehe nach unten. Sollen wir uns was zu essen kommen lassen?«

»Gute Idee«, meinte er.

»Was möchtest du? Indisch fände ich nicht schlecht«, schlug sie vor.

»Indisch ist gut. Für mich eine Pizza, die Quatro, wie immer«, sagte er.

»Okay, dann mal wieder ich indisch und du italienisch«, stellte sie fest.

Sie würde, wenn sie unten war, gleich die Bestellung aufgeben. Das dauerte immer etwa eine halbe Stunde. Zeit genug, die Kinder zu informieren. Auf der Treppe fiel ihr ein, dass sie vielleicht auch gleich die Eltern von Hubert anrufen sollte. Zwar war sein Vater nicht mehr so gut beinander, aber die Else, seine Mutter, würde die Sache ihrem Mann schon schonend beibringen. Die Else sollte auch die restliche Familie informieren. Schließlich konnte man ihr als trauernder Witwe ja nicht zumuten, nach dieser Sache auch noch den ganzen Abend herumzutelefonieren. Sie hasste solche Gespräche, die dann mit den üblichen Floskeln abliefen. Er war ja so ein herzensguter Mann, er lebte doch so gerne und die Kinder, die armen und so weiter und so weiter.

Sie suchte im Wohnzimmer ihr Handy. Es war furchtbar, sie legte das Ding einfach irgendwo ab und wusste nachher nicht mehr, wo sie es zuletzt gehabt hatte. Oft brauchte sie das Festnetztelefon, um ihr Handy klingeln zu lassen und es zu finden. Sie würde wohl auch diesmal nicht darum herumkommen. Als sie draußen im Flur eben den Hörer von der Station nehmen wollte, klingelte das Ding. Sie drückte die grüne Taste, die Nummer kannte sie nicht.

»Schöllhorn«, meldete sie sich.

»Grauer, Schwäbische Zeitung. Frau Schöllhorn, wären Sie bereit, uns ein Interview zu geben. Ach so, mein Beileid, Frau Schöllhorn. Weiß man schon etwas? Ich denke …«

Sie drückte auf Rot. Das war doch eine Unverschämtheit, der Tote war noch nicht mal ganz kalt, schon hatte man die Presse am Telefon. Sie drückte ihre Handynummer. Es klingelte irgendwo in der Sitzgruppe. Na, wenigstens konnte sie den Suchort ein wenig eingrenzen, dachte sie sich. Sie ging zum Sofa hinüber und griff zwischen die Kissen. Beim dritten Griff hielt sie ihr Handy in der Hand. Wen sollte sie zuerst anrufen? Vielleicht zuerst Simon, dann Verena. Sie setzte sich einigermaßen gemütlich in den großen alten Sessel. Es fehlte noch was. Sie stand wieder auf. Ein Drink, das war es. Sie ging zur Hausbar hinüber, schenkte sich einen guten Daumen irischen Whiskey ein. Das brauchte sie jetzt.

Zurück im Sessel stellte sie das Glas auf den Couchtisch, nachdem sie einen großen Schluck genommen hatte. Sie drückte die Nummer ihres Sohnes. Die Uhr zeigte halb sieben. Sie hörte es läuten, da fiel ihr ein, dass sie vergessen hatte, das Essen zu bestellen. Egal, musste Mark halt ein wenig warten. Ihr Sohn ging nicht ran. Wahrscheinlich war er joggen. Machte er oft nach einem langen Tag an der Uni. Dann probierte sie es halt bei Verena, die war eher zu Hause als Simon. Sie drückte deren Taste. Es hatte kaum einmal getutet, schon hörte sie die Stimme ihrer Tochter.

»Mama?«

»Ja, Verena, ich bin's. Ich muss dir eine traurige Mitteilung machen, der Daddy ist tot.«

»Tot? Der Daddy? Das kann doch nicht wahr sein! Mama, was sagst du da?«

»Doch, er ist tot, ermordet, in seiner Kanzlei, heute Nachmittag.«

»Das, das, tot?«

»Erstochen. Von hinten.«

»Von hinten. Und, hat man den Täter schon?«

»Die Polizei hat gerade erst die Ermittlungen aufgenommen. Die wissen noch nichts. Kommst du?«

»Natürlich komm ich. Heute kriege ich keinen Flieger mehr, aber gleich morgen früh.«

»Nimm am Flughafen ein Taxi, ich glaube nicht, dass ich dich abholen kann.«

»Gut. Wie geht es dir?«

»Spatz, wie soll es mir gehen? Scheiße.«

»Das glaube ich dir. Ist Gerda da? Hast du es Opa und Oma schon gesagt? Und die Familie, wer sagt es denen?«

»Ich wollte zuerst euch anrufen, dich und deinen Bruder.«

»Hast du Simon erreicht?«

»Nein, er geht nicht ran.«

»Der ist bestimmt joggen.«

»Das denke ich auch.«

»Weißt du was, ich versuche ihn zu erreichen und du rufst Opa und Oma an. Vielleicht auch Onkel Richard, der soll dann die restliche Familie informieren. Die müssen das doch wissen, oder?«

»Genau. Gut, Verena, dann machen wir das so. Also, bis morgen, meine Kleine.«

»Bis morgen, Mama, ruf doch auch die Gerda an, die kommt bestimmt gerne rüber.«

»Das mache ich, also, bis morgen. Tschüs.«

»Tschüs, Mama.«

Sie drückte auf Rot. Das war doch ganz gut gelaufen. Sie hatte nicht einmal das Gefühl gehabt, sich irgendwie verstellen zu müssen. Die Rolle war einfach über sie gekommen. Kein Problem, selbst die Täterin zu sein und mit der Tochter über den Tod des Vaters zu sprechen. Sie hatte echt neben sich gestanden, sich zugehört und gelacht.

Sie drückte die Taste der Schwiegereltern. Jetzt kam der schwierigste Teil. Sie hatte es ihrer Schwiegermutter noch nie recht machen können. Diesmal schon gar nicht. Sie schmunzelte in sich hinein. Jetzt hatte sie ihr auch noch den Sohn ermordet. Das konnte eine Schwiegermutter schon gegen die Schwiegertochter aufbringen. Wie immer klingelte das Telefon ewig. Sie wusste nicht, wo die beiden Alten das Ding immer platzierten, aber anscheinend hatten sie jedes Mal einen ewigen Weg und das dauerte und dauerte. Schließlich meldete sich Else.

»Schöllhorn, wer ist dort?«

»Lydia, hier ist die Lydia.«

»Wer?«

»Die Lydia, deine Schwiegertochter.«

»Ach, du?«

»Ja, ich. Ich muss dir etwas Trauriges sagen. Setz dich.«

»Was?«

»Du sollst dich bitte setzen.«

»Aha. Gut. Ich sitze.«

»Else, heute Nachmittag wurde dein Sohn ermordet in seiner Kanzlei gefunden. Er wurde erstochen.«

»Er hat gerochen?«

»Else, dein Sohn ist tot!«

Sie hatte nicht gewusst, dass ihre Schwiegermutter inzwischen ein Problem mit dem Hören hatte. Gut, sie hatte sie schon längere Zeit nicht mehr gesehen. Aber, konnte das so schnell gegangen sein, oder hatten sie das Telefon zu leise eingestellt. Womöglich war es das.

»Else, dein Sohn ist ermordet worden!«

»Hubert? Tot? Oh Gott.«

Sie hörte den tiefen Schnaufer ihrer Schwiegermutter. Hoffentlich saß sie wirklich und hoffentlich brachte sie es ihrem Mann schonend bei.

»Ich komm morgen früh vorbei. Im Moment weiß ich auch nicht viel mehr. Also, bis morgen.«

»Bis morgen, Lydia, ja, ja, bis morgen. Mein Gott, wie sage ich das Heinz?«

»Versuch, es ihm schonend beizubringen, gell.«

»Schonend, du hast Nerven. Wo es ihm doch sowieso nicht gut geht. Schonend?«

»Versuch es. Also, bis morgen.«

Sie legte auf.

Na, das war wenigstens geschafft. Jetzt musste sie aber endlich das Essen bestellen. Sie suchte nach der Nummer des Inders und des Italieners. Sie hatte Hunger, da sollte sie vielleicht eine große Portion bestellen. Sie erledigte die Anrufe, dann setzte sie sich wieder in den Sessel. Sie musste runterkommen, irgendwie war sie immer noch voller Adrenalin. Es klingelte an der Haustür. Wer konnte denn das sein? Sie zögerte einen Moment, nahm noch einen Schluck. Das war wahrscheinlich Gerda. Die musste nicht unbedingt auf Mark treffen. Sollte sie noch ein paar Minuten warten. Sie ging nach oben, gab Mark Bescheid, dass er auch oben bleiben und still sein sollte. Das Thema brauchte sie heute nicht auch noch. Sie zerzauste ihre Haare und wusch sich das Make-up aus dem Gesicht. Wie sah eine trauernde Witwe aus, fragte sie sich, dann schaute sie in den Spiegel. So ähnlich, dachte sie, dann ging sie zur Tür. Gerda wohnte ganz in der Nähe. Lydia hatte sie auf einem dieser Gartenfeste kennengelernt. Hubert hatte damals darauf bestanden, dass sie ihn begleitete. »Da müssen wir hin, da trifft sich Ravensburg, das wirkliche Ravensburg«, hatte er gesagt. Wie immer hatte sie klein beigegeben. Es war dann eine illustre Gesellschaft gewesen. Das Fest war in einem großen Garten unten in der Stadt, und es konnte kommen, wer dazugehörte. Und sie gehörten dazu, das war Hubert wichtig. Hier traf er Geschäftsfreunde, Kollegen und Freunde von früher. Sie kannte die Leute, wenn, dann nur von anderen gesellschaftlichen Anlässen. Das waren nicht ihre Kreise, denn sie war in einem anderen Teil Ravensburgs aufgewachsen, dort, wo die Arbeiter und kleinen Angestellten wohnten. Sie hatte dann ein paar Stunden rumgestanden, sich mal hier und mal dort dazugestellt, zugehört und meistens wenig verstanden. Das waren nicht ihre Themen, auch wenn sich hinsichtlich möglicher Investitionen hier einiges aufschnappen ließ. Aber sie plante damals schon nicht mehr in Ravensburg, wusste, sie würde gehen, so oder so. Hubert hingegen war ganz in seinem Element, das war seine Welt, sein Ravensburg. Hier bahnte er Geschäfte an, horchte zu, schnappte auf und merkte sich das alles. Er wollte im Bilde sein, wie man so sagte. Sie musste zugeben, es zahlte sich aus. Er hatte immer wieder als Erster seine Finger an einem Projekt, bevor die anderen überhaupt wussten, dass es dieses Projekt gab. Immer wieder hatte Hubert sie gesucht. Kaum hatte er sie entdeckt, holte er sie zu einer Runde dazu, stellte sie vor, wenn sie die Anwesenden noch nicht kannte. Das war ihr peinlich, diese Rolle als Anhängsel ihres Mannes, des großen Hubert Schöllhorn. Auch der Oberbürgermeister war eine Weile anwesend und natürlich musste Hubert auch hier das Gespräch suchen. »Der will Wohnraum am Rande der Innenstadt schaffen, bezahlbaren Wohnraum, das ist nicht uninteressant, da könnten wir doch mitmachen, warum denn nicht«, hatte er zu ihr gesagt und sich wie zufällig neben den Oberbürgermeister und seine Frau gestellt. Nachdem Hubert eine ganze Weile dem Gespräch zugehört hatte, wurde der Bürgermeister schließlich auf ihn aufmerksam. »Ah, grüß Gott, Herr Schöllhorn, und die Gattin ist heute auch dabei«, begrüßte er sie. Lydia hatte das auch durchaus vernommen. Es war in Ravensburg bekannt, dass sie solche Anlässe in der Regel mied. Allzu oft besuchte Hubert allein diese Veranstaltungen. Hubert begrüßte die Frau Bürgermeister und stellte ihr Lydia vor. Sie kannte Frau Scholl nur vom Sehen, fand sie aber wirklich beeindruckend. Da war nichts, was sie störte, dachte sie damals, diese Frau war authentisch, echt, so wie sie gerne wäre. Das war bewundernswert und bestimmt nicht einfach in einer solchen Rolle. Warum war das bei ihr so aufgesetzt, so künstlich gewesen? Warum hatte sie sich nie richtig wohlgefühlt in dieser Familie? Vielleicht, weil sie immer die Eingeheiratete geblieben war. Ohne, dass das jemals jemand direkt zu ihr gesagt hätte, schwang ihr gegenüber immer etwas mit, das sie als: Die gehört nicht dazu, empfand. Sie konnte machen, was sie wollte, alles wurde belächelt oder halt nur zur Kenntnis genommen. Das hatte sie geprägt über die letzten Jahre. Irgendwann hatte sie keine Lust mehr gehabt, sich anzustrengen und auch die Kraft dazu hatte ihr gefehlt. Es war für sie nicht mehr interessant, hier mitzuspielen und eine bestimmte Rolle zu haben. Sie nahm das irgendwann nicht mehr ernst, ließ die anderen Gesellschaft spielen, ihren Hubert eben auch. Der hatte das überhaupt nicht gemerkt. Sie war seine Frau, gehörte zu ihm, machte das eine oder andere halt nicht mit. Gut, damit konnte er anscheinend leben. Hauptsache in der Familie stimmte es und sie spielte dort ihre Rolle so, wie sie zu spielen war. Damit gab er sich zufrieden. Ihr war das zu oberflächlich, auch zu kleinbürgerlich, das war ein Spiel, das ihr wenig, bis gar nichts gab. Sie wollte raus aus dieser Enge. Sie wollte nicht jeden kennen, der um die nächste Ecke bog. Sie wollte über andere Dinge reden, als über den Tennisclub oder ihr Handicap oder die Karrieren der Kinder.

»Ich hab Sie beim Rutenfest letztes Jahr gar nicht gesehen«, sprach sie plötzlich der Bürgermeister an. Sie war überrascht, denn sie konnte sich nicht erinnern, dass er sie jemals persönlich angesprochen hatte. »Sie sind doch auch eine alte Ravensburgerin, wenn auch natürlich nicht alt in dem Sinne, Sie verstehen, was ich meine«, sagte Peter Scholl. Was hätte sie denn damals sagen sollen? Dass dies alles ihr verdammt auf den Geist ging, Hubert und sein Ravensburg. »Ich war einfach nicht so richtig in Festlaune, letztes Jahr«, hatte sie ihm geantwortet. So viel Freiheit musste schließlich sein, auch wenn sie Ravensburgerin war. Eigentlich hatte sie schöne Erinnerungen an das jährliche Rutenfest, das schon viele Jahrhunderte in der Stadt am letzten Wochenende vor den Sommerferien gefeiert wurde. Als Kind und als Jugendliche hatte sie immer gerne teilgenommen, denn es waren einige ausgelassene Tage, auf die man sich das ganze Schuljahr freuen konnte. Während sie das Rutenfest aus ihrem Blickwinkel kannte, hatte ihr Hubert ein anderes Rutenfest gezeigt. Denn auch wenn sich im Grunde genommen in diesen Tagen Hinz und Kunz zusammensetzten, ihr Bier tranken und schwätzten, gab es doch Kreise, die ihr bisher unbekannt geblieben waren. Deshalb suchte Hubert auch die Nähe des Oberbürgermeisters und der anderen Honoratioren, die in der Rutenkommission waren. Sein Ziel war es, auch einmal in dieser Kommission zu sitzen, die neben den Schulen und der Stadt die eigentlich wichtige Rolle beim Rutenfest innehatte. »Es sind wieder viele von auswärts gekommen«, sagte der Oberbürgermeister zu Hubert, »vorhin habe ich einen getroffen, der vor Jahren nach Australien ausgereist ist. Jetzt hat er einen Besuch in der alten Heimat mit einem Besuch des Rutenfestes verbunden. Das nenne ich Verbundenheit. Auch wenn ich nicht verstehen kann, wie man aus Ravensburg nach Australien auswandern kann«, sagte der Oberbürgermeister und lachte. Hubert lachte mit. Was in anderen Städten die Fasnet war, das war in Ravensburg das Rutenfest. Fünf lange Tage war die Stadt wie in einem Ausnahmezustand. Überall in der Stadt gab es allerlei Veranstaltungen, die Schüler der verschiedenen Schulen überboten sich im Trommeln und beim Schützenwettbewerb. Es war ein buntes Treiben, das ihr mit vielen Szenen lebhaft in Erinnerung war. Sie hatte sogar ihren Hubert bei einem Rutenfest kennengelernt. Eigentlich bei einem Rutenhock. Da öffneten die Ravensburger, die in der Innenstadt wohnten, soweit vorhanden, an einem bestimmten Tag des Festes ihre Gärten zu solchen Rutenhocks. Da saß man dann zusammen, trank das eine oder andere Glas und sprach über dies und das und vor allem Ravensburg. Das hatte sie immer fasziniert. Die Ravensburger diskutierten alles. Kein Thema die Stadt betreffend, war ihnen zu klein oder unbedeutend. Sie hatte zwar keine Erfahrungen mit anderen Städten, konnte sich aber kaum vorstellen, dass es in einer anderen Stadt dieser Größenordnung ähnlich zuging. Allein die Berichte in der Zeitung aus dem Gemeinderat zeugten von einer Diskussionsfreudigkeit, die den Charakter der Ravensburger Bürger ausmachte. Da hatte der Oberbürgermeister oft keinen leichten Stand, dachte sie bei sich. Der hatte sich inzwischen einer anderen Gruppe zugewendet. Sie stand mit Hubert allein mitten unter den vielen Menschen. »Du hättest ruhig ein wenig freundlicher sein können«, bemerkte er schnippisch, »das hätte mir geholfen. Aber das ist dir ja egal.« Er drehte sich weg und ließ sie einfach stehen. Sie hatte ihre Rolle nicht erfüllt.

Sie war im Flur einfach stehen geblieben. Warum? Kamen jetzt die Erinnerungen hoch, in solchen Bildern, solchen Szenen? Es klingelte immer noch, immer stürmischer. Sie übte ein schnelleres Atmen, dann machte sie auf. Es war Gerda.

»Hallo liebe Lydia! Ich habe es eben gehört! Der Hubert tot? Erstochen?«, rief Gerda Richter, ihre Freundin aus und fiel ihr in die Arme.

»Du Arme! Mein Beileid, meine Liebe«, stieß Gerda unter Schluchzen aus. Sie ließ sie nicht los.

»War denn die Polizei schon da?«

»Ja, vorher. Aber nur relativ kurz«, sagte Lydia und entwand sich der Umarmung.

»Setz dich doch, Gerda«, lud sie die Freundin aufs Sofa ein.

»Willst du etwas trinken?«

»Einen kleinen Cognac vielleicht, auf den Schreck«, antwortete Gerda.

Fünf Jahre später

Sein Neffe Thomas hatte gut recherchiert, Bernhard Willmer war begeistert. Manchmal konnte man nicht anders, als diese neuen Möglichkeiten zu bewundern. Was hätte ihn das in einem alten Zeitungsarchiv Zeit gekostet. Allein zwei Monate einer Tageszeitung suchend durchzublättern, das hätte gedauert. Mit der modernen Methode lagen jetzt verschiedene ausgedruckte Zeitungsartikel vor ihnen auf dem Tisch. Die ganze Familie hatte sich rund um den Tisch gesetzt, neben ihm saß Thomas und breitete die Blätter aus. Alle waren sie ein bisschen im Ermittlungsfieber.

»Das Ganze hat sich im Mai 2012 abgespielt. Der Mord geschah am 10. Mai, das war ein Donnerstag, ich hab's nachgeschaut. Ermordet wurde in Ravensburg ein Rechtsanwalt namens Hubert Schöllhorn. Er wurde in seiner Kanzlei erstochen. Die Polizei fand keinerlei Hinweise auf den Täter. Das seht ihr hier: Die Zeitung vom 11. Mai, dann der 12. Mai. Am 15. kam dann noch dieser kleine Artikel und schließlich am 24. dieser kleine Bericht. Dann verläuft sich die Sache, bis ein Journalist den Fall am 21. Juni noch mal zusammenfasst.«

Bernhard Willmer betrachtete die Zeitungsseiten.

»Am besten, wir lesen uns alle diese Berichte durch, damit wir auf dem gleichen Stand sind«, schlug er vor. Die anderen nickten. Katrin ging in die Küche und holte Mineralwasser und Bier. Sie stellte es zusammen mit ein paar Gläsern auf den Tisch, jeder konnte sich selbst bedienen.

Nachdem sich jeder ein Blatt vom Tisch genommen hatte, folgten einige Minuten des Schweigens. Thomas, der sich das alles schon durchgelesen hatte, saß ruhig auf seinem Stuhl. Er schenkte sich ein Bier ein. Eine seltsame Geschichte, dieser Zettel und im Hintergrund dazu dieser Mord. Er war aus den Berichten nicht ganz schlau geworden. Wenn man sich das alles durchgelesen hatte, fragte man sich, was die Polizei überhaupt herausgefunden hatte. Viel war es jedenfalls nicht. Er war gespannt, was die anderen dazu sagen würden. Was sein Onkel wollte, war ihm nicht ganz klar. Es gab diesen Zettel, gut, aber was hatte der Opa beabsichtigt, als er diesen Zettel in das Album legte? Ob da ein Zusammenhang herzustellen war, nur weil es eine Lydia auf dem Zettel und eine Lydia in diesem Mordfall gab? Er konnte sich das nicht vorstellen. Die anderen gaben ihre Artikel weiter. Lange konnte es nicht mehr dauern, dann wussten endlich alle Bescheid. Nach wenigen Minuten zeigte ein Blick in die Runde, dass alle mit den Artikeln durch waren.

»Seid ihr fertig?«, fragte Bernhard Willmer in die Runde. Sie nickten.

»Gut, dann will ich das Ganze mal zusammenfassen. Hubert Schöllhorn wird am 10. Mai 2012 in seiner Kanzlei ermordet aufgefunden. Seine Sekretärin kommt vom Essen holen zurück und findet ihn in seinem Stuhl. Er ist tot, erstochen. Wie genau, das findet die Polizei erst später heraus oder behält es sozusagen für sich. Erst ein paar Tage später wird bekannt, dass er mit einem dünnen Gegenstand erstochen wurde. Die Ermittlungen ergeben keine wirklichen Anhaltspunkte. Die Sekretärin wurde offensichtlich ausgeguckt. Es war dem Täter bekannt, dass sie immer um die Mittagszeit gegenüber in der Bäckerei etwas zu essen für sich und ihren Chef holte. Die Verzögerung dabei wurde offensichtlich vom Täter herbeigeführt. Daher dieser Anruf, der wohl nicht zurückzuverfolgen war. Mehr wissen wir darüber nicht. Hätte die Polizei etwas herausgefunden, wäre das bestimmt früher oder später auch der Presse bekannt geworden. Also, hier: Sackgasse. Beim Motiv tappen wir auch im Dunkeln. Wie ihr ja gelesen habt, fand die Kriminalpolizei keinerlei Anhaltspunkte dafür, dass dem Schöllhorn jemand ans Leder wollte. Hier wird es aber für uns interessant. Die Frau des Anwalts heißt mit Vornamen Lydia. Auf unserem Zettel steht: Lydia ist die rote Frau. In den Zeitungsberichten ist von keiner roten Frau die Rede. Die taucht in der Schwäbischen Zeitung nicht auf, nie. Warum? Wieso hat der Opa das dann aufgeschrieben und in seinem Briefmarkenalbum versteckt, frage ich mich.«

»Der Opa hat nie was ohne Sinn gemacht«, meinte Katrin.

»Genau«, bestätigte ihr Bruder.

»Aber was hat er damit bezweckt? Dass wir den Zettel einmal finden, irgendwann?«, fragte Maria in die Runde.

»Stimmt. Damit konnte er eigentlich erst rechnen, wenn die Frist vorbei ist, also erst in ein paar Jahren. Der wusste doch genau, dass ich mir aus Briefmarken nicht viel mache«, sagte er.

Sie schauten sich gegenseitig an. Jeder schien darüber

nachzugrübeln, was es mit diesem Zettel und seinem Versteck auf sich hatte.

»Vielleicht hat er den Zettel nur zur Sicherheit im Album hinterlegt, als eine Art Absicherung?«, fragte Thomas.

»Das würde bedeuten, dass er selbst vielleicht Kontakt aufgenommen hat«, meinte er.

»Aber mit wem?«, fragte Markus.

»Vielleicht mit dieser Lydia«, sagte seine Frau.

Er wollte ihr gleich zustimmen. Das lag eigentlich nahe. Diese Lydia war die Einzige, die ein Motiv gehabt haben konnte. Hatte sein Vater sie gekannt, oder vielleicht in der Zeitung darüber gelesen. Soweit er sich erinnerte, hatte sein Vater in der Zeit vor seinem Tod keine Tageszeitung mehr gehabt und war auch wenig am Geschehen in der Welt oder in der Stadt interessiert gewesen. Dennoch könnte es sein, dass er etwas davon gehört hatte, vom Mord und von der Ehefrau. Aber wenn Lydia Schöllhorn die Lydia vom Zettel war, wieso war sie dann die rote Frau.

»Wir müssen rauskriegen, wer diese rote Frau ist oder war. Wieso hat der Opa das aufgeschrieben?«, fragte er.

»Wer ist diese rote Frau?«, fragte seine Frau.

»Soweit waren wir schon«, meinte er.

»Wieso taucht die in den Berichten nicht auf, wenn der Opa das aufgeschrieben hat?«, fragte Katrin.

»Vielleicht weiß die Polizei gar nichts von einer roten Frau«, sagte Thomas.

»Sieht so aus«, meinte er.

»Also hat niemand außer dem Opa diese rote Frau gesehen«, stellte Markus fest.

»Genau. Und diese rote Frau muss etwas mit diesem Mord an dem Anwalt zu tun haben. Sonst macht das Ganze doch keinen Sinn, oder?«, fragte er in die Runde.

»Stimmt. Stimmt«, hörte er von den anderen.

»Heute kommen wir nicht weiter. Vielen Dank, Thomas, dass du vorbeigekommen bist. Ich schaue mir das alles noch mal ganz genau durch und werde aufschreiben, wie weit wir heute gekommen sind. Mal sehen, wie wir weiter vorgehen. Ich halte dich auf jeden Fall auf dem Laufenden«, sagte er.

Thomas stand auf und verabschiedete sich. Die Kinder zogen sich in ihre Zimmer zurück. Maria und er blieben verloren am Wohnzimmertisch sitzen. Sie schaute ihn an, er schaute sie an.

»Wir sind schon lange nicht mehr so zusammen gesessen«, sagte sie.

»Stimmt«, sagte er.

»Das war richtig gut. Du scheinst dich ein wenig in die Sache zu verbeißen, habe ich den Eindruck.«

»Ich will einfach wissen, was mein Vater mit diesem Zettel wollte. Das muss übrigens kurz vor seinem Tod passiert sein, dieser Mord«, meinte er.

»Stimmt. Wann ist dein Vater gestorben?«

»Am 2. Juni.«

»Kaum drei Wochen später. Seltsam. Wo er doch noch so gut beieinander war.«

»Sein Herz halt. Sein Herz.«

»Irgendetwas muss ihn furchtbar aufgeregt haben, anders kann ich mir das nicht vorstellen«, sagte sie.

»Stimmt schon.«

»Er wusste doch, dass er sich nicht aufregen sollte, oder?«

»Ganz genau wusste er das.«

»Ich hab da so ein Gefühl«, begann sie.

»Was?«

»Ach, wahrscheinlich ist es nichts. Aber irgendwie habe ich ein Gefühl, dass der Zettel mit seinem Tod etwas zu tun hat.«

»Unwahrscheinlich. Wenn er ihn doch in eines seiner Briefmarkenalben gelegt hat.«

»Gerade deshalb.«

»Ich geh mal runter. Vielleicht komme ich nachher hoch, dann schauen wir ein bisschen Fernsehen.«

»Das wäre nett. Ja, mach doch heute ein wenig früher Schluss.«

Er stand auf. Dann drückte er ihr einen Kuss auf die Stirn. Das war auch schon lange nicht mehr vorgekommen. Sie schaute ihm erstaunt nach, als er die Treppe in seinen Keller hinunterstieg. Ein leichtes Lächeln spielte um ihre Lippen. Vielleicht ist noch nicht alles vorbei, dachte sie.

Fünf Jahre früher

Immer, wenn er Ruhe suchte, kam er hierher. Er wusste selbst nicht, warum. Es waren wohl die schönen, frohen Bilder seiner Kindheit hier in Weingarten. Wie oft waren sie hinaufgestiegen zur Basilika. Seine Geschwister und er waren meist nur kurz hineingegangen in das große Gebäude mit seiner mächtigen Kuppel. Ein staunender Blick hinauf, ein wenig Ehrfurcht, dann war es mit ihrer Begeisterung auch schon vorbei gewesen. Viel interessanter war es, draußen auf der großen Terrasse hinunter auf das Städtchen Weingarten und das Hinterland zu schauen. Nicht ohne dabei verbotenerweise auf der Mauer zu balancieren und spielerisch zu versuchen, sich gegenseitig hinunterzustoßen. Kaum war die Mutter aus der Basilika heraus, ging auch gleich die Schimpftirade auf sie nieder. Aber das machte ihnen wenig, war es doch bei jedem Besuch der Basilika dasselbe. Mit den Jahren waren seine Besuche seltener geworden. Mit seinen eigenen Kindern, Marie und Bernhard, war er nur ein paar Mal hier oben gewesen. Sie hatten sich wenig begeistert gezeigt von der Basilika, aber auch sonst waren ihnen Kirchen ein Gräuel. Vielleicht hatte er und seine Frau es doch etwas übertrieben mit den Kirchenbesuchen. Sie ging regelmäßig sonntags in die Messe, er eher weniger. Aber im Urlaub, ob in Südtirol oder an der Adria, besuchten sie jede Kirche, an der sie vorbeikamen, die berühmten oder bekannten sowieso. Da hatten die Kinder irgendwann rebelliert. Er konnte es ja verstehen, dass man als Teenager andere Dinge im Kopf hatte, als Kreuzgewölbe und Altäre. Ihm selbst machte es Freude, Neues zu sehen und die unterschiedlichen Baustile zu studieren. Seine Frau achtete eher auf die Figuren der Heiligen und die Inschriften auf Gräbern in den Kirchen. Sie konnte sich nicht satt lesen an den Adligen, die dort meist begraben lagen, oft Ehemann neben Ehefrau.

»Wie wir wohl einmal liegen werden?«, hatte sie eines Tages in Venedig gefragt.

»Nebeneinander«, hatte er nur gesagt.

»Versprochen?«

»Versprochen.«

Damit war für sie die Sache erledigt. Sie wollte neben ihm liegen, Punkt. Er hätte damals nicht gedacht, dass sie so viel früher vor ihm auf dem Friedhof liegen würde. Nun waren es schon zwei Jahre, dass sie gestorben war. So schnell war alles gegangen, so schlimm hatte sie der Krebs erwischt. Es war eine Ungerechtigkeit gewesen, die zum

Himmel schrie. Aber er hatte nicht geschrien. Er hatte ihr versprochen, bald nachzukommen.

Er ging die hellen Stufen zum Eingang der Basilika hoch. In der Vorhalle lagen Prospekte und Heiligenbildchen aus, daneben eine kleine Kasse. Durch die schwere alte Holztüre mit ihren herrlichen Beschlägen betrat er den Kirchenraum. Durch die unheimliche Höhe der Kuppel entstand ein ganz besonderer Effekt. Man war abgelenkt vom Altar an der Vorderseite und schaute unweigerlich nach oben. Diese Höhe, dieses Erhabene hatte irgendwie auch mit seiner Vorstellung von Gott zu tun. Mit seinem Glauben an einen, der dort droben über sie wachte. Diesen Glauben hatte er immer in sich gehabt. Schon in der Kinderkirche hatte er fast weinen müssen, wenn der alte Herr Wagner seine biblischen Geschichten erzählt hatte. Der hatte seine ganz eigene Art gehabt, den »Buaba« die Bibel näherzubringen. Bei ihm ging das schon mal mit breitestem Schwäbisch los und dann veranschaulichte er die Geschichten, als ob sie sich gestern erst abgespielt hatten. »Buaba, des miaßt ihr eich so vorschtella, do isch dr Jesus en dui Kirch nei ond hot dia Geldverleiher nausghaut. Oifach so.« Herbert lächelte vor sich hin. Das war der Herr Wagner gewesen, seines Zeichens Kirchengemeinderat und Mitglied im Kirchenchor, der Bass, wenn er sich richtig erinnerte. Wie solche Gesichter und Menschen einem im Gedächtnis bleiben, dachte er. Das war jetzt gut und gerne über fünfzig Jahre her. Aber den Herrn Wagner sah er noch heute vor sich. Sie saßen immer in der hintersten Bank. Er ging davor auf und ab und erzählte die Bibel, wie er sie verstand. Herbert setzte sich in eine Bank in der Mitte der Basilika. Hier konnte man die Höhe der Kuppel und die Weitläufigkeit des Innenraums am besten auf sich wirken lassen, hatte er festgestellt. Er war hierhergekommen, um sich klar zu werden, um nachzudenken. Er wollte eine Entscheidung treffen. Eine Entscheidung auf der Grundlage seines Glaubens. Er wollte nicht nur verurteilen. Außerdem hatte er letztendlich nur einen wahrscheinlich berechtigten Verdacht. Aber dieser Verdacht hatte sich immer mehr gefestigt. Seinem Gefühl nach hatte er Lydia Schöllhorn auf dem Weg zur Tat und auf dem Rückweg gesehen. Die Stellen, an denen er sie gesehen hatte, stimmten mit dem Weg überein, den sie nehmen musste, zumindest in der Nähe der Kanzlei. Auf dem Rückweg hatte sie ihn täuschen wollen, da war er sich sicher. Wahrscheinlich hatte sie ihn bemerkt. Zwar hatte sie sich nicht oft umgeschaut, aber immer wieder einen Blick nach links und rechts geworfen, gerade so, wie jemand, der beim Umschauen nicht beobachtet werden wollte. Sie hatte das gut gemacht, keine Frage. Er hatte es kaum bemerkt. Es gehörte schon einige Beherrschung und Entschlossenheit dazu, sich so diszipliniert zu verhalten. All das deutete für ihn darauf hin, dass sie ihren Mann ermordet hatte. Er hatte sich das genau überlegt. Ihr Motiv war ihm egal, musste ihm egal sein. Es gab für ihn keinen Grund, einen Menschen kaltblütig zu ermorden. Genau betrachtet, waren es wahrscheinlich die berühmten niederen Beweggründe, die sie zu der Tat gebracht hatten. Er hatte das schon oft im Fernsehen gesehen. Meistens ging es vor Gericht dann ans Eingemachte. Den Gedanken, zur Polizei zu gehen, hatte er schließlich verworfen. Seiner Meinung nach hätte es keinen Sinn gemacht, den Kriminalbeamten von der roten Frau zu erzählen, die eigentlich Lydia Schöllhorn war. Er wollte sich auch nicht lächerlich machen. Wenn sich niemand sonst fand, dem dies auch aufgefallen war, stand er alleine da.

Bestimmt hatte die Täterin alles so genau geplant, dass von dem feuerroten Kostüm und den gleichfarbenen Pumps nichts mehr zu finden war. Dann konnte sie sich leicht herausreden. Das wollte er sich ersparen. Andererseits hätte die Polizei mit der roten Frau an die Öffentlichkeit gehen können. Womöglich hätte sich doch noch jemand gefunden, der die rote Frau auch in der Nähe der Kanzlei gesehen hatte. Möglich, dachte er. Aber dazu hätte er den Gang zur Polizei machen müssen. Das wollte er nicht. Er hatte sich etwas ganz Anderes überlegt. Er würde ihr einen kurzen Brief schreiben und sich mit ihr verabreden. Und zwar hier, genau hier in der Basilika. Hier, in diesem Gotteshaus würde er ihr sagen, dass sie sich stellen und ihre Schuld gestehen soll. Auch deshalb war er vorher noch einmal hierhergegangen. Er wollte, hier in der Bank sitzend, vor Gott oder mit Gott diese Entscheidung treffen. Seine Hoffnung war, dass sie auf den rechten Weg zurückfinden würde, mit der Hilfe Gottes. Daran glaubte er, dass Ehrlichkeit und Reue eine Schuld nicht wegwischen, aber tragbar machten. Das wollte er ihr ermöglichen, ein Gewissen, das durch Reue entlastet wurde. Er wusste nicht, ob er sich da was vormachte. Aber sie sollte diese eine Chance bekommen. Wenn sie sich nicht in einem bestimmten Zeitraum stellte, dann würde er zur Polizei gehen. So hatte er sich das überlegt. Er schaute sich um. In der Basilika war man selten allein. Immer wieder kamen entweder Touristen oder die Einheimischen zu einem Besuch in die alte Kirche. Die meisten, die Ravensburg besichtigten, machten auch noch einen Abstecher zur berühmten Basilika in Weingarten. Er stand auf, ging ein paar Schritte auf den prächtigen Altar zu. Obwohl er so oft in dieser Kirche gewesen war, hatte er sich noch nie richtig mit ihr beschäftigt. Er wusste wenig über die Künstler, die hier gewirkt hatten. Er beschloss, das nachzuholen, er hatte ja Zeit. Draußen schien eine warme Herbstsonne. Seinen Wagen hatte er in Weingarten geparkt, deshalb stieg er langsam die Treppen zur Stadt hinunter. Er könnte eigentlich noch auf einen Sprung bei Georg vorbeigehen. Der alte Arbeitskollege wohnte hier in Weingarten und freute sich immer, wenn er mal vorbeischaute. Mit dem Auto fuhr er aus der Innenstadt heraus in Richtung Stadtrand. Hier hatte der Georg vor fast vierzig Jahren ein kleines Häuschen gebaut. Auch er hatte dabei mitgeholfen. Die meisten Kollegen waren an so manchem Samstag hier gewesen und hatten dem Georg geholfen, sein Haus zu bauen. So etwas gab es damals noch. Da half einer dem anderen. Ohne diese Hilfe hätte der Georg das überhaupt nicht machen können. Er bog in Georgs Straße ein: Herrgottsweg. Er fand das immer witzig. Der Georg baut im Herrgottsweg hatten sie bei der Arbeit immer geflachst. Der Witz war, dass der Georg mit diesem Herrgott nun überhaupt nicht viel am Hut hatte. Seine Frau schon eher, die hatte es immer ganz toll gefunden, dass sie im Herrgottsweg wohnten. Die war auch schon lange nicht mehr bei Georg. Das war eine sehr traurige Beerdigung gewesen. Georgs Frau starb nur ein paar Monate nach dem Einzug im Herrgottsweg im Kindbett. Eine schwere Zeit für den guten Freund. Aber fünf Jahre nach dem Tod seiner Frau hatte er sich tatsächlich wieder verheiratet. Zwei Kinder hatte er, die auch längst schon wieder eigene Familien hatten. Aber sie lebten noch in Weingarten oder Ravensburg, waren in der Nähe ihres Vaters geblieben. Kaum hatte er den Wagen abgestellt, hörte er schon einen gellenden Schrei.

»Dr Herbert kommt«, rief eine helle Frauenstimme.

Thea brauchte keine Klingel, Thea schaute einfach zum Fenster hinaus.

Kaum war der Schrei verklungen, kam auch schon Georg um die Ecke. Er hatte wohl hinter dem Haus im Garten gearbeitet.

»Mensch, Herbert, dass du mol wieder kommsch«, sagte er und umarmte den alten Freund.

»Ich war in der Basilika, woisch. No hanne denkt, den Georg hosch scho länger nemme gseah, ond do benne!«

»Super. Komm, d' Thea isch en dr Kich, wenn d' Sonn hause bleibt, kennet mer henda draußa sitza. Magsch en Moscht?«

»Gern a Gläsle, aber mit Schprudel, gell. Woisch, i muaß no fahra.«

»Elles klar, komm.«

Sie gingen ins Haus, als er an der Küche vorbeikam, stand auch gleich Thea vor ihm und nahm ihn in den Arm.

»Mensch, Herbert, schee, dass da mol wieder vorbeikommsch!«

»Zeit war's«, sagte er.

»Sitzet no henda naus. I breng eich en Moscht«, sagte Thea gleich.

Sie setzten sich auf eine Holzbank hinter dem Haus. Die Abendsonne schien noch warm genug. Herbert genoss den Blick in den tollen Garten. Georg hatte ein Händchen für die Pflanzen, dass sah man gleich. Aber er war halt auch jemand, der sich für alles seine Zeit ließ, das machte den Unterschied zu manchem Nullachtfünfzehn-Garten aus. Herbert betrachtete die verschiedenen Beete mit Zucchini, Kürbissen und noch ein paar Kohlköpfen. Jetzt, im Herbst, war im Gemüsegarten nicht mehr viel los, dafür blühte es noch schön in der einen oder anderen Ecke. Thea brachte ihnen den Most in einem großen irdenen Krug. Sie stellte auch eine Flasche Mineralwasser auf den Tisch, nicht ohne Herbert einen kurzen Blick zuzuwerfen.

»Dr Georg soll ruhig au en Schprudel nemma«, sagte sie leise zu ihm.

»I schenk ei«, meinte er nur.

Thea lachte. Sie hatte sich immer schon auf Herbert verlassen können, denn der wusste, dass Georg gerne mal einen Schluck zu viel nahm. Aber, wenn Herbert dabei war, hielt sich das in Grenzen. Georg kam aus dem Haus, eine Schnapsflasche in der Hand. Jetzt kommt wieder diese Nummer, dachte Herbert.

»Nein, Georg, nein. Du magsch da beschte Obschtbrand en ganz Süddeutschland han, i trenk koin. Punkt!«

Daraufhin machte Georg auf dem Absatz kehrt und ging zurück ins Haus. Herbert hörte Thea lachen. Auch das gehörte zu ihrem Ritual. Immer kam Georg mit seiner Schnapsflasche und immer wies ihn Herbert zu Theas Freude ab. Georg kam wieder zurück. Er wirkte ein bisschen beleidigt. Herbert schenkte ihm einen Most mit Sprudel ein. Georg schaute ihn vorwurfsvoll an.

»Dass du mir emmer so en da Rücka fallsch«, sagte er nur.

»Des duat dir bloß guat.«

»Des vielleicht scho, aber es schmeckt net.«

»Komm, her auf. Proscht!«

Herbert hob sein Glas und hielt es Georg entgegen. Der stieß mit ihm an.

»Auf alte Zeita«, sagte Georg.

»Genau«, sagte er.

»Ond, wie goht's?«

»Wie soll's ganga. S' goht«, antwortete er.

»Hosch oin von de Kollega gseah?«

»Doch ja. Da Hartmann hanne em Lidl troffa«, sagte er.

»Dr Hartmann, ja, der wohnt au bei eich en Ravensburg. Den hanne au scho lang nemme gseah. Wie goht's denn dem?«

»Er genießt den Ruhestand, hot er gsagt. Er spricht doch, erinnersch dich?«

»Au ja, dr Hartmann, emmer a bissle besser«, sagte Georg und lachte.

»Genau. Dr Hartmann.«

»Deine Kender? Elles Okay?«

»Wenn e se seh, scho. Bei eich?«

»D' Karla hot sich scheida lassa.«

»Schad.«

»'S war Zeit. Isch besser so.«

»Ja dann.«

»Dr Thilo will wegzieha. Der hot en Job en Leonberg. I woiß net.«

»Heit goht mer do na, wo 's Geschäft isch. Des isch nemme so wie bei ons domols, woisch.«

»Schtemmt. Des hot sich geändert. Deitlich.«

»Kasch sage.«

»Hend ihr eigentlich au Flichtling?«

»A gute Portion, kasch glauba.«

»Ond?«

»Was, ond?«

»Probleme?«

Soweit i woiß net. D' Leit schwätzet halt. Aber i muaß emmer an domols denka. I war ja no a Kend, als dia Flichtling em Krieg ond nochem Krieg zo ons komma send. Des war andersch.«

»Weils Landsleit waret.«

»Noi, weil mer selber Not ghet hot ond gwisst hot, dass dia nex meh hend.«

»Do kommet aber au andere.«

»Schtemmt. Do hosch recht. Aber dia bar andere kennet mer ons leischta. Mir miaßet bloß recht wissa, wer mer selber send«, sagte er ruhig.

Georg schaute ihn an. Den Herbert konnte man fragen und er hatte immer eine vernünftige Antwort parat. Weil der Herbert nachdachte, sagte sich Georg, weil er die Dinge in seinem Kopf bewegte. Das konnte er selbst nicht. Wenn er denken wollte, dann schenkte er sich einen Most ein und hoffte auf gute Ergebnisse. Bei Herbert war das anders. Er hatte nie verstanden, warum der es nicht weiter gebracht hatte.

»Recht hosch. Dia sottet se halt schaffa lasse, no wär vieles besser«, sagte Georg.

»Schtemmt, do hosch wirklich recht.«

»I moin, worom goht denn des net. Des isch sicher wieder dui Bürokratie, des isch bei ons fei scho schlemm«, meinte Georg.

»Klar. Bis des bei ons greglet isch, gibt's koi Problem meh«, antwortete er.

»Do kenntesch recht han.«

Sie saßen noch eine ganze Weile beisammen. Auch Thea setzte sich dazu. Die alten Zeiten lebten wieder auf, die Erinnerungen wurden ausgetauscht. Es ist nicht gut, zurückzugehen, dachte Herbert. Trotz aller schöner Bilder und Geschichten von früher, lebte er doch jetzt und hier und heute. Warum wendeten sich ältere Menschen, die ihr Arbeitsleben hinter sich hatten und nun eigentlich ihr Leben genießen sollten, immer mehr der Vergangenheit zu. Das war seltsam, fand er. Er suchte eine Gelegenheit, sich zu verabschieden. Es war schön, die beiden mal wiederzusehen, aber jetzt wollte er sich wieder auf seine Aufgabe konzentrieren. Er hatte ein Problem zu lösen, eines, das ihn beschäftigte. Er brauchte keine alten Geschichten. Mit Thea und Georg konnte er darüber nicht reden. Sie würden wahrscheinlich nicht verstehen, was in dieser Sache sein Problem war.

»Ich muss dann«, sagte er nur.

Thea verstand. Georg wunderte sich.

»Bis zum nächsten Mal«, sagte Thea zum Abschied.

»Komm bald wieder«, murmelte Georg.

»Tschüs, ihr beiden. Macht's gut«, sagte er.

Als er durch das kleine Gartentor vor dem Haus ging, drehte er sich noch einmal um. Sie winkten. Er winkte zurück. Es war schön gewesen.

Fünf Jahre später

Wieder einmal der Wahnsinn, dachte Kim Lorenz, als sie schließlich in Gaienhofen angekommen war. Scheiß Verkehr. Über anderthalb Stunden hatte sie gebraucht. Sie hatte was einkaufen und was kochen wollen. Das war nun passé. Nachdem sie den Wagen geparkt hatte, ging sie den Kieselweg zum Haus hoch. Immer wieder dachte sie daran, welches Glück sie gehabt hatten, diese schnuckelige Wohnung zu finden. Es hatte sich später herausgestellt, was sie schon damals vermutet hatte. Max hatte seine Finger im Spiel gehabt. Aber das war ihnen dann auch egal, ein bisschen Beziehungen war manchmal auch nicht schlecht. Vor allem, wenn man auf diesem Weg an eine solche Wohnung kam. Von ihrem Balkon im ersten Stock hatte man einen herrlichen Blick über den See. Zu jeder Jahreszeit war das ein tolles Erlebnis, morgens aufzustehen und hinauszusehen auf die weitläufige Wasserfläche. Ob Morgennebel oder glitzernde Sonnenstrahlen, manchmal auch knallende Regentropfen. Ein Glück, dachte sie, denn das machte das Leben so nah und gleichzeitig so weit. Mühsam stieg sie die Stufen hoch. Sie hatte das Gefühl, immer schwerer zu werden. Sie blieb auf der halben Treppe stehen und schnaufte durch. Wie weit sollte das noch gehen. Sie kannte sich als fit, joggend, wandernd und aktiv. Jetzt hatte sie das Gefühl, als ob ihr jeden Tag alles schwerer fallen würde. Aber vielleicht machte sie sich da nur was vor. Diese ganze Archivgeschichte zog sie aber auch dermaßen nach unten. Auch wenn sich dieser Fritz als ganz netter Kerl herausgestellt hatte. Aber die Vorstellung, die nächsten Wochen jeden Tag in diesen Keller zu fahren, machte sie zumindest nachdenklich. Ob sie das aushalten würde, fragte sie sich.

Schon an der Wohnungstür bemerkte sie einen sehr angenehmen Geruch. Sollte Peter etwa, hatte er … Sie machte die Tür auf und ging in den Flur. Tatsächlich, Peter hatte gekocht. Toll.

»Hallo«, rief sie in Richtung Küche.

»Hallo, Schatz. Bin gleich so weit«, rief Peter zurück.

»Klasse, dass du gekocht hast«, rief sie.

»Komme gleich.«

Sie zog ihre Jacke aus, dann die Schuhe. Auch das Bücken fiel ihr schwer. In der Küche stand Peter in seiner Kochschürze und werkelte herum. Irgendwas mit Fleisch, dachte sie. Peter goss die Nudeln ab. Was er wohl wieder gezaubert hatte.

»Was gibt es denn Feines?«

»Strozzapreti mit einer Rindfleischsoße, dazu einen schönen gemischten Salat.«

»Toll. Woher hast du denn das Rezept? Das kenne ich gar nicht.«

»Hab' die Nudeln im Supermarkt gesehen und da war das Rezept dabei.«

»Gut. Mal was Neues.«

»Hab' ich auch gedacht.«

»Nach diesem Tag riecht es jedenfalls himmlisch.«

»Wie war's?«

»Furchtbar, ehrlich. Man denkt Archiv und findet Staub, einen Haufen. Aber es ist ein netter Kollege, ein Fritz.«

»Na, immerhin.«

»Aber ob ich das die nächsten Wochen durchstehe, kann ich wirklich nicht sagen.«

»Du musst ja nicht.«

»Weiß ich schon. Aber ich will.«

»Gut, gut. Ich glaube, die Nudeln haben jetzt in der Soße genug gezogen. Wir können essen.«

»Ich wasch mir nur noch die Hände. Das Duschen verschiebe ich auf später, jetzt habe ich nur Hunger.«

»Das freut mich. Setz dich ruhig, ich serviere.«

»Danke.«

Kim setzte sich an den Esstisch und schenkte Mineralwasser ein. Sie musste sich den Staub runterspülen, den sie im Laufe des Tages geschluckt hatte. Peter brachte eine große Schüssel mit Salat und die Nudeln, ebenfalls in einer Schüssel. Sie dampften köstlich. Er servierte Salat und Nudeln.

»Lass es dir schmecken.«

»Du dir auch.«

Eine Weile herrschte gefräßige Ruhe. Sie hatten beide

großen Appetit. Diese Nudeln schmeckten köstlich, dazu das fein geschnittene Rindfleisch, ein Genuss, dachte Kim Lorenz und sagte das dann auch.

»Du hast dich mal wieder selbst übertroffen, Peter.«

»Ach was, nur ein Rezept«, meinte er.

»Jetzt spiel das doch nicht herunter. Rezept heißt noch lange nichts. Also, ich hätte das nicht so stimmig hingekriegt«, sagte sie.

»Na, dann danke ich für das Kompliment. Und, wie war's heute am ersten Tag?«

»Bisschen schlimmer, als erwartet, muss ich sagen«, begann Kim, »es war eine recht staubige Angelegenheit. Aber dieser Kollege im Archiv, ein echtes Relikt aus längst vergangenen Tagen. Ich komm da rein, kein Computer, kein Handy, nichts Digitales zu entdecken. Das kannst du dir nicht vorstellen. Und dann sind wir noch in die Katakomben hinuntergestiegen, mit Staubmaske. Er hat mir fünf Fälle rausgesucht, die bearbeite ich jetzt. Einer scheint recht interessant zu sein, ein Mord in Ravensburg, vor mehr als fünf Jahren.«

»Da waren wir noch gar nicht am See.«

»Genau. Daher sagte mir der Fall auch nichts. Das kam sicherlich nicht in den Stuttgarter Zeitungen.«

»Wer wurde ermordet?«

»Ein gewisser Schöllhorn, Anwalt in Ravensburg.«

»Schöllhorn, Schöllhorn. Du, da habe ich was gelesen. Du kriegst doch manchmal diese Fachzeitschriften zugeschickt, probeweise. Ich blättere da hin und wieder drin rum. Ich kann mich an den Fall erinnern. Da war ein Artikel darüber drin. Erstochen, richtig?«

»Genau, von hinten, in seinem Schreibtischsessel.«

»Und keinerlei Anhaltspunkte?«

»Stimmt.«

»Genau. Der war es. Der Autor hat beschrieben, wie hilflos die Ermittler sind, wenn wenig bis gar kein Material vorhanden ist, von dem sie ausgehen, das sie für ihre Ermittlungen nutzen können. Das war interessant. Es ging natürlich auch um das perfekte Verbrechen, klar.«

»Es gibt kein perfektes Verbrechen. Ich bin mir sicher, dass auch dieser Täter an bestimmten Stellen seiner Tat ein Risiko eingehen musste. Aber wenn wir halt diese Stellen nicht finden, dann ermitteln wir ins Leere.«

»Genau. Die Ermittlungen wurden damals ja dann auch eingestellt, ich glaube, nach drei Monaten. Es ergab sich einfach überhaupt kein Hinweis.«

»Stimmt.«

Kim schob sich die letzte Gabel mit Nudeln in den Mund. Dazu noch ein herber Rotwein, und die Sache wäre perfekt. Aber sie durfte ja nicht... Peter räumte das Geschirr ab, dann setzte er Teewasser auf.

»Mach es dir doch auf dem Sofa gemütlich«, schlug er vor.

Er werkelte noch eine Weile in der Küche. Aber, kaum hatte sich Kim die Decke übergezogen und zu dösen begonnen, stand er mit dem Tablett vor ihr. Er stellte den Tee auf den Couchtisch und schenkte ein.

»Wie geht es dir?«, fragte er leise.

»Ganz gut, glaube ich. Ich weiß nicht, wie man sich im achten Monat sonst fühlt. Da habe ich keinen Vergleich.«

»Morgen Abend ist wieder Kurs, neunzehn Uhr. Wird dir das zu knapp?«

»Ich werde einfach früher Schluss machen. Das geht schon. Schließlich haben wir wenigstens keine Zeiterfassung. Der Fritz wird das verstehen.«

»Der Fritz?«

»Mein Kollege. Archivbeamter kurz vor dem Ruhestand.«

»Aha.«

»Ein netter Kerl. Halt ein wenig in der Zeit stehen geblieben, wenn du mich fragst.«

»Vielleicht braucht man da unten solche Leute?«

»Kann schon sein. Jedenfalls sehe ich da morgen Abend kein Problem. Das wird sicher wieder lustig, mit all den anderen werdenden Eltern.«

»Stimmt. Allein die Atemübungen, mich hat es fast verrissen!«

Kim musste laut auflachen. Sie hatte noch gut Peters Gesicht vor Augen, als er beinahe die Sitzung gesprengt hätte. Es war aber auch zu komisch, den anderen Paaren zuzuschauen, wie sie verzweifelt versuchten, gemeinsam zu atmen. Vor allem natürlich die Männer! Aber auch sie als Frau konnte sich bei ihrer ersten Geburt nicht recht vorstellen, was diese Schnauferei bringen sollte. Die Hebamme hatte es schon erklärt und irgendwie hatte sie es auch begriffen. Aber so richtig konnte sie das nicht glauben, dass man mit Atemtechnik ein Kind zur Welt bringen sollte. Peter hatte hinterher erklärt, dass er die ganze Schnauferei für ein Ablenkungsmanöver hielt. Sie hatte ihn gescholten, denn schließlich waren sie bei einer erfahrenen Hebamme, die schon Hunderte von Kindern auf die Welt gebracht hatte. Sie war froh, so jemanden gefunden zu haben. Erst letzte Woche hatte sie eine Sendung in SWR 1-Leute gehört, wo eine Hebamme aus Breisach bei Freiburg als Gast dagewesen war. Die hatte zusammen mit anderen Hebammen ein tolles Geburtshaus gegründet. Aber aufgrund der schlechten Bezahlung waren immer mehr Kolleginnen von ihr abgesprungen. Am Ende musste sie das Haus schließen. Kim war drauf und dran gewesen, selbst zum Hörer zu greifen. Sie war es langsam leid. Überall war Geld, wurde Geld für die unsinnigsten Projekte mit vollen Händen ausgegeben. Aber, wenn es um die Gesundheit ging, wenn es um neues Leben ging, da wurde dann gespart. Was hatte denn die Merkel in ihren zwölf Regierungsjahren in dieser Hinsicht erreicht? Der junge Pfleger in dieser Wahlarena vor der Bundestagswahl hatte sie argumentativ ganz schön an die Wand genagelt. Was haben Sie gemacht, Frau Merkel? Und was fiel der internationalen Kanzlerin ein, nichts! Das konnte sie wirklich aufregen, diese Art von Politik. Es wurde immer schlimmer. Peter wusste sie da an ihrer Seite. Jeden Morgen war es das Gleiche. Sie lasen die Zeitung, tauschten die verschiedenen Teile aus und diskutierten. Vor allem vor der Bundestagswahl war das natürlich unheimlich spannend gewesen. Sie schauten gemeinsam zurück auf die vielen Jahre unter Angela Merkel, aber auch auf die Kohl-Jahre, wo ebenso wenig passiert war. Ein Land im Stillstand, hatte Peter einmal gesagt, und das stimmte. Wenn man die letzten Jahre Revue passieren ließ, dann blieben ein paar kleine Gesetzesänderungen und die großartige Autobahnmaut. Dieser Dobrindt ging ihr vielleicht auf die Nerven. Stellte sich vor die Mikrofone, als ob er Wunder was erreicht hatte, und im Grunde genommen, war niemand klar, ob sich das überhaupt rechnete. Schon die Lkw-Maut hatte die tollsten Blüten getrieben. Die Menschen auf der Schwäbischen Alb und in anderen ländlichen Gebieten beschwerten sich, dass nun große Auflieger-Lkw durch ihre Dörfer heizten, weil sie so die Maut sparen konnten. Sie hatte den deutlichen Eindruck, dass auf politischer Ebene zu wenig gedacht wurde. Hauptsache, man hatte was für die Medien.

»Bist in Gedanken?«

»Ach, wie es halt manchmal geht«, sagte sie.

»Und, was macht unsere Kleine?«

»Noch spüre ich wenig. Vielleicht kannst du heute Abend im Bett was spüren. So langsam sollte es sich regen, etwas mehr als bisher. Das hat auch Barbara gemeint.«

»Eine tolle Frau«, sagte Peter und Kim wusste, dass er es ernst meinte.

»Stimmt.«

»Eigentlich auch ein toller Beruf.«

»Ja, wirklich. Was kann es Schöneres geben, als kleinen Menschen in die Welt zu helfen, oder?«

»Genau. Aber dann diese Bezahlung. Es ist ein Unding! Nachdem du mir von der Radiosendung erzählt hast, habe ich das mal ein wenig recherchiert. Die Kurve der Hausgeburten geht stetig nach unten, die Anzahl der Hebammen ebenfalls. In manchen Städten oder Gegenden findest du als werdende Mutter womöglich gar keine Hebamme, die für dich Zeit hat. Das kann es doch nicht sein.«

»Dieser Staat spart an den falschen Stellen. Gesundheit, Schulen, Kindergärten, und so weiter. Allein kostenlose Kindergärten und vielleicht auch eine Kindergartenpflicht würden dieser Gesellschaft gut tun. Dann hätten wir auch wirklich Integration! Dann würde die türkischstämmige Mutter ihre drei Kinder in den Kindergarten schicken, wie gesagt, vielleicht schicken müssen und die würden Deutsch lernen. Schon ein Stück weiter, denkst du nicht?«

»Doch, doch, da bin ich ganz deiner Meinung. Wir haben viel zu viel versäumt, was die Integration angeht. Ich war doch letzte Woche mal bei diesem SPD-Stammtisch in der Krone, du erinnerst dich?«

»Ja, klar, am Dienstag war das, glaube ich.«

»Stimmt. Da waren ein paar ganz alte SPDler dabei. Natürlich kam auch das Thema Integration auf den Tisch. Da war vielleicht was los, als ich erklärte, mit der ersten Integration der Italiener, Spanier und dann der Türken hätte es ja auch nicht geklappt. Da tobten die los, Arbeitsplätze, Versorgung und so weiter. Die wollen das einfach nicht wahrhaben, dass es damals in den frühen Sechzigerjahren schon schiefgelaufen ist.«

»Das glaube ich«, sagte Kim, »bloß nicht zurückschauen und kritisch schon gar nicht. Daran hat es bei uns, in unserem Land immer gefehlt. Schon nach dem Krieg. Heute wird noch der letzte Schäferhund des Führers untersucht, als ob das irgendeine Art von Aufarbeitung dieser bösen Zeit wäre!«

»Da hast du recht«, meinte Peter, »aber, jetzt lass mal die blöde Politik, jetzt denken wir einfach mal ganz kleinbürgerlich an uns drei.«

Er legte zärtlich seinen Arm um ihre Schultern, mit dem andern strich seine Hand über ihren drallen Bauch. Es ist schön, dachte er, dieses entstehende Leben zu spüren. Er war so gespannt, wie das werden würde. Kim und er als Eltern. Bestimmt ganz toll, da war er sich sicher. Er küsste sie auf die Stirn. Sie schmiegte ihren Kopf an seinen Hals. Einfach mal nur sein, dachte er.

Fünf Jahre früher

Der Kommissar war nicht gut gelaunt. Öchsle hatte das schon draußen auf dem Flur bemerkt. Seine laute Stimme war durch die dünnen Wände bis hinaus auf den Korridor zu hören. Es war aber auch ein verflixter Fall. Zwar konnte er nicht auf die Erfahrung des Kommissars zurückblicken, aber ein paar Jahre war er jetzt auch schon dabei. Sicher, es ging mal schneller, mal langsamer, bis der Täter oder die Täterin gefasst war. Aber so etwas wie diesen Fall hatte er wirklich noch nicht erlebt. Dazu kam, dass die Medien sich so langsam einen Spaß daraus machten, die erfolglose Kriminalpolizei an den Pranger zu stellen. Sie kamen aber auch keinen Schritt vorwärts. Keine Hinweise aus der Bevölkerung, keine Ergebnisse der Spurensicherung und die Gerichtsmedizin hatte den Einstich untersucht, dünner spitzer Gegenstand, damit waren die fertig. Und sie standen da, ohne irgendwas in der Hand. Wo sollte man da mit dem Ermitteln beginnen, fragten sie sich. Vorsichtig öffnete der die Tür zu ihrem Büro.

»Anklopfe brauche mer jetzt nemme, oder was!«, legte der Kommissar gleich los.

»Ich bin's«, sagte Öchsle kleinlaut.

»Ach so, Sie sind's, ja dann«, beruhigte sich der Kommissar.

»Gibt's was Neues?«

»Noi, nex Neis, gar nex Neis, ibrhaupt nex Neis!«, rief der Kommissar aus.

Öchsle hatte Bedenken, dass dies alles draußen auf dem Gang mitgehört werden konnte. Wenn sich da einer von der Presse rumtrieb, dann guat Nacht um sechse, wie sein Großvater immer zu sagen pflegte, wenn alles aus war. Hier war auch fast alles aus. Wenn nicht noch ein kleines Wunder geschah, dann mussten sie den Fall zu den Akten legen, zu den ungeklärten Fällen. Da konnte sich dann in ein paar Jahren irgendein Praktikant einlesen und versuchen, das zu finden, was sie nicht gefunden hatten.

»Öchsle, hocket se na. Mir ganget jetzt den ganze Fall noch mol durch«, sagte der Kommissar und knallte die dünne Mappe auf den Tisch.

»Herr Kommissar, das haben wir gestern erst gemacht. So kommen wir doch auch nicht weiter. Wenn wir nicht das Alibi dieser Lydia Schöllhorn knacken oder sonst ein brauchbarer Zeuge auftaucht, dann haben wir keinen Ansatz.«

Der Kommissar schaute seinen Assistenten kritisch an. Er war so langsam alt. Er hatte seine vielen Dienstjahre hinter sich und so manchen hinter Schloss und Riegel gebracht. Aber dieser Öchsle, der fing doch grade erst an, da konnte man doch die Flinte nicht schon so früh ins Korn werfen, dachte er. Er wollte es diesem jungen Mann ersparen, gleich mit einem ungeklärten Mord in die Arbeit einzusteigen. Aber ihm fiel beim besten Willen nichts mehr ein. Sie hatten die Beweise, die spärlichen, noch mal gesichtet, sie hatten über die Medien versucht, Zeugen zu finden. Es war zum Davonlaufen. So etwas hatte er in seiner Dienstzeit nicht erlebt. Natürlich ahnten sie, dass das Alibi von Lydia Schöllhorn nicht wasserdicht war, aber sie mussten das beweisen. Das konnten sie aber nicht. Der Hausfreund blieb bei seiner Aussage, sonst hatte die Frau niemand gesehen.

»Öchsle, des tut mir jetzt leid, aber i woiß wirklich nemme weiter«, sagte der Kommissar mit gedämpfter Stimme.

»Trösten Sie sich, ich schon lange nicht mehr. Ich denke, wir haben wirklich alles versucht, jede auch nur entfernte Möglichkeit abgecheckt. Irgendwann ist halt auch mal vorbei, meinen Sie nicht?«

»Da mögen Sie recht haben. Man sollte seine Niederlagen auch eingestehen. Wir haben diesen Fall verloren. Das ist nun einmal so. Es fällt mir schwer, wirklich schwer, aber es bleibt uns nichts anderes übrig, als den Fall zu den ungelösten zu legen. Vielleicht findet irgendwann einmal jemand etwas, das diese Frau überführt, wer weiß, die Zeit kann nagen.«

»Ein gutes Bild, Herr Kommissar. Die Zeit, die an einem Fall, an einem Alibi nagt. Hoffen wir drauf!«, sagte Öchsle, der froh war, dass der Kommissar so dachte wie er. Er nahm die Akte vom Tisch und legte sie neben der Tür in den Ausgangskorb. Er wollte sie nicht mehr sehen. Zeit, dass sie einen neuen Fall bekamen, der vielleicht mehr Aussicht auf Lösung versprach.

»Glaubet Se mer, Öchsle, des duat weh. Des hanne so no nie erlebt. Dass mer so gar nichts en de Hend hot, des isch doch unglaublich. Des hett ich mir nia vorstella kenna. So gar nichts! Aber, was soll's, weg drmit ond noch vorne guckt, sag i. Kommet se. Mir ganget jetzt nonder en d' Kantine ond trenket a scheene Tass Kaffee. 'S wird au besser komma«, sagte der Kommissar und hielt seinem Assistenten die Tür auf.

Öchsle ging hinaus auf den Korridor. Gut, dass die Sache vorbei war. Für sie gut. Nicht für die Aufklärung eines Mordes. Ob es tatsächlich irgendwann gelingen würde, die Täterin zu überführen. Er konnte es kaum glauben. Wie sollte das denn auch gehen. Neue Beweise, kaum, Zeugen, unwahrscheinlich. Es war ein mulmiges, ungutes Gefühl, zu wissen, dass da eine richtige Mörderin nun so davonkam. Aber es ging nicht anders.

Fünf Jahre später

Fritz Drechsler saß in seinem Büro und wälzte Akten. Er hatte sein ganzes Leben lang Akten gewälzt. Begonnen hatte er seine Karriere bei der Kriminalpolizei als junger Assistent. Es war ihm schnell klar geworden, dass dies nicht seine Sache war. Er konnte das nicht, diese Arbeit da draußen mit diesen Menschen, die dauernd Gesetze brachen, denen ein Menschenleben keinen Pfifferling wert war. Und dann diese Schießübungen mit der Pistole. Er hatte einen Heidenrespekt vor diesen Dingern. Sein Chef hatte ihm bei seiner Arbeit ein paar Monate zugeschaut, dann hatte er ihn in sein Büro bestellt.

»Drechsler, ich glaube, die Polizeiarbeit da draußen ist Ihre Sache nicht. Liege ich da falsch?«

»Nein, Herr Kriminalhauptkommissar, wahrscheinlich nicht«, hatte er geantwortet.

»Ich mache Ihnen einen Vorschlag. Wir sind dabei, das Archiv neu zu ordnen. Die eigentliche Archivarbeit machen natürlich Archivare, die das gelernt haben. Aber wir bräuchten jemanden vom Fach, der sich der jüngeren abgelegten Fälle annimmt, die noch nicht reif für's Archiv sind. Wäre das was für Sie?«

»Ja, das könnte ich mir vorstellen, Herr Hauptkommissar«, hatte er schnell geantwortet. Eine solche Gelegenheit konnte er sich doch nicht entgehen lassen. Eine Arbeit im Archiv, hatte er gedacht, das wäre doch für ihn genau das Richtige. So konnte er sich zwar mit Kriminalfällen beschäftigen, musste aber nicht raus auf die Straße, nein, er konnte am Schreibtisch die alten Fälle studieren und nach Anhaltspunkten suchen. Das war es doch auch, was ihn eigentlich an der Polizeiarbeit interessierte. Keine Ermittlungen, keine Verhöre oder Spurensuche. Lesen und denken, recherchieren und im Falle eines Erfolgs die zuständigen Beamten darauf ansetzen. Also hatte er die folgenden Jahre bis heute mit mehr oder weniger Freude seine Arbeit gemacht. Sie war sein Leben. Hier unten war er für sich und konnte sich in aller Ruhe in die Köpfe der Verbrecher hineindenken. So manches Mal hatten ihn die Fälle nicht ruhen lassen. Den einen oder anderen hatte er mit nach Hause genommen und weiter studiert. Irgendwie war ihm sein eigenes Leben dabei abhandengekommen. Er hatte nie geheiratet und Familie in dem Sinne hatte er auch nicht. Irgendwo in Hamburg lebte noch eine Schwester. Sie schrieben sich ab und zu eine Karte zum Geburtstag, das war es dann aber auch schon. Er schaute auf die Uhr. Die Kollegin Lorenz war wohl schon am zweiten Tag im Verkehr stecken geblieben. Halb neun. Der Dienst begann offiziell um acht Uhr. Aber hier unten galt eine andere Zeit. Die sollte sich in Ruhe einarbeiten können. Immerhin würden sie einige Wochen miteinander verbringen. Er war gespannt, wie sich die Kollegin aus dem aktiven Dienst hier unten anstellen würde. Bestimmt war das alles hier für sie äußerst langweilig. Was war das schon gegen eine Verbrecherjagd dort draußen. Er hatte sich informiert. Die Kollegin war kein unbeschriebenes Blatt. Sie konnte einige Ermittlungserfolge aufweisen. Vor allem dieser Fall mit dem toten Mädchen in Ravensburg damals. Sie und Martmann hatten den entscheidenden Hinweis geliefert. Und dann hatte sie auch noch den Mörder drüben am See verhaftet. Ein gutes Stück Glück, musste er sagen. Aber in ihrer Bilanz sah das natürlich ausgezeichnet aus.

»Guten Morgen, Fritz«, rief es schon, da war die Tür noch nicht ganz offen.

»Guten Morgen, Kim. Na, viel Verkehr, was?«

»Das kannst du laut sagen. Das ist schon eine Scheißstrecke von Horn hier rüber. Da läuft es mal an der einen Stelle, dann kommt der Stau halt an einer anderen. Es ist verflixt!«

»Das kenn' ich. Aber, tröste dich, es sind ja nur ein paar Wochen«, sagte Fritz Drechsler.

»Stimmt. Immerhin. Aber ob ich das so lange durchhalte?«

»Einfache Antwort: Du musst«, sagte Drechsler mit einem Grinsen im Gesicht.

Kim ging in ihr Kabuff, hängte ihre Tasche über den Stuhl und zog die Jacke aus. Dann ging sie zurück in Drechslers Büro. Er hatte wie gestern einen großen Stapel Akten auf dem Tisch, die, verstaubt wie sie waren, wohl frisch aus dem Archiv kamen.

»Wie machst du das eigentlich, Fritz? Nimmst du einen bestimmten Zeitraum aus dem Archiv nach oben, oder gehst du nach Jahr und Alphabet?«

»Ich gehe tatsächlich Woche für Woche durch. Je nachdem, wie viele Fälle eine Woche bringt, nehme ich zwei oder drei Wochen mit, meist nicht mehr. Des mach i ganz individuell, gell!«

Drechsler lachte. Eigentlich war er ein Schwabe von der Alb. Das hatte er ihr gestern schon erzählt. Er stammte aus einer kleinen Ortschaft zwischen Sigmaringen und Trochtelfingen. Inneringen. Dort fuhr man durch, wenn man die schnellere Route über die Hochfläche von Sigmaringen nach Reutlingen nahm. Das ging deutlich flotter als im Tal der Lauchert. »Früher hemmer dort sogar a Brauerei ghet. Da Sonnenbräu, aber den gibt's jetzt scho a ganze Zeit nemme«, hatte er ihr erzählt. Er wechselte vom Hochdeutschen ins Schwäbische, wie es ihm passte. Sie hatte nur wenige Menschen kennengelernt, die das so perfekt beherrschten wie er. Es war irgendwie lustig, andererseits war sie fast ein bisschen neidisch. Denn eigentlich schwätzte sie auch gerne hin und wieder ihren Dialekt, hatte es sich in der Arbeit aber abgewöhnt. Obwohl es manches Mal von Vorteil war, wenn man sozusagen the native tongue, also den Dialekt, einsetzen konnte. Sie erinnerte sich an einige Gelegenheiten, wo es ihr einen Vorteil gebracht hatte, bei den Ermittlungen den Dialekt zu verwenden.

»A Brauerei, en soma kleina Ort?«

Drechsler schaute sie erstaunt an. Hoppla, diese Frau Hauptkommissar war wohl noch für manche Überraschung gut. Er hatte sie zwar nicht gefragt, aber aufgrund ihres lupenreinen Hochdeutschs hatte er sie im Norden beheimatet. Wie man sich doch täuschen konnte. Von wegen. Da würde noch einiges zu besprechen sein.

»Hano, Kim, jetzt mach mol halblang! Do bene jetzt platt. Ein solches Schwäbisch hett ich dir gar net zutraut. Dei Hochdeitsch isch echt guat, muss ich saga«, meinte er anerkennend.

»Deis au, Fritz, deis au.«

»No kennet mir jetzt au emmer mol wieder Schwäbisch mitanander schwätza, gell.«

»Gern, Fritz.«

»Also. Wie machst du weiter?«

Die Frage kam dienstlich und auf Hochdeutsch. Aha, dachte Kim, der gemütliche Teil ist vorbei, die Arbeit droht. Sie ging hinüber zu ihrem Schreibtisch und nahm sich die fünf Akten. Damit ging sie zurück zu Drechsler.

»Wenn ich dürfte, dann würde ich mir einen dieser fünf Fälle aussuchen. Geht das?«

»Das ist oft gar nicht so falsch. Geh nach deinem Bauchgefühl, analysiere die Fakten und schnüffle nach den Punkten, an denen du hellhörig werden könntest. Such dir ruhig einen aus. Wir haben hier keinen Akkord. Welcher darf's denn sein, für die Dame?«

»Schöllhorn, Hubert. Der kommt mir reichlich seltsam vor. Außerdem kenne ich den Martmann, wie du weißt. Ich würde gern mit ihm darüber reden. Mal nach Ravensburg rüberfahren. Weißt du, ob er inzwischen pensioniert ist?«

»Ich glaube schon. Der müsste jetzt um die fünfundsechzig sein. Ist bestimmt in Pension. Er scheint mir nicht der Typ, der noch ein paar Jährchen dranhängt, oder?«

»Stimmt. Viel Spaß hat es ihm damals bei dem Fall in Ravensburg schon nicht mehr gemacht. War auch ein furchtbarer Fall. Ich werde ihn mal anrufen, wenn das okay ist.«

»Tu das. Ich mache das zwar selten, aber ich verstehe, dass du mit dem ermittelnden Kommissar reden willst, vor allem, weil in diesem Fall nun wirklich kein Ansatz zu erkennen ist, gell.«

»Stimmt. So etwas habe ich mir vorher nicht einmal vorstellen können«, meinte Kim.

»Ist auch selten, Gott sei Dank. Also, mach dich dran, ruf ihn an und trefft euch in Ravensburg. Das Wetter ist schön, da kann man herrlich am Marienplatz sitzen und einen Kaffee schlürfen!«

Kim freute sich, dass ihr Kollege – sie wusste gar nicht, ob er eigentlich ihr Vorgesetzter war – ihr zustimmte. Sie freute sich auf Ravensburg und auf Martmann. Immerhin hatte sie in ihrem kleinen Büro ein Telefon. Mit dem Handy suchte sie die Nummer Martmanns heraus. Offensichtlich war er nicht öffentlich gelistet. Sie musste also über das Ravensburger Revier gehen. Nach einem Anruf und einem

Rückruf hatte sie schließlich die Handynummer von Rolf Martmann. Sie drückte auf die Tasten, ließ es klingeln.

»Martmann«, meldete sich der Hauptkommissar.

»Hallo Rolf, Kim Lorenz hier«, sagte Kim.

»Kim, Mensch Mädchen, lange nichts mehr von dir gehört!«

»Stimmt. Mea culpa!«

»Auch meine Schuld, hätte mich ja auch mal melden können«, sagte Martmann.

»Und, wie geht es dir?«

»Wie goht's scho ma alta Hase wie mir. Seit zwoi Johr em Ruhestand. Dr Garta, mei Frau ond meine Enkel«, sagte Martmann mit lachender Stimme.

»Des klingt nach einem vollen Programm.«

»Kasch laut saga, Kim. Manchmol mecht e grad wieder ens Kommissariat gang, damit e mei Ruhe han!«

»Des kann ich mir vorstellen«, sagte Kim.

»Ond, was willsch?«

»Du hast mich durchschaut. Der Fall Schöllhorn. Was kannst du mir dazu sagen?«

»Oh, her mer au auf. Ausgrechnet der Fall. Der verfolgt me. So ebbes han i non net erlebt ghet. Do war nix, aber au gar nix. Kein Beweis, kein richtigs Motiv. Kurz: Mir hend aufgeba.«

»Mir?«

»Dr Öchsle ond i. Der war domols mei Assistent, heit ischr Kommissar. Den kasch au froga. Aber der woiß au net me. Probier's. Ond, wenn da mol en Ravensburg bisch, no meldesch de. No trenket mir mol wieder a Bier zsamma.«

»Das könnte bald der Fall sein, Rolf. Also, danke erst mal. Ich melde mich«, sagte Kim.

»Mach's guat. Ciao.«

»Tschüs Rolf.«

Sie drückte auf Rot. Viel hatte sie sich von diesem ersten Telefonat nicht erwartet. Aber die Resignation in Martmanns Stimme machte sie schon nachdenklich. Sie sollte auch noch diesen Öchsle anrufen. Routinemäßig, sozusagen. Wahrscheinlich sollte sie tatsächlich nach Ravensburg fahren. Vor Ort waren manche Dinge einfacher. Ortspolizisten, Angehörige, da gab es dann genügend Quellen, die man vielleicht anzapfen konnte. Zumindest einen Versuch war das wert. Ob Drechsler dem wohl zustimmen würde? Sie ging nach draußen.

»Fritz. Ich glaube, ich muss nach Ravensburg. Geht das, was meinst du?«

»Warum nicht. Wenn du dir das körperlich zutraust. Aber, ein Hinweis, mach es nicht alleine. Hol dir noch jemand dazu. Das wäre mir recht. Ich bin zwar nicht dein Vorgesetzter, aber hier unten der Dienststellenleiter. Vielleicht fällt dir jemand ein. Ich kann dir dann dabei helfen, den oder die zu unseren Ermittlungen dazu zu holen.«

»Wie geht das denn?«

»Ein bisschen Bedeutung haben wir hier unten dann schon. Wir sind direkt Stuttgart unterstellt. Daher können wir aus den verschiedenen Abteilungen und Revieren Unterstützung anfordern. Genau das würde ich dann machen. Also, fällt dir spontan jemand ein?«

»Christina Hahn. Die war bei diesem Fall in Überlingen dabei.«

»Die blonden Mädchen?«

»Genau, ich weiß allerdings nicht, wo die gerade ist. Vielleicht sogar hier im Haus, wer weiß.«

»Ich werde mal ein bisschen rumtelefonieren. Sobald ich

mehr weiß, gebe ich dir Bescheid. Schau dich schon mal nach einer Übernachtung in Ravensburg um.«

»Übernachtung?«

»Du willst doch da nicht etwa jeden Tag hinfahren. Das lohnt sich nun wirklich nicht.«

»Stimmt. Dann guck ich mal. Danke.«

»Nichts zu danken. Wie war der Name noch mal?«

»Christina Hahn.«

»Okay. Wird erledigt.«

Er nahm sofort den Telefonhörer in die Hand. Kim hatte eine solche Reaktion nicht erwartet. Sie hatte gedacht, das würde eine richtige Diskussion geben. Dass sie hier auch rausgehen durften, war ihr nicht klar gewesen. Archiv ist Archiv, hatte sie gedacht, da bleibt man auch im Archiv. Dem war wohl nicht so. Auch gut, dachte sie. Wäre toll, wenn Drechsler es schaffen würde, dass Christina ihr bei diesem Fall als Assistentin zugeteilt werden würde. Nach dem Fall in Überlingen hatten sie noch ein paar Mal telefoniert. Aber, wie das eben so ist, man sieht sich nicht mehr, sie war in Horn und Friedrichshafen, oder eigentlich eben in Sachen Verbrechen unterwegs, Christina war noch eine Weile in Überlingen geblieben. Die jungen Kriminalbeamten durchliefen diese Stationen. Wo Christina heute war, wusste sie wirklich nicht.

Fünf Jahre früher

Sie hielt das nicht mehr aus. Dieser Typ ging ihr inzwischen dermaßen auf die Nerven, das hätte sie nie für möglich gehalten. Dauernd rief er an. Wann sie denn endlich komme, er sei so allein und hätte so Sehnsucht nach ihr. Sollte der doch seine Sehnsucht haben. Sie würde ihn dann schon davon befreien. Wie, das konnte sie sich im Laufe der Woche noch überlegen. Ihr Flug ging am Samstag. Mal wieder mitten unter den Urlaubsfliegern, dachte sie. Da saß dann wieder Hinz und Kunz im Flugzeug. Aber sie hatte bewusst auf die erste Klasse verzichtet. Das sollte alles ganz normal aussehen. Die Ermittlungen waren abgeschlossen, der Kommissar und sein Assistent Öchsle waren sogar extra noch mal vorbeigekommen. Das hatte sie nicht erwartet. Sie hatten sich sozusagen verabschiedet. Aber da war was gewesen im Blick des Kommissars. Dass er sie in Verdacht hatte, wusste sie vom ersten Moment an. Aber sie wusste auch, dass alles halten würde, denn die Aussage von Mark stand. Damit waren den Kriminalern die Hände gebunden. Solange nichts Unvorhergesehenes geschah, waren sie, war sie sicher.

Sie schaute auf die Uhr. Halb zwölf. Da konnte man schon mal ein Gläschen Prosecco zu sich nehmen. Sie setzte sich in ihren Sessel. Der würde ihr fehlen. Vielleicht sollte sie doch ein paar Sachen nachkommen lassen nach Gran Canaria. Aber das kostete. Lohnte sich das, fragte sie sich. Sie konnte sich auch dort einen schönen gemütlichen Sessel kaufen. Das war billiger. Wer weiß, vielleicht komme ich wirklich eines Tages hierher zurück. Es wäre interessant, dann als Witwe von Hubert Schöllhorn durch die Stadt zu gehen. Sie nippte am Sektglas. Das prickelte so schön. Sie würde bald viel Sekt trinken, jeden Tag. Die Erbschaftsangelegenheit lief, einem baldigen Abschluss stand nichts im Wege. Die Kinder waren sowieso versorgt. Da hatten ihre Schwiegereltern vorgesorgt. Schade, das mit dem Heinz. Aber, wenn man ein schwaches Herz hat, sollte man sich nicht so aufregen, nur weil der Sohn ermordet worden war. Der hatte auch geahnt, dass sie die Finger im Spiel hatte. Der schon. Der hatte ihr schon nicht getraut, als sie zum ersten Mal die heiligen Hallen des Schöllhornschen Anwesens betrat. Der Heinz war ein kritischer Geist gewesen, ganz in der Nachfolge seiner erfolgreichen Vorfahren. Er hatte sie sofort als Störung erkannt. Eine von unten, schien ihr auf die Stirn geschrieben zu sein. Sein Blick immer kritisch, vorsichtig, abschätzend, nie offen, ehrlich oder herzlich. Else war da anders. Die lebte ihre Gefühle, wollte das Beste für ihren Hubert. Mit der war es leichter gewesen, die konnte man einwickeln. Aber den Heinz nicht. Jetzt war er tot. Sechs Wochen nach seinem Sohn.

Sie zog die Beine hoch, mümmelte sich ein, trank vom Sekt. Sollte das alles wirklich gut gegangen sein? Wenn sie ehrlich war, hätte sie es nicht für möglich gehalten. Zu viele Unwägbarkeiten, zu viele Möglichkeiten, dass es schiefgehen würde. Aber, es war gut gegangen. Sobald sie das Problem Mark gelöst haben würde, war sie frei, endlich. Sie war gespannt, was sie machen würde. Im Augenblick hatte sie noch keinen richtigen Plan. Sie wollte sich Zeit lassen, die Dinge abwägen. Mit Geld konnte man alles machen, das wusste sie. Am Eingang klapperte der Briefkasten. Es war fast zwölf. Das war nicht die übliche Zeit für die Post. Wer konnte ihr um diese Zeit etwas in den Briefkasten werfen, fragte sie sich. Sie stand auf und ging zur Eingangstür. In der Briefkastenklappe lag ein kleines Kuvert. Sie nahm es in die Hand. Es war sehr dünn, da konnte nicht mehr als ein Blatt drin sein. Auf der Vorderseite stand keine Adresse, auf der Rückseite kein Absender. Seltsam. Es war auch nicht zugeklebt. Sie öffnete den Umschlag. Der kleine Zettel, den sie herauszog, war vergilbt, altes Papier, dachte sie.

Er war zusammengefaltet. Sie klappte ihn auf und sah eine alte Handschrift, da stand: Sie sind die rote Frau. Basilika, Dienstag 16 Uhr. Ich bin ein alter Mann. Lydia wurde blass. Der alte Mann. Also hatte er sie doch erkannt. Es war Montag, sie würde morgen zur Basilika nach Weingarten fahren. Was wollte dieser alte Mann, fragte sie sich, etwa Geld. Sie konnte im Moment noch nicht viel aufbringen, ein paar Tausend Euro vielleicht. Wenn die Erbschaft geklärt war, dann war das alles kein Problem. Dann konnte sie den Mann mit genügend Geld ruhigstellen. Vielleicht fiel ihr aber auch eine andere Lösung ein. Sie wollte nicht unbedingt noch einen Mord begehen, aber vielleicht konnte sie den alten Mann damit einschüchtern. Allein die Drohung mit Mord konnte vielleicht schon genügen. Die Angst ließ so manchen dann schweigen, dachte sie. Aber wie war der Mann auf sie gekommen? Kannte er sie, hatte er sie in der Zeitung gesehen. Das war in letzter Zeit, auch vor Huberts Tod, öfters vorgekommen. Es war nicht schwer, sie dann mit dem Tod ihres Mannes in Verbindung zu bringen. Wenn dieser Mann sich als Zeuge meldete, dann könnte das ein Problem werden. Sie überlegte. Ein Schluck Whiskey war jetzt gut. Dann konnte sie nachdenken. Was wusste der alte Mann? Was konnte die Polizei damit anfangen, wenn er ihnen erzählte, dass er sie als rote Frau gesehen hat. Im Endeffekt stand sein Wort gegen ihres. Wenn sie dabei blieb, hier im Haus gewesen zu sein, musste die Polizei erst einmal weitere Zeugen auftreiben, die sie als rote Frau erkannt oder gesehen hatten. Nachdem schon mehrere Aufrufe durch die Medien gegangen waren, würde ein weiterer Aufruf nicht viel bringen, da war sie sich sicher. Außer dem alten Mann hatte sie niemand erkannt. Vielleicht hatte der eine oder die andere eine rote Frau gesehen, na und. Aber es blieb eine offene Flanke. Sie konnte nicht abschätzen, was die Polizei aus der Aussage des alten Mannes machen würde. Zumindest könnte sich der Verdacht gegen sie erneut erhärten. Dass die Kriminalpolizei sie als Verdächtige im Visier hatte, war ihr bekannt gewesen. Es hat sich keine andere verdächtige Person gefunden, hatte der Kommissar gesagt. Auch ein Motiv war bei niemandem außer ihr zu erkennen. Sie hatte das natürlich weit von sich gewiesen. Warum sollte sie ihren Ehemann umbringen, hatte sie die Kriminalbeamten gefragt, sie lebte gut, hatte Geld, einen Mann und zwei Kinder. Das hatte die Beamten zweifeln lassen. Es stimmte ja auch, zumindest in ihrer Darstellung ihnen gegenüber. Dass sie ganz eigene Pläne hatte, musste sie ihnen ja nicht preisgeben.

Daher blieb das Motiv eine fragliche Sache. Solange sie keine Verbindung zwischen ihr und der Tat herstellen konnten, war sie auf der sicheren Seite. Das Telefon klingelte. Wer rief sie wohl auf dem Festnetz an? Das konnte eigentlich nur ihre Schwiegermutter sein. Seit Heinz tot war, rief sie fast jeden zweiten Tag bei ihr an.

»Schöllhorn«, meldete sie sich.

»Ich bin's Lydia, Else.«

»Hallo. Wie geht es dir?«

»Es ist halt alles so leer ohne den Heinz«, sagte Else Schöllhorn.

»Das kenne ich. Da geht es dir wie mir.«

»Du vermisst den Hubert auch sehr, gell.«

»Schon, er fehlt hier an allen Ecken und Enden«, meinte Lydia.

»Heinz hier auch. Es ist so still im Haus. Viel zu still. Wann kommen denn die Kinder mal wieder nach Ravensburg?«

»Du weißt doch, das Semester läuft. Da können die nicht weg. Die lernen beide auf Prüfungen und dazu brauchen sie auch das Wochenende, verstehst du.«

»Ja, ja, ich verstehe schon. Dass die aber auch so viel lernen müssen, das verstehe ich nicht. Sind doch junge Menschen, die sollten leben, viel leben.«

»Das tun die schon auch, da kannst du sicher sein. So ernsthaft ist das Studentenleben heutzutage dann auch nicht«, sagte Lydia.

»So, so. Komm doch heute Nachmittag zum Kaffee vorbei. Du könntest ein paar Stückchen Kuchen mitbringen«, bat Else.

»Heute Nachmittag? Na gut, dann gegen vier, ich bring was mit. Tschüs Else.«

»Auf Wiederhören. Ich freue mich, Lydia«, sagte Else.

»Ich auch. Also, bis dann.«

Sie legte auf. Irgendwie schaffte sie es nicht, die alte Frau allein zu lassen. Zu lange kannte man sich schon und zu lange hatte sie dieses Spiel mitgespielt. So leicht kam sie da nicht wieder raus. Sie wollte auch, bevor sie endgültig aus Ravensburg verschwand, einen guten Eindruck machen. Da sollte es keine Stimmen geben, die ihr irgendwas nachsagen konnten. Also, heute Nachmittag Kaffee bei Else, viele Erzählungen über Heinz, über Hubert und seine schöne Kindheit und das herrliche Leben früher. Sie würde es ertragen, für eine oder zwei Stunden ging das schon. Bloß vor dem Abendessen die Kurve kriegen, Lydia, sagte sie zu sich selbst. Die Schwiegermutter konnte so bestimmend sein. Wenn sie nicht früh genug den Abflug schaffte, war der Abend gelaufen. Else hatte so eine Art gemeinsames Witwenleben für sie geplant. Sie sah sie beide schon auf Busreisen und Kreuzfahrten. Aber, sagte sie sich, lass die alte Frau doch träumen. Mit ihr konnte sie jedenfalls nicht planen. Aber das würde sie ihr nicht auf die Nase binden.

Morgen um sechzehn Uhr in der Basilika. Ob sie den alten Mann gleich erkennen würde? Um diese Zeit dürfte die Kirche nur spärlich besucht sein. Eine gute Gelegenheit, mit dem Mann ein ernsthaftes Gespräch zu führen. Sie wollte aus dem Moment heraus entscheiden, brauchte das Gesicht des Mannes und seine Gefühle. Warum war er nicht gleich zur Polizei gegangen, fragte sie sich immer noch. Sie würde das rausfinden, morgen um fünf. Wo hatte sie die Hutnadel noch hingetan? Sie überlegte.

Fünf Jahre später

Maria deckte den Tisch. Obwohl sie sich bemühte, nicht allzu sehr mit dem Geschirr zu scheppern, erkannten seine Ohren dieses Geräusch sofort. Seit dem Abend der gemeinsamen Ermittlungen war vieles leichter geworden. Als ob diese gemeinsame Aufgabe sie einander wieder näher gebracht hatte. Seine Kinder gingen offener mit ihm um, Maria war entgegenkommender, irgendwie war alles anders. Auch fühlte er selbst sich leichter, aus der Schusslinie. Das ließ ihn auch wieder freier über sich und seine Arbeit nachdenken. Er musste andere Wege gehen, das war ihm bewusst geworden. Bisher hatte er sich immer mehr ins verkannte Genie geflüchtet, dabei galt es zu erkennen, dass er eine gewisse Fertigkeit bei seinen Uhren hatte, das aber noch sehr weit von etwas Großartigem entfernt war. Er sollte seine Zeit und seine Kraft darauf verwenden, sich mit diesen Fertigkeiten auf den Markt zu bringen. Als Thomas das letzte Mal da war, hatte er mal wieder die Werkstatt besichtigt. Er war sehr beeindruckt gewesen. »Mensch, Onkel Bernhard, das ist ja großartig«, hatte er erstaunt gesagt, »aber warum kauft dir keiner eine dieser tollen Uhren ab. Mensch, Uhrwerke handgemacht, die Genauigkeit, dazu diese Optik. Da sieht doch jede toll aus. Was hast du denn bisher schon probiert?« Er war natürlich stolz gewesen, dass dieser junge Mann seine Arbeiten so bewunderte. »Ich hab' sie mal in der Zeitung gehabt«, hatte er geantwortet, »aber das kostet halt Geld und, du weißt ja…« »Für wie viel?« »Dreihundert Euro.« Thomas hatte genickt und sich noch minutenlang die Uhren angeschaut. »Ich weiß, wie wir's machen, Onkel Bernhard. Wir stellen die Uhren bei eBay ein. Und zwar nicht zu einem Festpreis, nein, wir sind von deiner Arbeit überzeugt. Wir machen ein paar schöne Bilder, die deutlich die feinen technischen Details zeigen. Dann machen wir einen Startpreis von einem Euro plus Versand. Was denkst du?«, fragte ihn Thomas und schaute ihn erwartungsvoll an. »Ein Euro? Ist das nicht ein bisschen niedrig?« Thomas schüttelte den Kopf. »Ich glaube nicht. Wir müssen nur daran glauben, dass es da draußen genügend Liebhaber gibt, die auf solche Uhren abfahren. Das ist das Wichtigste. Du wirst sehen, wenn da erst einmal zwei oder drei eingestiegen sind, dann geht da was ab. Was ist, sollen wir es probieren?« Er überlegte eine Weile. Vielleicht hatte Thomas wirklich recht. Er musste auch mal was riskieren. Aber was würde er machen, wenn eine seiner Uhren für ein paar Euro verkauft werden musste. Das war eben das Risiko. Das hatte er gescheut. Nicht unter Preis verkaufen, hatte er sich immer gesagt, dabei aber nicht bedacht, dass auch ein Geld hereinkommen musste, ein Geld, das er mit seinen Uhren verdient hatte. War das die Möglichkeit, auf die er schon lange gewartet hatte. »Wir machen das«, sagte er zu Thomas und hielt ihm die Hand zum Einschlagen hin, »und du wirst mein Teilhaber. Bist mit zehn Prozent dabei.« Thomas schüttelte wieder den Kopf. »Nein, Onkel Bernhard, das mache ich dir zuliebe, da will ich kein Geld. Wir können ja mal miteinander essen gehen, Mama, Sabine, ich und ihr. Das würde ich mir mal wieder wünschen. Seit Opa tot ist, kommen wir doch gar nicht mehr zusammen. Also, abgemacht?« Er musste lächeln. Thomas hatte er immer gemocht und seit dem Tod des Vaters hatte auch Thomas sich immer wieder an ihn gewandt, wenn er mit etwas nicht zurechtkam. Der Tod des Vaters war eine schlimme Sache gewesen. Seine Schwester hatte ein Verhältnis mit einem Hopfenbauer in Tettnang angefangen. Er hatte davon nichts mitbekommen, bis Herbert in den Gasthof gegangen war. Da hatte ihn Thomas angerufen, nachdem er im Bären beim Vater gewesen war. Der Junge war völlig durcheinander, verstand die Welt nicht mehr. Am nächsten Morgen war sein Vater tot. Weil auch der Hopfenbauer im Hopfen erhängt aufgefunden worden war, stand seine Schwester dann alleine da. Es war eine schwere Zeit für sie gewesen. Er hatte ihr wenig helfen können. Sie hatte das Leben, ihr Leben gesucht. Er hatte Herbert immer für ziemlich langweilig gehalten, aber das sagte man seiner Schwester ja nicht. Sollte sie mit ihm glücklich werden, hatte er damals gedacht. Das hatte nun deutlich nicht geklappt. Er konnte nur ahnen, dass der Herbert mit dem Tod des Hopfenbauern etwas zu tun gehabt hatte. Wieso sollte der sich sonst im Bären aufhängen? Ihm fehlte der Einblick, um das richtig einzuschätzen. Jedenfalls war Thomas nach diesen Vorfällen öfter bei ihnen aufgetaucht. Markus und Katrin mochten den deutlich älteren Vetter auch und Maria war immer froh gewesen, wenn jemand von außen kam und ihre Pseudoidylle ein wenig ins rechte Licht rückte.

»Also, dann machen wir das so. Mit welcher Uhr, denkst du, sollen wir anfangen?«, fragte er Thomas. »Das kann ich nicht einschätzen. Ich denke, wir sollten vorsichtig sein und nicht gleich eine deiner wertvollsten Uhren zur Versteigerung anbieten. Welche ist die dir am wenigsten wichtige Uhr?«, sagte Thomas und schaute ihn fragend an. Er schaute sich um. Überlegte. Sollte er die auswählen, die am wenigsten Arbeit gebraucht hatte. Sollte er eine nehmen, die nicht so viel hermachte, wie manche andere. Schließlich hatte er den Mittelweg gefunden. Er griff nach einer schönen kleinen Tischuhr, die mit einem auffallenden Uhrwerk versehen war, das durch eine Glasscheibe beobachtet werden konnte. Die war schön, die war gut, aber die war seiner Meinung nach nichts Besonderes. Von der trennte er sich leicht. Die konnte er in einer Woche neu bauen. »Diese«, sagte er zu Thomas und hielt ihm die Uhr hin. »Sicher?«, fragte der zurück. »Sicher«, sagte er. »Also, dann gehen wir das an. Stell sie mal dort drüben auf den kleinen Tisch.« Bernhard tat, was Thomas wollte, stellte die Uhr ab. Thomas holte sein Handy aus der Hosentasche. Dann machte er ein paar Bilder von allen Seiten. Als er damit fertig war, schaute er sich die Bilder auf seinem Handy noch mal an. Dann zeigte er sie ihm. Sieht gut aus, dachte er. »Sieht gut aus«, sagte er. »Also gut. Prima. Dann gehen wir damit in die Auktion. Ich brauch dann noch ein paar technische Angaben und so.« Bernhard stellte die Uhr wieder zurück und holte aus seinem Ordner das Arbeitsblatt zu dieser Uhr. »Hier«, sagte er, »jede Uhr hat bei mir ein Arbeitsblatt. Da steht alles drauf:

Art des Uhrwerks, Material und so weiter.« »Klasse«, sagte Thomas, »dann stelle ich das heute Abend noch ein. Ich bin gespannt.« »Ich auch«, sagte er. War das ein bisschen Hoffnung? »Lass uns oben noch ein Bier trinken. Wir sollten auch noch über den Fall reden«, sagte er. Thomas zögerte. »Na gut, ein Bier geht schon. Weißt, ich bin doch mit dem Moped da.« Sie gingen die Treppe hinauf. »Maria!«, rief er schon vor der letzten Stufe, »stell ein Bier auf den Tisch. Wir müssen anstoßen!« Als sie ins Wohnzimmer kamen, standen dort zwei Flaschen Bier mit Gläsern und die Familie saß gespannt rund um den Tisch.

»Das habe ich mir schon gedacht«, sagte Maria lachend, »dass ihr ein Bier trinken wollt.«

»Warum?«, fragte er.

»Weil ihr was ausbaldowert habt, deshalb«, sagte Maria.

»Woher weißt du das?«, fragte Thomas.

»Weil ich eine Hellseherin bin«, sagte Maria mit einem schelmischen Grinsen.

»Weil sie an der Tür unten gehorcht hat, deshalb«, sagte Katrin.

Das allgemeine Gelächter verebbte allmählich. Sie wussten alle, warum sie nun wieder um den Tisch saßen. Alle schauten ihn erwartungsvoll an. Wahrscheinlich musste er jetzt irgendwie anfangen.

»Wie weit sind wir?«, fragte er in die Runde, »es scheint inzwischen klar, dass es sich bei der Lydia um eine Lydia Schöllhorn handelt, die Ehefrau des Toten. Und …«

»Die ist in Ravensburg«, unterbrach ihn Thomas, »ich habe sie immer wieder gegoogelt. Sie ist seit ein paar Tagen hier. Ihre Schwiegermutter ist gestorben. Da gab es eine Todesanzeige, in der auch ihr Name auftaucht. Deshalb habe ich sie gefunden.«

»Sie ist wieder hier?«, fragte er.

»Ja, sie wohnt sogar wieder in ihrem Haus. Wie damals«, sagte Thomas.

»Die traut sich was«, meinte Maria.

»Warum?«, fragte Markus.

»Na, weil sie doch eine Mörderin ist, jedenfalls glauben wir das«, erklärte ihm Katrin.

»Sie ist also wieder da«, wiederholte er sich.

»Unglaublich, oder?«, fragte Thomas.

»Das ist wirklich unglaublich. Hätte ich nicht gedacht, dass sie wieder mal zurückkommt«, sagte er.

»Sie fühlt sich offensichtlich sicher«, meinte Thomas.

»Offensichtlich«, stimmte Maria zu.

»Ich sollte mit ihr sprechen«, sagte er.

»Aber was willst du ihr sagen, sie fragen?«, fragte Thomas.

»Was sie mit unserem Opa gemacht hat«, antwortete er.

»Gemacht? Wie meinst du das?«, fragte Maria.

»Ich glaube, er hat sie zur Rede gestellt. Er hat sie gesehen als rote Frau und hat dann eins und eins zusammengezählt. Dann hat er sie damit konfrontiert.«

»Und dann ist er gestorben. In der Basilika«, sagte Maria traurig.

»Genau. In der Basilika«, sagte er, »wenn mein Vater jemanden mit so etwas konfrontieren wollte, dann in der Basilika.«

»Aber dort wurde er doch gefunden. Tot«, sagte Maria.

»Da könnte was dran sein«, meinte Thomas.

»Wir müssen noch mal gemeinsam überlegen«, sagte er.

Sie saßen den ganzen Abend zusammen. Die Argumente gingen hin und her. Er ließ die anderen reden, beurteilte die verschiedenen Ansätze, wägte die Wahrscheinlichkeiten ab. Er musste eine Entscheidung treffen.

Fünf Jahre früher

Herbert saß in der Basilika. Er hatte eine der mittleren Reihen ausgesucht. Ein Platz am Rand, hatte er sich gedacht, dann falle ich eher auf. Es waren keine Leute in der Kirche. Vielleicht würden noch ein paar Touristen reinschauen, aber die würden nicht stören. Er wollte nur ein ruhiges Gespräch mit ihr führen, sie fragen, warum sie das getan hatte und wie man so kaltblütig einen Mord planen konnte. Oder auch nicht, dachte er. Ich sollte das gar nicht ansprechen, ich sollte sie nur mit ihrer Schuld konfrontieren, nur das, dachte er. Mehr wollte er nicht, mehr wollte er auch nicht wissen über ihre Tat, wie sie das geplant und gemacht hatte. Das Warum wollte er außen vor lassen. Das ging ihn nichts an. Das war ihre Sache, das sollte sie mit Gott klären, da brauchte er nicht eingreifen. Ihm ging es um sich selbst. Er wollte seine Schuld loswerden, die Schuld, etwas, sie, gesehen zu haben. Die rote Frau. Ging es ihm wirklich nur um sich? Nur diese Schuld, die zu bereinigen war, die zu tilgen anstand? Nein, dachte er, ich will auch ein Gestehen, ein Eingestehen ihrer Schuld und der dunklen Gefühle, die einen Menschen zu einer solchen Tat bringen konnten. Glaubte er wirklich, dass sie das tun würde. Sich stellen. Er wünschte es sich. Er glaubte daran, dass der Mensch im Grunde genommen gut ist. Das es nur die Situation war, die ihn schließlich zu solchen furchtbaren Taten brachte. Stimmte das? War der Mensch doch nicht so gut, wie er glaubte, nur weil er ein Gewissen hatte. Andere hatten kein solches Gewissen, das hatte er in seinem bisherigen Leben immer wieder festgestellt. Blieb also die Frage: Was sollte er machen, wenn sie auch kein Gewissen hatte? Darauf fand er nicht gleich eine Antwort. Denn die einzige Antwort, die er bisher hatte, war: Zur Polizei gehen. Er wollte das nicht. Er wollte das einfach nicht. Er wollte nicht auf dieses Polizeirevier gehen und diese Geschichte mit der roten Frau erzählen. Denn sie würden ihn auslachen. Den alten Mann, der Geschichten erzählte. Das war für ihn klar wie Kloßbrühe. Die würden ihn nicht ernst nehmen. Er mit seiner roten Frau. Kein Mensch hatte im Zusammenhang mit diesem Fall von einer roten Frau gesprochen. Eine rote Frau war in diesem Fall überhaupt noch nicht aufgetaucht, nicht bekannt, Punkt. Also blieb ihm dieser Weg nicht. Was dann? Sein Blick auf die Uhr: 16.57 Uhr. Noch drei Minuten. Drei Minuten, in denen er sich klar werden musste, was er tun wollte. Er konnte das jetzt nicht entscheiden. Er konnte das nur auf sich zukommen lassen. Er würde abwarten, wie sie sich verhielt. Wenn sie Einsicht zeigen würde, konnte er vielleicht über andere Lösungen nachdenken. Die große Eichentür wurde geöffnet. Ein erhabenes Geräusch, dachte er, wie die Kirche auch. Er blickte nach vorne auf den Altar. Sie würde ihn schon finden. Er hörte ihre Absätze auf dem Steinboden. Sie hallten in der Kuppel wieder. Stöckelschuhe gehörten nicht in eine Kirche, dachte er noch. Der Hall war so stark, dass er sie nicht orten konnte. Er spürte nicht, ob die Schritte näherkamen. Plötzlich stand sie vor ihm. Sie trug ein blaues Kostüm.

»Guten Abend«, sagte sie, »sind Sie der mit dem Zettel?«

»Ja, ich habe den Zettel in Ihren Briefkasten geworfen«, antwortete er.

»Was wollen Sie?«

»Ich möchte, dass Sie sich Ihrer Schuld bewusst werden und zur Polizei gehen.«

»Ich? Warum?«

»Weil Sie Ihren Mann ermordet haben, darum.«

»Und warum sollte ich das getan haben?«

»Weil Sie frei sein wollten, weil Sie das nicht mehr aushalten konnten, was weiß ich!«

»Sie spinnen doch. Machen Sie sich doch nicht lächerlich! Sie wollen mich gesehen haben, Sie, alter Mann, der womöglich eine starke Brille trägt, der womöglich nicht mehr so richtig weiß, wo im Leben hinten und vorne ist, der will mich gesehen haben? Glauben Sie tatsächlich, dass Ihnen die Polizei auch nur ein Wort glaubt? Einem alten Mann, der eine rote Frau gesehen haben will, die wie ich aussah? Aber niemand anders hat diese Frau gesehen, deshalb auch mich nicht. Und damit hat sich's!«

»Sie haben getötet.«

»Sagen Sie.«

»Sie haben mit Absicht und Plan Ihren Ehemann ermordet, warum, das ist mir nicht wichtig. Aber, Sie haben getötet.«

»Nein.«

»Wir sind in einer Kirche, wir sind vor Gott, in seinem Haus.«

»Und?«

»Sie stehen vor Gott. Gestehen Sie Ihre Schuld und Ihnen wird vergeben.«

»Von wem und vor allem, warum?«

»Weil auch Sie ein Gewissen haben.«

»Ich? Gewissen? Nein.«

»Sie sollten ehrlich sein.«

»Warum?«

»Um mit sich ins Reine zu kommen.«

»Warum?«

»Weil Sie Schuld auf sich geladen haben, darum.«

»Ich fühle keine Schuld. Ich habe nichts getan. Ich glaube nicht an Gott. Ich mache, was ich will, nun?«

»Wenn Sie hier und jetzt Ihre Schuld nicht vor Gott bekennen, werde ich zur Polizei gehen.«

»Sie? Mit was wollen Sie denn zur Polizei? Die rote Frau, die Sie behaupten, gesehen zu haben? Wer sind Sie denn? Ein kleiner alter Mann, der vielleicht etwas gesehen haben will. Ein Würstchen, ein Nichts, der sich ein bisschen Geltung verschaffen will! Ein Niemand, der ein Jemand werden will. Und das auf meine Kosten!«

»Ich möchte Sie bitten …«

»Sie bitten mich um gar nichts! Sie sind ein echt böser Mensch, der sich an dieser Sache hochziehen, Bedeutung erhalten will.«

»Ich will überhaupt nicht, das verstehen Sie falsch, es geht mir um Sie, weil Sie doch …«

»Um mich geht es Ihnen? Was sind Sie nur für ein böser Mensch! Sie haben doch die Schuld! Sie sind es doch, der hier böse Gerüchte in die Welt setzen will.«

»Ich will doch überhaupt nicht, Gerüchte, das sind doch keine …«

»Natürlich sind es Gerüchte, von Ihnen in die Welt gesetzt.«

»Ich habe doch nie, das ist jetzt …«

»Ach, hören Sie doch auf. Dieses Geschwätz von einem senilen alten Mann.«

»Senil? Ich bin …«

»Sie sind ein verdammt böser alter Mann, der nichts mehr sieht!«

»Ich bin …«

»Eine gescheiterte Existenz, der ein wenig Gott braucht.«

»Ich brauche Gott nicht, ich glaube an …«

»Bigott, das ist es, so richtig bigott, dieser große Gott, der dann für alles herhalten muss!«

»Ich glaube...«

»Das auch noch. Glauben Sie doch. Erzählen Sie Ihrem Gott, was Sie getan haben!«

»Ich habe nichts...«

»Doch, Sie reden falsch Zeugnis!«

»Ich doch nicht, Sie...«

»Sie reden falsch Zeugnis!«

Er spürte, wie das alles in ihm zusammenkam. Die Wärme kam aus seinen Armen über die Schultern in seinen Brustkorb. Dort wurde es eine Hitze, die sich seinem Herzen näherte. Er sah Bilder, seine Frau damals, die Hochzeit, schön, die Kinder, Markus und Katrin, die Kleinen, damals in Südtirol, dann Rimini, so schöne Bilder...

Sie stand vor dem alten Mann. Er nahm sie gar nicht mehr zur Kenntnis. Lächelte noch kurz, dann schloss er die Augen. Er fasste sich an sein Herz. Das konnte doch nicht wahr sein. Sie schaute sich um. Kein Mensch in der Basilika. So viel Glück konnte es doch nicht geben, dachte sie. Sie sah ihn noch mal an. Er war tot, so tot, wie Hubert war. Bei dem brauchte es die Nadel, hier genügten ein paar harte Worte. Sie ging. Schön, diese Basilika. Das war einen Besuch wert gewesen. Mit ruhigem Schritt ging sie die Treppen hinunter. Sie wollte den Eingang noch ein paar Minuten im Auge behalten. Wenn jetzt jemand in die Kirche ging, dann wurde der Tote womöglich entdeckt. Sie wollte das nicht noch einmal durchmachen. Wieder gesehen werden. Da wollte sie sich diesmal sicher sein. Es sollte ein Ende haben. Der Fall war vorbei. Endgültig. Ein herrlicher Blick, gerade am Abend. Die Abendsonne fiel flach über Weingarten, interessant. Auch die Basilika wurde nun in ein besonderes Licht getaucht. Das hat er verdient, dachte sie. Sein Gott wird ihn schon aufnehmen, dort droben. Wenn sie eine Stimme hätte, würde sie sagen, er war ein guter Mensch. Zu gut für diese Welt. Es würde ein schönes Leben werden, für sie. Sie ging hinaus auf die Terrasse. Ein schöner Blick, dachte sie. Ein bisschen würde ihr die Landschaft hier schon fehlen. Es hatte schließlich auch glückliche Tage in Ravensburg und auch in Weingarten gegeben. Ihr erster Freund war aus Weingarten gewesen, erinnerte sie sich. Ein Schreinergeselle, mit dem sie nur wenige Wochen zusammen war. Dann ging er auf die Walz, einfach so, Adieu und das war's. Er war dann drei Jahre weg gewesen. Als er zurück war, meldete er sich bei ihr. Drei Jahre, zwei Postkarten aus irgendwo. Rief bei ihr an, wie es ihr gehe, ob man sich sehen könne. Als ob alles so weitergehen würde, wie vorher. Sie hatte sich nicht mit ihm getroffen, wollte keine Geschichten von der großen weiten Welt hören. Schon damals spürte sie einen Drang in sich, selbst in diese große Welt hinaus zu gehen. Neue Dinge zu sehen, Menschen in anderen Ländern zu treffen. Wie eine Art Fernweh, dachte sie. Durch den Innenhof der Anlage ging sie zu ihrem Wagen zurück. Man konnte sich den mühsamen Weg über die Treppen sparen, wenn man wusste wie. Auf der anderen Seite der Kirchenanlage gab es einen Parkplatz. Dort stand ihr Auto. An der Windschutzscheibe sah sie einen Zettel. Sie hatte vergessen, ein Parkticket zu lösen. Sie zerknüllte das Stück Papier. Bald war sie weg. Sollten die doch schauen, wer die zehn Euro bezahlte. Sie jedenfalls nicht. Mit Karacho fuhr sie aus dem Parkplatz. Das war prima gelaufen. Besser hätte sie es sich nicht ausdenken können. Der alte Mann war tot. Der würde niemandem mehr erzählen können, wer die rote Frau gewesen war. Damit war auch die rote Frau tot. Aber sie lebte und sie lebte gut.

Fünf Jahre später

Peter hatte aufgeräumt. Zwar waren die Aufgaben in ihrem Haushalt nicht ganz genau verteilt, aber mit dem Aufräumen hatte es Kim halt nicht. Das hatte er in den Jahren, die sie zusammen waren, schließlich verstanden. Dafür kümmerte sie sich komplett um die Wäsche, während er dann wiederum hauptsächlich fürs Kochen zuständig war. Er hatte sich die neue Yussuf-CD eingelegt und ließ die Musik laut durch die Wohnung dröhnen, damit er beim Staubsaugen auch etwas hörte. Das konnte er nur deshalb machen, weil das Ehepaar in der Wohnung über ihnen tagsüber bei der Arbeit war. Die fuhren unter der Woche jeden Morgen schon sehr früh nach Konstanz zur Arbeit und kamen erst nach sechs wieder zurück. Eigentlich sah man sich kaum, begegnete sich vielleicht mal im Treppenhaus, aber selten. An den Wochenenden waren sie oft am oder auf dem See unterwegs. Sie nannten eine kleine Jolle ihr eigen. Ihr ganzer Stolz. Immer wieder luden sie Kim und Peter ein, doch mal mitzukommen. Aber sie beide hatten es nicht so mit dem Wasser. Außerdem kannte man sich kaum, da war vor allem Kim dann manchmal schwierig. Er summte die Melodie des Songs mit. Dieser Cat Stevens, tritt zum Islam über, ändert seinen Namen und singt doch die gleichen Lieder. Er war mit diesen Liedern aufgewachsen, kannte die Texte der alten Songs fast auswendig. Find a girl, settle down… Wie oft hatte er das vor sich hingesummt, seit er mit Kim zusammen war. If you want, you can marry… Auch das hatte er gesummt. Aber mit dem Heiraten hatte es Kim eben nicht. Das hatte er inzwischen auch kapiert. Jetzt mit dem Kind wollte er noch mal einen Anlauf wagen. Er würde ihr einen richtig schönen Antrag machen. Vielleicht ließ sie sich dann erweichen. Den Abend hatte er schon festgelegt. Am Donnerstag würde es gut passen. Er kam an diesem Wochentag relativ früh aus der Schule raus, konnte in aller Ruhe einkaufen und was Schönes kochen. Dazu eine gute Flasche Wein, nein, das ging ja nicht, obwohl, ein kleines Gläschen vielleicht schon. Den Ring hatte er in seiner Nachttischschublade. Nichts Großartiges, aber ein schöner Silberring mit einem kleinen, blauen Brillanten. Der wird Kim bestimmt gefallen, da war er sich sicher. Er steckte den Staubsauger aus, prüfte den Beutel. Der war erst zur Hälfte voll. Als der Staubsauger verstaut war, holte er den Besen und die Kehrschaufel, um die Küche zu fegen. Hier war sonst schon alles gemacht. Er mochte es, an den Dienstagen, wenn er erst am Nachmittag Unterricht hatte, die Wohnung auf Vordermann zu bringen. In gut zwei Stunden war das erledigt. Dann konnte er sich für ein paar Stunden wieder dem Schreiben widmen. Ob er den Krimi in diesem Jahr noch beenden könnte, wusste er noch nicht so recht. Die Story war gut, zum eigentlichen Fall hatte er noch ein paar Elemente dazu gedichtet. Viel hatte es da nicht gebraucht. Einen Bürgermeister und ein paar lokale Momente, die im Regio-Krimi nicht fehlen durften. Den Schluss hatte er schon lange im Kopf. Der dritte Verdächtige kam, wie real geschehen, bei der Flucht mit seinem Motorrad im Hopfenfeld ums Leben. Er wusste nur noch nicht, wie er die Geschichte enden lassen sollte. Seine Kommissarin war alleinstehend, hatte aber einen Ermittler aus der Schweiz kennengelernt. Vielleicht sollte er da was andeuten. Das könnte in einen zweiten Fall für Maria Brandner hineinführen. Vielleicht ein Toter an der Grenze oder so. Er fegte die wenigen Brosamen mit der Kehrschaufel zusammen. Viel zu putzen gab es bei ihnen im Grunde genommen nicht. Wenn erst mal die Kinder da waren, würde das ganz andere Dimensionen annehmen. Hatte er Kinder gedacht? War er schon so weit mit seiner Familienplanung? Gut, sie waren sich einig, dass ihr Kind kein Einzelkind bleiben sollte. Aber viel weiter waren ihre Gedanken noch nicht gediehen. Kim hatte dem deutlich zugestimmt, aber wohl wenig überlegt, was das für sie und ihre Karriere bedeuten würde. Nun ja, wir werden sehen, dachte er.

Als er am Schreibtisch saß, sah er auf seinem Block die Notizen. Schöllhorn recherchieren, stand da, 2012, Mai, Todesursache, Verdächtige. Er wollte diesmal von Anfang an dabei sein, genau dokumentieren, wie die Ermittlungen verliefen. Das kann spannend werden, dachte er. Diese Lydia Schöllhorn, die Ehefrau des Ermordeten, hatte er auf Gran Canaria geortet. Sie hatte dort eine kleine Agentur für Ferienhäuser aufgemacht. Das war natürlich sofort in der deutschen Zeitung berichtet worden. Auf Gran Canaria war die gute Frau also. War das ein normales Verhalten, nur wenige Wochen nach dem gewaltsamen Tod des Ehemanns auf die Insel zu fliegen. Was war eigentlich mit den beiden Kindern? Die waren wahrscheinlich schon aus dem Haus, studierten sicherlich. Aber trotzdem. Verabschiedete man sich als Mutter so? Er unterstrich Gran Canaria. Das musste er heute Abend Kim erzählen, wenn sie es nicht schon selbst herausgefunden hatte. Es läutete an der Tür. Das war mal wieder typisch. Kaum hatte er sich an seinen

Schreibtisch gesetzt, kam irgendwas dazwischen. Es war halb zehn. Das war sicher die Post. Er ging öffnen.

»Na, wie verbringst du deinen halben freien Tag«, begrüßte ihn Max, kaum hatte er die Tür geöffnet.

»Ach, du bist's, komm rein«, sagte Peter.

»Also, Freude sieht anders aus«, meinte Max und ging ins Wohnzimmer.

»Ach, vergiss es, ich hatte mich nur gerade erst an den Schreibtisch gesetzt«, erklärte Peter.

»Oh, das tut mir leid. Habe ich jetzt die Weltliteratur ein wenig aufgehalten?«

Sein schelmisches Grinsen sprach Bände. Peter wusste nicht so recht, wie ernst Max seine Schreiberei tatsächlich nahm. Zwar konnte er immer mal wieder mit ihm darüber reden, aber er hatte den Eindruck, dass Max dieses Krimischreiben nicht so ganz ernst nehmen konnte. Anfangs hätte er das auch unterschrieben, aber inzwischen war er sozusagen in die Materie eingetaucht. Ein Krimi bot nämlich auch gute Möglichkeiten, ein wenig Gesellschaftskritik loszuwerden. Das musste er Max auch einmal erklären. Der hatte sich inzwischen schon im Sessel niedergelassen.

»Ich war mit dem Fahrrad unterwegs, da dachte ich, schaust du mal beim Kollegen Lang vorbei, der hat doch dienstags am Vormittag auch keinen Unterricht. Schreibzeit?«

»Schreibzeit.«

»Da will ich nicht länger stören, aber, sag mal, was hältst du von einem Mittagessen am See? Julia ist bei ihrer Schwester in Sigmaringen. Bei mir bleibt heute also die Küche kalt. Das Schlössli hat eine ganz nette Tageskarte. Bisschen in der Sonne sitzen, was denkst?«

»Gute Idee, ich hab' aber dann um vierzehn Uhr Unterricht. Also keine Eskapaden!«, sagte Peter lächelnd. Allzu oft war er mit Max schon irgendwo versackt. Es war immer schön, aber eben oft spät und meist floss auch Bier oder Wein reichlich. Das durfte schon mal sein, aber eben nicht so häufig, da hatte Kim vollkommen recht.

»Also gut. Sagen wir um halb eins im Schlössli?«, fragte Max.

»Alles klar. Dann bis später.«

Peter brachte Max noch zur Tür und schaute ihm nach, wie er auf seinem Drahtesel den Berg hinunter fuhr. Er sollte heute auch wieder mal das Fahrrad nehmen oder laufen. Die Faulheit musste überwunden werden. Das nahm er sich vor, als er zum Schreibtisch zurückging.

Sie hatten telefoniert. Kim wollte keine Zeit verschwenden. Martmann hatte auch gleich zugesagt. »Um eins im Goldenen Engel«, hatte er vorgeschlagen. Sie kannte das Lokal. Gute regionale Küche, aber auch das eine oder andere vegetarische Tagesessen. Sie war mit Peter schon mehrmals dort gewesen. Wenn das Wetter so bliebe, könnten sie sogar draußen essen. Man saß dort schön auf der großen Terrasse am Marienplatz. Deshalb hatte sie gleich zugestimmt. Nachdem sie ihren Wagen im Parkhaus am Frauentor abgestellt hatte, ging sie auf die Terrasse des Goldenen Engel zu. Martmann sprang gleich auf, als er sie kommen sah.

»Kim«, begrüßte er sie, »schön, dich mal wieder zu sehen!«

Auch Kim freute sich, den alten Kollegen hier zu treffen.

Sie hatte von Martmann damals bei diesem Fall hier in Ravensburg einiges gelernt. Vor allem seine stoische Ruhe hatte sie beeindruckt. Sie war damals noch mit viel zu viel Emotionen bei der Sache, ließ den Fall zu nah an sich ran. Das hatte er ihr vor allem beigebracht: »Distanz, Mädle, Distanz, sonscht frisst de dr Fall«, hatte er zu ihr gesagt. Es stimmte, man durfte nichts persönlich nehmen, oder persönlich werden lassen. Das störte nur, machte einen parteiisch, reduzierte die Objektivität. Sie hatte sich das gemerkt. Schon bei ihrem Fall in Überlingen mit den drei toten Mädchen war es besser gegangen. Sie hatte ihre Objektivität gewahrt, einen klaren Kopf behalten und beinahe den Täter gefasst. Der hatte allerdings sein Ende im See gefunden. Sie setzte sich Martmann gegenüber. So mussten sie beide nicht in die schon recht tief stehende Sonne schauen. Er reichte ihr die Speisekarte.

»Ich lad' dich ein, Kim, sei mein Gast«, sagte er mit einer Handbewegung, die das wohl verstärken sollte.

»Vielen Dank. Hast du schon was rausgesucht?«

»Ich nehme mal wieder das schwäbische Dreierlei, Maultasche, Krautwickel und Kässpätzle«, sagte er.

»Das ist mir zu viel und zu schwer«, sagte sie, als sie die Karte studierte, »ich werde die Tagliatelle mit Steinpilzen nehmen, vorausgesetzt, sie sind frisch.«

Martmann bestellte ein Weizenbier und für Kim eine Apfelschorle. Die Getränke kamen auch gleich. Martmann prostete der jungen Kollegin zu.

»Nun leg mal los. Es geht um den Fall Schöllhorn?«

»Genau. Ich bin doch jetzt im Innendienst, Archiv und so. Da habe ich diese Akte in die Finger bekommen. Hubert Schöllhorn.«

»Ist über fünf Jahre her. Mai 2012, glaube ich.«

»Stimmt. Du hast die Ermittlungen geleitet?«

»Ja. Zusammen mit meinem damaligen Assistenten, Rainer Öchsle.«

»Wo ist der eigentlich inzwischen?«

»Keine Ahnung. Das letzte Mal, als ich Kontakt hatte, war er in Stuttgart, sozusagen in der Zentrale. Wo er jetzt ist, weiß ich nicht. Aber Kim, was er weiß, weiß auch ich.«

»Verstehe. Mir würde es nur um eine zweite Einschätzung gehen.«

»Er hielt die Ehefrau für schuldig, ich übrigens auch. Aber das Alibi war gut und wir haben keine Hinweise oder Zeugen gefunden. Öchsle hat sich zu sehr davon einnehmen lassen. Er hat damals sogar Sonderschichten gemacht, das Haus beobachtet, über mehrere Tage nach dem Mord. Aber nichts, keine Unstimmigkeit, keinerlei Aktionen, die einen Verdacht hätten erhärten können. Schließlich mussten wir den Fall schließen.«

»Bis ich ihn in die Hände bekam«, sagte Kim.

»Stimmt. Dazu ist deine Abteilung ja da. Gibt es da noch diesen Fritz Drechsler?«

»Der Fritz, immer noch aktiv, ja.«

»Ein alter Fuchs. Der hat so manchen Fall aus dem Archiv heraus doch noch gelöst, wirklich ein guter Mann, vor allem an der richtigen Stelle«, meinte Martmann.

»Wie war das mit dem Mordmotiv, habt ihr außer der Ehefrau jemanden gefunden, der in Frage kam, der vielleicht ein Motiv hatte?«

»Nein. Die Ehefrau war die Einzige, die ein vages Motiv hatte.«

»Geld?«

»Genau, das liebe Geld. Aber andererseits ging es der ja gut. Die hatte ihre Familie, ihren Job und eigenes Geld.

Gut, nicht so reichlich wie jetzt, nach dem Tod ihres Mannes. Das Testament war eindeutig. Sie hat alles geerbt, auch den Anteil am Familienbesitz. Ich glaube, das war den alten Schöllhorns und vor allem dem Bruder, Richard Schöllhorn, gar nicht recht. Sie hatte sich da wohl gegenüber ihrem Mann durchgesetzt. Eigentlich halten solche Familien den Besitz in der Familie, vererben an die Enkel, du verstehst.«

Kim nickte. In manchen Familien mit entsprechendem Reichtum war das durchaus üblich. Ein Großteil des Immobilien- oder Kapitalbesitzes ging an die übernächste Generation. Damit war die nächste Generation angehalten, mit einem gewissen Startkapital etwas aus sich zu machen. Ob das immer gut ging, wusste sie nicht. Sie müsste mal Peter darauf ansetzen. Sie wandte sich wieder Martmann zu.

»Wie hat sie das wohl geschafft?«

»Keine Ahnung. Vielleicht hat sie ihn vor die Alternative gestellt. Sie ist ja nicht auf den Kopf gefallen. Die hat in der Firma ganz schön was bewegt. Wie ich höre, ist sie ja seit ein paar Jahren auf Gran Canaria. Die wird dort sicher auch ihre Geschäfte am Laufen haben. Einen Punkt gibt es, der für dich vielleicht interessant ist: Der Hausfreund, dieser Mark Rohleder, der ist 2013 im Februar auf Gran Canaria von einem Felsen gefallen. War sofort tot, ich glaube fünfzig Meter, aber das kannst du recherchieren. Die Umstände waren etwas undurchsichtig. Er war wohl, ich betone wohl, alleine unterwegs, wanderte gern mal an der Küste entlang. So ihre Aussage. Wir haben das natürlich untersucht, beziehungsweise untersuchen lassen. Aber die örtliche Polizei hat nichts Verdächtiges gefunden. Madame hatte natürlich wieder ein prächtiges Alibi.«

»Was für ein prächtiges Alibi?«

»Sie war zum Zeitpunkt des Absturzes gar nicht auf Gran Canaria.«

»Wo war sie denn?«

»Im Ländle, in Stuttgart. Sie wollte endgültig auswandern. Dazu brauchte sie Papiere. Mit diesen Unterlagen ist sie dann nach Berlin geflogen.«

»Berlin?«

»Die spanische Botschaft. Sie hat die spanische Staatsbürgerschaft beantragt, und, soweit ich weiß, auch bekommen. Wenn man ein wenig Geld ins Land bringt, geht da so manches.«

»Das kann ich mir vorstellen. Aber, jetzt lass uns essen, sonst wird dein schwäbisches Dreierlei noch kalt!«

»Gerne. Einen guten Appetit.«

»Danke, gleichfalls«, sagte Kim.

Sie widmeten sich beide ihren Tellern, die reichlich gefüllt vor ihnen standen. Die Steinpilze waren frisch und hervorragend. Sie liebte diese Sahnesoßen ob mit Pilzen, Lachs oder Krabben. Dazu natürlich Spaghetti oder Tagliatelle, damit man mit der Gabel auch was zu drehen hatte. Wenn das Gericht im richtigen Teller serviert wurde, brauchte sie keinen Löffel, dann genügte ein steiler Tellerrand, um die Nudel, wie der Italiener, auf der Gabel zu rollen. Sie schaute zu Martmann hinüber. Dem schmeckte es wohl ebenfalls. Krautwickel hatte sie schon lange nicht mehr gegessen. Sie müsste Peter mal darauf ansetzen. So lief das bei ihnen. Sie ließ einfach mal ein: »Krautwickel hast du noch nie gemacht« fallen und schon suchte Peter nach einem passenden Rezept. Es vergingen ein paar Tage, bis dann eines Abends die Krautwickel dampfend auf dem Tisch standen. So machte sie das.

»Wie hat sich Lydia ein Alibi verschafft, wenn wir mal annehmen, dass sie beim Tod ihres Freundes die Hand im Spiel gehabt hat?«

»Nun. Es gab die Flugtickets, es gab die Termine in Stuttgart und in Berlin. Wir waren selbst in Stuttgart, haben den Beamten, die mit ihr zu tun hatten, ihr Bild gezeigt. Positiv. Die Kollegen in Berlin haben auf den Ämtern und in der Botschaft dasselbe gemacht. Positiv. Nach diesen Aussagen mussten wir davon ausgehen, dass Lydia Schöllhorn in der betreffenden Zeit in Stuttgart und Berlin war.«

»Glaubst du das?«

»Nein. Ich weiß nicht, wie sie es gemacht hat. Aber ich bin mir ziemlich sicher, dass sie mit diesem Mark Rohleder einen Mitwisser und Alibigeber den Felsen hinuntergestoßen hat. Ziemlich.«

»Und wenn sie es nicht selbst war?«

»Das hätte bedeutet, dass wieder jemand etwas von ihr wusste. Da hätte sie ein altes Problem gegen ein neues eingetauscht. Sie wollte ihn doch loswerden.«

»Aber wie soll sie das dann geschafft haben?«

»Vielleicht ist nicht Lydia Schöllhorn in Stuttgart und Berlin gewesen. Vielleicht gibt es eine Frau, die ihr so ähnlich sieht, dass man sie auf den Ämtern und in der Botschaft für Lydia Schöllhorn gehalten hat. Könnte doch sein, oder?«

»Aber das wäre doch dasselbe in Grün. Da wäre dann doch wieder eine Mitwisserin. Wieder die Unsicherheit, dass jemand etwas ausplaudern könnte.«

»Schon, aber vielleicht ist das eine gute Freundin, eine richtige Freundin, eine liebe Freundin, du verstehst, was ich meine?«

»Du willst damit sagen, Lydia Schöllhorn ist lesbisch? Sie hat zwei Kinder!«

»Hat es alles schon gegeben, ist alles schon mal dagewesen«, sagte Martmann und schob sich das letzte Stück vom Krautwickel in den Mund.

»Habt ihr irgendwelche Erkenntnisse in dieser Richtung?«

»Nein. Das ist bloße Spekulation. Eine Möglichkeit. Die einzige Möglichkeit, wenn du mich fragst. Prost Mahlzeit!«

Er hob sein Weizenglas und trank den letzten Schluck in einem Zug aus. Ein wenig Spekulation war manchmal nötig. Das wusste Kim Lorenz aus Erfahrung. Aber, dass Lydia Schöllhorn nun eine Lesbierin sein sollte, die ihre Freundin dann nach Deutschland schickte. Möglich war das, das musste sie zugeben. Diese Freundin müsste sich doch finden lassen. Aber wenn die genauso dicht hielt wie dieser Mark Rohleder, dann hatten sie keine Chance. Im Notfall würde die Schöllhorn wieder einen netten kleinen Unfall inszenieren. Sie schaute hinaus auf den Marienplatz. Heute waren wieder viele Menschen in Ravensburg unterwegs. Kein Wunder, das herrliche Wetter lud geradezu zu einem Bummel ein. Es war witzig, die verschiedenen Gruppen einzuschätzen, die an der Terrasse vorbeikamen. Schulklassen waren leicht auszumachen, da hinten kam ein Trupp Rentner, vielleicht ein Kegelverein, dann eine Gruppe von älteren Frauen, sicher ein Landfrauenausflug in die große Stadt. Für alle hatte Ravensburg etwas zu bieten, das wusste sie wohl.

»Meinst du, wir kommen da weiter?«, fragte sie Martmann.

»Kaum. Die hat das alles abgesichert. Bis wir die Frau gefunden und befragt haben, hat die schon Plan B parat, denke ich«, antwortete er.

»Kann schon sein«, sagte Kim.

»Wird so sein, junge Mutter. Wann ist es denn so weit?«

»Acht Wochen, wenn der Plan stimmt.«

»Ein Kind des Spätherbstes, schön.«

»Ja, schön. Gut, dass es auch Schönes gibt in dieser Welt«, sagte Kim sinnierend.

»Das ist wahr. Was würden wir ohne die schönen Dinge im Leben machen, vor allem wir, in diesem Beruf?«

»Das hast du ja jetzt hinter dir.«

»So ganz lässt einen das niemals los. Dieser Fall wird meinen Kopf erst verlassen, wenn die Schuldige vor einem Richter steht, das kannst du mir glauben.«

»Das glaube ich dir gleich. Mal sehen, was sich machen lässt. Ich muss jetzt.«

Ihr Handy klingelte. Es war Drechsler. Woher hatte der ihre Handynummer?

»Lorenz«, meldete sie sich.

»Drechsler, der Fritz. Ich habe diese Christina Hahn gefunden. Halt dich fest, sie ist in Ravensburg!«

»Echt?«

»Ja, seit wenigen Wochen erst. Ist jetzt Kommissarin. Deine Schule, oder?«

»Wenn du so willst. Ich werde gleich nachher auf dem Revier vorbeigehen.«

»Ich habe dir ein Zimmer im Bären reserviert. Ist ein anständiges Hotel. Der Goldene Engel war mir dann doch ein wenig zu hochpreisig. Du weißt, wir sollen sparen. Die Übernachtungspreise in Ravensburg sind aber auch hoch. Da ist ja Stuttgart billiger! Aber, was soll's. Ich wünsche gute Ermittlungen. Tschüs dann.«

Kim schaute etwas verdutzt auf ihr Handy. Fritz hatte aufgelegt. Einfach so. Das war doch sonst nicht seine Art. Verwundert schüttelte sie den Kopf.

»Das war der Fritz Drechsler«, sagte sie zu Martmann.
»Aha.«
»Komisch. Der ist sonst viel gesprächiger«, meinte Kim.
»Vielleicht ist er mitten in einer Ermittlung?«
»Der? Vielleicht.«
»Also, mach's gut und viel Erfolg«, verabschiedete sich Rolf Martmann.
»Danke. Ich lass' dich wissen, was wir erreicht haben«, sagte Kim.
»Das wäre nett. Vielleicht höre ich was, wenn das Kind da ist?«
»Versprochen. Dann kommst du mal nach Gaienhofen, gell.«
»Versprochen.«
Die beiden gingen in verschiedene Richtungen davon. Martmann zum Frauentor, wo auch er seinen Wagen geparkt hatte und Kim der Innenstadt zu, zum Polizeirevier. Christina war hier in Ravensburg. Wie kam die denn hier her? Sie hatte doch immer gehofft, am See bleiben zu können, wenn nicht in Überlingen, dann doch wenigstens in Konstanz. Jetzt hatte es sie nach Ravensburg verschlagen.
An der Pforte des Polizeireviers fragte sie nach Christina Hahn und zeigte ihren Dienstausweis. Der Beamte gab ihr eine Zimmernummer im ersten Stock. Gut, dachte Kim Lorenz, denn das alte Gebäude hatte vier Stockwerke. Ein Stockwerk schaffte sie noch gut. Oben angekommen, musste sie feststellen, dass ihr Atem ziemlich schnell ging. Es wurde immer schlimmer. Kein Wunder, bei dem Bauch, den sie vor sich herschleppte. Sie hatte Raum 142 erreicht. Kommissarin Christina Hahn stand auf einem Schild neben der Tür. Kein besonderes Ressort, stellte Kim fest. Das war

ungewöhnlich. Sie war gespannt, welche Aufgaben Christina hier in Ravensburg hatte. Sie klopfte.

»Herein«, hörte sie die Stimme von Christina. Sie öffnete die Tür.

»Hallo, Christina!«

Christina Hahn schaute auf. Die Überraschung war perfekt. Anscheinend hatte Drechsler sie noch nicht über ihre Abkommandierung informiert. Kim lachte. Das erstaunte Gesicht ihrer Kollegin war aber auch zum Schreien. Sie ging auf Christina zu und umarmte sie.

»Kim Lorenz, halt ich's aus!«, rief die junge Kommissarin aus.

»Genau, hallo Christina«, sagte Kim Lorenz.

»Mensch, du!«, rief Christina, »und was ist denn das da?«

Sie zeigte auf Kims Bauch und lächelte verschmitzt.

»Hast du dann doch mit deinen Familienplänen begonnen?«

»Wie du siehst.«

»Wie weit bist du denn?«

»Ende siebter Monat. Ich kann es kaum noch erwarten, endlich Mutter zu werden, dann bin ich diesen Bauch los!«

»Das kann ich mir vorstellen. Was machst du denn hier in Ravensburg. Du bist doch jetzt sicherlich im Innendienst, oder?«

»Eigentlich schon. Ich bin im Archiv in Konstanz. Da ist mir allerdings ein interessanter alter Fall unter die Finger gekommen. Schöllhorn, Hubert. Der wurde hier in Ravensburg im Mai 2012 ermordet. Kennst du den Fall vielleicht?«

»Sagt mir gar nichts. War aber auch lange vor meiner

Zeit. Ich bin erst seit etwa anderthalb Jahren hier in Ravensburg.«

»Was machst du denn? Draußen steht kein Ressort, keine Abteilung?«

»Ich bin zur besonderen Verwendung hier. Soll die Kollegen unterstützen, so gut es geht. Es war keine der von mir gewünschten Stellen frei. Da haben sie mich nach Ravensburg geschickt. Aber es macht wirklich Spaß, ich komme in den Abteilungen rum und sammle meine Erfahrungen. Und, wie geht es dir?«

»Gut, eigentlich gut. Dem Archiv bin ich nach einem Tag entflohen. Ich habe dich übrigens angefordert.«

»Wie, angefordert?«

»Du wirst mir helfen, bei diesem alten Fall!«

»Echt?«

»Mal wieder das alte Team, wie in Überlingen«, sagte Kim Lorenz.

»Super. Das wird gut. Wirst du denn in Ravensburg übernachten oder fährst du nach Hause?«

»Mein Kollege hat mir ein Zimmer im Bären reserviert.«

»Der Bären ist eine gute Adresse. Liegt auch sehr günstig in der Nähe der Innenstadt. Aber, jetzt setz dich doch erst einmal.«

Christina rückte einen Stuhl vor ihren Schreibtisch. Kim setzte sich, Christina ihr gegenüber. Sie schauten sich eine Weile interessiert an.

»Also, erzähl mal, was ist das für ein besonderer Fall, der dich nach Ravensburg führt?«

Kim berichtete von dem Mord am Anwalt Schöllhorn. Sie erzählte Christina auch von dem Verdacht, den die Kollegen und auch sie hatte, dass die Ehefrau die Tat begangen hatte. Auch vom Alibi der Täterin berichtete sie Christina.

Die schüttelte nun immer wieder zweifelnd den Kopf. Als Kim zum Ende gekommen war, schnaufte sie tief durch. Selbst längere Vorträge machten ihr schon zu schaffen.

»Das ist ja kaum zu glauben«, sagte Christina, »scheint ein perfektes Verbrechen gewesen zu sein, oder?«

»Sieht so aus.«

»Und dieser Mark Rohleder ist verunglückt? Auf Gran Canaria?«

»Genau. Wie passend, nicht!«

»Stimmt.«

»Und was willst du jetzt machen?«

»Wir ermitteln. Wir befragen jeden, der damals auch nur in der Nähe der Familie oder der Kanzlei war. Ich kann mir nicht vorstellen, dass diese Lydia gar keine Spuren hinterlassen hat.«

»Gut. Vielleicht finden wir etwas. Jedenfalls freue ich mich, wieder mit dir zusammenzuarbeiten.«

»Ich mich auch, wirklich«, sagte Kim Lorenz, »ich denke, ich werde mich jetzt mal zum Bären aufmachen. Vorausschauend habe ich die kleine Reisetasche eingepackt, als ich heute Morgen nach Konstanz gefahren bin.«

»Ein Schelm, wer Böses dabei denkt«, sagte Christina nur, »weiß denn Peter von deinem Abstecher nach Ravensburg?«

»Den muss ich noch anrufen«, sagte Kim.

»Der hätte dich wahrscheinlich nicht gehen lassen, oder?«

»Auf jeden Fall hätte es eine ausgiebige Diskussion gegeben, ganz sicher.«

»Da hast du gedacht, das geht auch am Telefon.«

»Genau das«, sagte Kim und ein Lachen huschte über ihr Gesicht.

»Also dann. Ich melde mich bei dir am frühen Abend. Wir können dann gemeinsam was essen gehen und quatschen, gut?«

»Sehr gut. Ich werde jetzt mal die Beine eine Weile hochlegen. Du glaubst nicht, wie anstrengend eine Schwangerschaft ist.«

Kim stand auf. Christina betrachtete Kims Bauch. Wie das wohl ist, fragte sie sich, schön und anstrengend anscheinend, beantwortete sie sich die Frage selbst.

»Das kann ich mir vorstellen, wenn ich deinen Bauch so betrachte. Also, mach's gut, bis heute Abend.«

»Bis heute Abend, tschüs!«

Kim stieg die Treppen hinunter. Beim Abstieg musste sie aufpassen, im Gleichgewicht zu bleiben. Der Bauch zog eben nach unten. Christina hatte ihr noch den Weg zum Bären erklärt. Dort gab es einen Parkplatz für Hotelgäste. Also schlug sie den Weg zum Frauentor ein, um ihren Wagen zu holen. Sie fuhr in einem Bogen um die Innenstadt herum und fand dann ein Schild, das ihr den Weg zum Bären wies. Auf dem Parkplatz waren etliche Plätze frei. Sie stellte den Wagen ab, holte ihre Tasche und ging zum Eingang. Es würde ihr wirklich gut tun, die Füße hochzulegen. Vielleicht machte sie auch ein kleines Nickerchen. Das konnte nicht schaden, wenn sie am Abend fit sein wollte. Sie holte an der Rezeption ihren Schlüssel. Sie musste nur unterschreiben. Der Portier bot ihr an, alles Wichtige aus ihrem Dienstausweis einzutragen. Zu ihrer Freude gab es sogar einen Aufzug. Sie fuhr in den zweiten Stock. Das Zimmer war angenehm einfach. Nachdem sie ihre Schuhe ausgezogen hatte, legte sie sich aufs Bett. Nach wenigen Minuten war die Hauptkommissarin eingeschlafen.

Fünf Jahre früher

Es klingelte an der Wohnungstür. Bernhard wusste, dass die Kinder nicht da waren und seine Frau bei der Arbeit. Er hatte sich eine zweite Klingel in den Keller gelegt, weil es relativ oft vorkam, dass nur er zu Hause war. Meistens war er dann in seinem Keller. Er stieg die Kellertreppe nach oben. Im Treppenhaus standen zwei Polizeibeamte in Uniform vor ihrer Wohnungstür. Sie drehten sich zu ihm um.

»Herr Willmer?«, fragte einer der Beamten.

»Ja, Bernhard Willmer. Was ist denn passiert?«

»Herr Willmer, können wir vielleicht in Ihre Wohnung gehen. Wir müssen Ihnen etwas Privates mitteilen. Das machen wir besser nicht hier im Treppenhaus.«

»Natürlich. Einen Moment«, sagte er.

Er schloss die Wohnungstür auf und ging voraus. Die beiden Beamten folgten ihm ins Wohnzimmer. Er bot ihnen Stühle am Tisch an, setzte sich dann selbst.

»Herr Willmer, wir müssen Ihnen leider sagen, dass Ihr Vater heute am frühen Abend, gegen 16.30 Uhr tot in der Basilika in Weingarten aufgefunden wurde. Wie immer in solchen Fällen, wurden wir gerufen. Wir haben Ihren Vater in die Gerichtsmedizin bringen lassen, da nicht erkennbar war, ob er eines natürlichen Todes gestorben ist.«

»Mein Vater. Aber, das gibt es doch nicht, der war noch so gut beinander. Gut, sein Herz war nicht mehr das beste, aber sonst. Kann ich ihn sehen?«

»Im Moment wird der Leichnam untersucht. Ich denke, das wird bis morgen dauern.«

»Wie kommen Sie auf einen unnatürlichen Tod?«

»Wie gesagt, es gibt keine direkten Anhaltspunkte. Aber

untersucht werden muss so ein Todesfall, ich hoffe, Sie haben dafür Verständnis.«

»Natürlich. Wenn das notwendig ist. Lassen Sie mich wissen, wann ich ihn sehen kann?«

Er schrieb seine Telefonnummer auf ein Blatt Papier, das auf dem Tisch lag. Einer der Beamten nahm den Zettel an sich.

»Wir rufen Sie an. Aber bestimmt nicht vor morgen früh.«

»Danke.«

Die beiden Beamten standen auf. Sie verabschiedeten sich, er brachte sie zur Wohnungstür. Nachdem er die Tür geschlossen hatte, ging er zum Tisch und setzte sich wieder. Sein Vater tot. Wie konnte denn das sein. Er überlegte. Erst letztes Jahr hatten sie seinen siebzigsten Geburtstag gefeiert. Er wäre im Dezember einundsiebzig geworden. Sie wussten um sein schwaches Herz. Er sollte sich nicht aufregen, hatte ihm der Arzt gesagt. Sein Vater hielt sich daran, soweit er wusste. Das würde vor allem für die Kinder ein schwerer Schlag sein. Die liebten ihren Großvater abgöttisch. Auch Maria mochte ihn sehr. Die beiden hatten ein besonders enges Verhältnis gehabt. Er schaute vor sich auf den Tisch. Dort hatte er letzte Woche noch gesessen, als er zum Kaffee am Sonntag vorbeigekommen war. So rüstig, immer im Garten, oft unterwegs mit seinem alten Fiesta. So viele schöne Jahre hatten sie ihm letztes Jahr noch gewünscht. Die Kinder hatten ein selbst verfasstes Gedicht vorgetragen. Dieser Opa sollte jetzt tot sein? So ganz glauben würde er das erst, wenn er ihn morgen früh gesehen hatte.

Sollte er noch mal in den Keller gehen, oder gleich auf die anderen warten? War es vielleicht besser, es ihnen erst heute Abend zu sagen, wenn sie gemeinsam am Tisch saßen? So wollte er es machen. Was spielten ein oder zwei Stunden schon für eine Rolle. Seine Frau würde gegen halb sieben heimkommen, die Kinder wahrscheinlich früher. Katrin hatte Mittagsschule, Markus war beim Fußballtraining. Er beschloss, noch bis sechs in den Keller zu gehen. Er brauchte Ruhe, musste nachdenken. Er nahm sich eine seiner Uhren vor. Bei der kleinen Tischuhr musste er die Unruhe ein wenig nachstellen, die lief noch nicht exakt. Er legte sich sein Werkzeug zurecht, klappte sein Mäppchen mit den winzigen Schraubenziehern auf. Nur mit der Lupe konnte er an diesen Stellen arbeiten. Mit bloßem Auge war nicht einmal die Schraube zu erkennen. Er arbeitete vor sich hin. Aber der Gedanke, dass sein Vater tot sein sollte, ließ ihn nicht los. Erinnerungen kamen vor sein inneres Auge, die Zeit seiner Kindheit, seine Mutter, seine Schwester. Seine Schwester, die musste er auch anrufen. Wie wird sie das aufnehmen, dachte er. Seit dem Tod ihres Mannes war sein Vater oft bei seiner Schwester in Tettnang gewesen. Ihm wurde ganz schwummerig bei dem Gedanken, wem er alles den Tod seines Vater mitteilen musste. Wieso musste das ausgerechnet ihn treffen, fragte er sich. Andererseits war es schon gut gewesen, dass er da war, als die Polizisten kamen. Droben ging die Wohnungstür. Das war wahrscheinlich Katrin, die von der Schule heimkam. Wieso die Kinder auch bis in den Abend hinein noch Unterricht haben mussten. Katrin hatte einen relativ langen Schulweg. Die war gut und gerne länger als eine halbe Stunde unterwegs. Das bedeutete morgens früh raus und abends bei Mittagsschule spät heim. Sollte er zu ihr hochgehen? Er beschloss, noch abzuwarten, bis auch Markus und dann seine Frau heimgekommen waren. Er ging ins Treppenhaus hinaus.

»Ich bin im Keller!« rief er nach oben.

Erfahrungsgemäß hörte man das in der Wohnung gut.

»Okay!«, rief seine Tochter.

Die Haustür wurde aufgeschlossen. Er blieb im Treppenhaus stehen, um zu sehen, wer kam.

»Hallo Papa«, grüßte ihn Markus.

»Na, wie war's?«

»Gut. Ich bin jetzt in der Stammelf.«

»Super. Dann komme ich mal wieder zuschauen, okay?«

»Das wär toll. Ich geh mal rein. Wann kommt Mama?«

Er schaute auf die Uhr.

»Das wird noch eine halbe Stunde dauern. Ihr könnt ja schon mal den Tisch decken.«

»Gut, machen wir. Dann bis nachher.«

»Ja, bis gleich.«

Er ging wieder in seinen Keller hinein. Welche Veränderung da stattgefunden hatte. Die Kinder waren wie ausgewechselt, Maria war gut drauf. Alles machte plötzlich wieder Spaß. Wenn die Sache mit Thomas und dem Internet noch klappte, dann konnte er wieder richtig durchschnaufen. Er setzte sich an den Tisch, prüfte die Uhr.

Eine halbe Stunde später ging wieder die Haustüre. Das musste seine Frau sein. Es hilft nichts, jetzt musst du nach oben und es ihnen sagen. Er hoffte, die richtigen Worte zu finden. Er räumte seinen Arbeitsplatz zusammen. Heute würde er nicht mehr in den Keller gehen. Sie würden später beieinandersitzen und an den Opa denken, darüber reden, was er für ein prima Mensch gewesen war. Er musste auch die alten Kollegen informieren. Vor allem den Georg in Weingarten, den hatte sein Vater noch oft besucht. Vielleicht sollte er sich das alles aufschreiben. Er durfte niemand vergessen. Mit langsamen Schritten ging er die Treppe hoch.

»Hallo du«, begrüßte ihn seine Frau fröhlich, »ich habe in der Stadt den Thomas gesehen. Er hat die Uhr gestern Abend noch eingestellt. Es seien schon mehr als zwanzig Beobachter, was auch immer das zu bedeuten hat.«

Er küsste sie auf den Mund. Sie sah ihn erstaunt an. Das hat doch etwas zu bedeuten, schien ihr Blick zu sagen. Er ging ins Wohnzimmer. Die Kinder hatten den Tisch für's Abendbrot gedeckt. Gut. Aus dem Kühlschrank holte er die Wurst und den Käse, für sich eine Flasche Bier. Ein Schluck Bier vorneweg wäre nicht schlecht, dachte er.

»Hast du die Wurst und den Käse?«, fragte seine Frau aus der Küche.

»Hab' ich«, antwortete er.

Die Kinder kamen aus ihren Zimmern, setzten sich an den Tisch. Katrin stand noch mal auf. Sie holte noch Mineralwasser. Maria brachte das Brot. Im Brotkorb lagen auch ein paar Weckle. Maria setzte sich auch.

Er nahm sich ein Weckle, schnitt es auf und belegte es mit Wurst. Die anderen griffen auch zu. Alle hatten sie einen langen Tag hinter sich. Er kaute auf dem Weckle, langsam. Sollte er besser bis nach dem Vesper warten, fragte er sich. So mitten im Essen war es vielleicht nicht so günstig. Aber welcher Moment war schon günstig für so eine Nachricht. Er wollte das Essen noch abwarten. Thomas erzählte seiner Mutter von seinem Erfolg, in die Stammelf aufgenommen worden zu sein. Katrin berichtete aus der Schule. Er hörte nur mit halbem Ohr hin. In seinem Kopf ging er die möglichen Formulierungen durch. Ich muss euch etwas sagen: Der Opa ist tot. War das zu direkt? Was wäre eine Alternative. Ich muss euch eine traurige Mitteilung machen, der Opa ist gestorben. Vielleicht war das nicht schlecht, stimmte ja auch. Nur, dass er halt am frühen

Abend in der Basilika gesessen hatte, tot, das war halt noch nicht drin. So würde er es machen. Er wartete ab, bis alle zu Ende gegessen hatten.

»Ich habe euch etwas ganz Trauriges zu sagen: Der Opa ist gestorben«, sagte er mit leiser Stimme.

Es folgte eine unheimliche Stille. Er wusste, sie mussten das jetzt erst einmal realisieren. Er selbst wollte es ja noch nicht wahrhaben. Sein Vater war tot.

»Der Herbert, tot? Wie kann denn das sein?«, fragte Maria.

»Er saß heute am frühen Abend tot in der Basilika in Weingarten. Sie haben ihn um halb fünf gefunden.«

»Wer sie?«

»Die Polizei. Die wurde wohl gerufen. Jetzt liegt er in der Gerichtsmedizin. Ich oder wir können ihn erst morgen früh sehen. Zwei Beamte waren vorher da.«

Katrin schluchzte. Markus griff mit beiden Händen die Tischplatte, er konnte das Weiße der Knöchel sehen. Maria weinte. Auch ihm rannen ein paar Tränen über die Wangen.

»Er war doch noch so rüstig. Sicher, sein Herz, aber das wusste er doch. Er hat sich bestimmt furchtbar aufgeregt«, sagte Maria.

»Wahrscheinlich«, sagte er.

»Der Opa kann nicht tot sein!«, rief Katrin laut und rannte in ihr Zimmer.

Markus stand wortlos auf. Der würde seine Zeit brauchen, dachte er. Maria kam zu ihm herüber, nahm ihn in den Arm. Es ist schwer, so von einem lieben Menschen Abschied zu nehmen, dachte er. Sie räumten schnell zusammen den Tisch ab. Maria ging in den Keller, kam mit einer Flasche Wein zurück. Er stellte Gläser auf den Couchtisch.

»Kinder!«, rief Maria nach einer Weile, »kommt, wir wollen über den Opa reden.«

Ganz verheult kam Katrin aus ihrem Zimmer. Auch Markus, der nach ihr das Wohnzimmer betrat, hatte rote Augen. Maria holte sich ein Taschentuch. Er schenkte zwei Gläser Wein ein.

»Wollt ihr morgen mit?«, fragte Maria.

Die beiden Kinder nickten. Sie wollten von ihrem Opa Abschied nehmen, ihn noch mal sehen, auch wenn er jetzt tot war.

»Dann gehen wir morgen alle zusammen. Wir wollen ihm ein gutes Adieu sagen«, meinte seine Frau.

Sie saßen noch über zwei Stunden zusammen. Die Kinder erzählten Geschichten, was sie mit dem Opa alles erlebt hatten. Maria erinnerte an die Großmutter, an die gemeinsamen Ausflüge, die schönen Zeiten. Auch er streute die eine oder andere Erzählung ein. Als die Kinder ins Bett gegangen waren, schenkte er den Rest des Weins ein.

»Das hast du schön gesagt: ein gutes Adieu. Genau das hat er verdient, mein Vater.«

»Er war ein lieber Mensch. Irgendjemand muss ihn furchtbar aufgeregt haben, sonst wäre das nie passiert«, sagte Maria mit Überzeugung in der Stimme.

»Aber wer oder was soll das gewesen sein?«, fragte er.

»Ich weiß es nicht. Aber so einfach stirbt kein Herbert Willmer in der Basilika, das ist sicher.«

»Da könntest du recht haben.«

Sie waren im Humpis gelandet. Christina hatte mehrere Möglichkeiten aufgezählt, dann hatte sich Kim für die urige Kneipe entschieden. Die Speisekarte führte neben einheimischen Gerichten auch exotische Speisen auf. Das schien Kim die leichtere Küche, die sie in ihrem Zustand mehr genoss, als das eher schwere schwäbische Essen.

»Tja, und dann habe ich diesen Sven kennengelernt. Purer Zufall war es. Wir sind uns im Italienisch-Kurs der Volkshochschule begegnet. Du weißt, Italien ist doch meine große Liebe. Seine übrigens auch. Das hat gleich gefunkt. Nun sind wir schon ein Jahr zusammen. Verlobt auch, sieh mal«, sagte Christina und zeigte Kim ihren Ring.

Als sie den Ring sah, fiel Kim Peter ein. Mensch, den hatte sie doch glatt vergessen. Sie schaute auf ihre Uhr: halb neun. Noch war es nicht zu spät.

»Christina, entschuldige, aber ich habe ganz vergessen, Peter anzurufen. Der wartet womöglich auf mich«, sagte sie. Sie nahm ihr Handy aus der Handtasche, dann ging sie in Richtung Toiletten. Dort würde sich schon ein ruhiges Eckchen zum Telefonieren finden.

»Peter? Ich bin's, tut mir leid, dass ich jetzt erst anrufe. Ich bleibe heute und wahrscheinlich morgen noch in Ravensburg, was? – Ja, ich bin in Ravensburg, wegen des Falles. Das hat sich halt so ergeben. Ich muss dieser Sache auf den Grund gehen, ja, der Fall Schöllhorn. – Nein, kein Problem, mir geht es ausgezeichnet. Wir sitzen grade im Humpis, was? – Ach so, Christina und ich. Ja, Christina, sie ist mir zugeteilt. Klasse, nicht! Also, ich bin übermorgen zu Hause, melde mich morgen wieder. Ich küsse dich. Tschüs.«

Das war noch mal gut gegangen. Sie hatte ihn einfach nicht zu Wort kommen lassen. Die einzige Möglichkeit, aus dieser Situation rauszukommen. Es war schon blöd, dass sie vergessen hatte, ihn rechtzeitig anzurufen. Aber, wie sagte sie immer, die Arbeit geht vor. Auch ein blöder Satz, aber das hier in Ravensburg machte ihr echt Spaß. Sie schob diese Gedanken beiseite, dann ging sie wieder zurück in die Gaststube.

»Und?«, fragte Christina, als sie sich gesetzt hatte.

»He was not amused«, sagte Kim bloß.

»Das kann ich mir vorstellen. Dass du ihn auch vorhin nicht schon angerufen hast«, wunderte sich Christina.

»Ach, ich hab' so gut geschlafen. Dann habe ich es wirklich und echt vergessen. Ist das schlimm?«, fragte Kim Christina.

»Na, ich weiß nicht. Das kann schon vorkommen, sage ich mal«, meinte Christina.

»Ich werde einiges an Abbitte leisten müssen«, sagte Kim.

»Am besten, du bringst ihm übermorgen Blumen mit«, sagte Christina lachend.

»Gute Idee«, sagte Kim.

»Jetzt aber mal zur Arbeit. Wann wollen wir morgen wo anfangen?«

»Ich denke, halb neun genügt. Ich würde gern auf dem Rathaus vorbeigehen. Da habe ich um zehn einen Termin mit Oberbürgermeister Scholl.«

»Was willst du denn dort?«

»Das mache ich manchmal. Vor allem in einem solchen Fall. Wer weiß, was der OB über den Fall noch weiß, der hat den Schöllhorn sicher gekannt. Vor allem musst du wissen, dass bei einem guten Bürgermeister alle Informationslinien zusammenlaufen. Der weiß in der Regel Bescheid, was in seiner Stadt passiert und was geschwätzt wird. Du könntest derweilen die Familie aufsuchen. Ich glaube, ein Bruder vom Toten, Richard, lebt noch in Ravensburg. Aber zuerst will ich mir vor Ort ein Bild machen. Wir werden einen schönen Spaziergang rund um die Kanzlei machen. Ich möchte die Straßen und Gassen sehen, die von der Täterin genommen worden sein könnten. Also ein volles Programm für uns beide. Am besten treffen wir uns irgendwo zum Mittagessen.«

»Ich esse mittags nicht viel. Wir könnten uns im Café Stippe treffen, da gibt es auch kleinere Gerichte. Was meinst du?«, Christina sah Kim fragend an.

»Ist mir recht«, antwortete Kim.

Die beiden Frauen saßen noch bis fast zwölf im Humpis, tauschten Erinnerungen aus, redeten über ihre Männer und Familie. Der Gesprächsstoff ging den beiden nicht aus. Als Kim schließlich in ihrem Bett lag, war sie froh, dass das Humpis nicht weit von ihrem Hotel entfernt war. Die wenigen Schritte hatte sie gerade noch geschafft, war nun aber froh, sich in ihr Bett zu kuscheln und sich auf ein gutes Frühstück am nächsten Morgen zu freuen.

Sie war zu ihm rübergerutscht und hatte sich an ihn gekuschelt. Das war schon sehr lange nicht mehr vorgekommen. Er strich ihr übers Haar. Das war schön.

»Wie schön das ist«, sagte sie.

»Sehr schön«, sagte er.

»Das mit dem Zettel geht mir nicht mehr aus dem Kopf.«

»Mir auch nicht. Aber lass das doch jetzt.«

»Nein, mir ist was eingefallen. Weißt du noch, als dein Vater gestorben ist?«

»Natürlich weiß ich das noch. Und?«

»Ich habe damals gesagt, dass ihn irgendjemand furchtbar aufgeregt haben muss, erinnerst du dich?«

»Stimmt, das hast du gesagt.«

»Was, wenn sie das gewesen ist?«

»Du meinst, er hat sich mit ihr getroffen?«

»Wäre doch möglich, oder?«

»Zuzutrauen wäre es ihm.«

»Vielleicht wollte er sie zur Rede stellen.«

»Auch das traue ich ihm zu. Er hatte einen ausgeprägten Gerechtigkeitssinn.«

»Eben.«

»Du meinst, sie hat ihn dermaßen in Rage gebracht, dass er einen Herzinfarkt bekam?«

»Das ist doch durchaus möglich, oder, was meinst du?«

»Möglich ist das. Aber glaubst du tatsächlich, sie hatte es darauf angelegt?«

»Wahrscheinlich hatte sie auch ihr Mordwerkzeug dabei.«

»Du glaubst, sie hätte ihn auch erstochen?«

»Wenn es notwendig geworden wäre, sicher.«

»Ich muss morgen Thomas anrufen.«

»Warum?«

»Vielleicht hat er rausgekriegt, wo sie ist. Die Beerdigung ist ja morgen. Da muss sie eigentlich in der Stadt sein.«

»Und? Was hast du vor?«

»Ich werde mich mit ihr treffen. Ich will von ihr selbst erfahren, wie das vor fünf Jahren gewesen ist. Ich werde sie zur Rede stellen.«

»Und dann? Was machst du, wenn sie alles leugnet?«

»Ich gehe zur Polizei.«

»Und dann?«

»Die sollen dann sehen, was sie mit dem Zettel anfangen können.«

Er hörte sich sprechen. Das war nicht mehr der Bernhard von vor einigen Tagen. Es hörte sich selbstbewusst an, was er sagte. Er hatte das alles überlegt. Diese Frau sollte für ihre Tat bezahlen. Er war es leid, immer nur der Bernhard im Keller zu sein, der an seinen Uhren herumbastelte und nichts zustande bekam. Er würde jetzt einmal hinstehen und einen Preis fordern. Diese Frau hatte Geld. Wenn sie sich nicht der Polizei stellte, dann sollte sie bezahlen. Wie viel, das musste er sich noch genauer überlegen. Vielleicht hunderttausend? So eine Summe müsste Frau Erbin Schöllhorn doch mühelos lockermachen können. Hunderttausend Euro, damit ließe sich was anfangen. Er könnte mit seinen Uhren einen Laden aufmachen, vielleicht noch eine Uhrenreparatur dazunehmen. Das gab es heute doch kaum mehr. Aber es gab Leute, die jemanden suchten, der ihre alten, wertvollen Uhren wieder instand setzte. Das wäre ein neuer Anfang für ihn, ein richtiger Anfang mit einem guten Startkapital. Er wunderte sich über sich selbst. Kaum war ein Gedanke aufgetaucht, der sich zu einem Traum ausspinnen ließ, begann er wieder zu planen. Das könnte gut laufen, so ein Geschäft. Vor allem würde ihm das Spaß machen, mit der Werkstatt und einem Laden. Er würde das offen gestalten, eine Werkstatt zum Zuschauen. Das wär mal was Neues.

»Ich schlaf jetzt, gut Nacht, Bernie«, sagte sie und drehte sich auf ihre Schlafseite.

Bernie? Er wusste gar nicht mehr, wann sie ihn das letzte Mal so genannt hatte. Das musste Jahre her sein.

»Gut Nacht, Maria, schlaf gut«, sagte er. Dann drehte er sich zur anderen Seite weg.

Ein trüber Morgen, dachte Kim Lorenz, als sie zum Fenster ihres Hotelzimmers hinausschaute. Ob sie überhaupt einen Regenschirm im Wagen hatte, fragte sie sich. Nun ja, so etwas konnte man schließlich an jeder Ecke kaufen. Sie hatte um neun Uhr den Termin beim Bürgermeister, jetzt war es kurz vor acht. Sie ging ins Bad, erledigte ihre morgendliche Wäsche und zog sich an. Ein gutes Frühstück würde eine gute Grundlage für einen bestimmt recht langen Tag sein, dachte sie, als sie anschließend die Treppen zum Frühstücksraum hinunterging. Das Büfett sah gut aus. Sie bestellte sich Kaffee und holte sich eine Zeitung. Es war nicht schlecht, zu wissen, was in Ravensburg gerade so Thema war. Ein bisschen vorbereitet wollte sie für den Termin beim Oberbürgermeister schon sein. Sie war gespannt, ob Herr Scholl diesen Hubert Schöllhorn gekannt hatte. Bestimmt, dachte sie, schließlich stammte Hubert aus einer der ältesten Ravensburger Familien. Sie beschloss, sich noch ein Brötchen für unterwegs zu machen. Diese Schwangerschaft machte sie unberechenbar. Es konnte sein, dass sie ein plötzlicher Heißhunger überfiel. Dann musste sie ganz schnell etwas essen. Sie verpackte das Brötchen in einer Serviette und steckte es in ihre Handtasche. Sie schaute auf die Uhr. Dreiviertel neun. Sie sollte sich langsam auf den Weg machen.

Im alten Rathaus fand sie schnell das Vorzimmer des Oberbürgermeisters im ersten Stock. Sie klopfte. Großzügige Räumlichkeiten, dachte sie, als sie sich in diesem sogenannten Vorzimmer umschaute. Gleich zwei Sekretärinnen hatten hier ihren Arbeitsplatz.

»Guten Tag, ich bin Hauptkommissarin Kim Lorenz von der Konstanzer Kriminalpolizei, ich hatte angerufen«, stellte sie sich vor.

Eine der Damen stand auf und ging ihr entgegen.

»Der Herr Oberbürgermeister Scholl erwartet sie«, sagte sie.

Mit einer einladenden Handbewegung ging sie voraus ins Amtszimmer des Bürgermeisters. Bei dem Vorzimmer hatte sie nichts anderes erwartet. Ein prächtiges Amtszimmer mit Holztäfelung an den Wänden und einer Stuckdecke öffnete sich vor ihr. In der Mitte stand ein großer Holztisch, weiter links, in der Nähe des Fensters der Schreibtisch des Oberbürgermeisters. Von dort kam er auf sie zu.

»Frau Hauptkommissarin Lorenz, grüß Gott, Scholl«, begrüßte er sie.

»Grüß Gott, Herr Oberbürgermeister«, sagte sie.

Sie schüttelten sich die Hände, dann zog er für sie einen Stuhl vom Tisch.

»Bitte setzen Sie sich. Möchten Sie eine Tasse Kaffee oder Tee?«

»Danke, ein Glas Mineralwasser wäre toll«, antwortete sie.

Die Sekretärin hatte die Frage noch abgewartet, dann verschwand sie, um einen Augenblick später mit einer kleinen Flasche Mineralwasser und einem Glas wiederzukommen. Sie stellte das Gewünschte auf dem großen Tisch vor Kim Lorenz ab. Oberbürgermeister Scholl setzte sich ihr gegenüber.

»Was führt sie her, Frau Hauptkommissarin?«

»Die Hauptkommissarin können Sie ruhig weglassen, Lorenz tut es auch«, sagte Kim.

»Dann lassen Sie aber den Oberbürgermeister weg, da tut es dann Scholl«, sagte er lächelnd.

»Also. Ich will gleich zum Grund meines Besuches in Ravensburg kommen. Ich bin aufgrund meiner Schwangerschaft in den Innendienst versetzt worden, ins Archiv. Dort liegen die alten ungeklärten Fälle. Gleich zu Beginn meiner Arbeit bin ich dort auf den Fall Schöllhorn gestoßen. Sie erinnern sich bestimmt. Das ist jetzt mehr als fünf Jahre her, 10. Mai 2012.«

Der Oberbürgermeister nickte.

»Wie könnte man so etwas vergessen. Schließlich haben wir Gott sei Dank so einen Mord nicht alle vier Wochen hier in Ravensburg. Ich erinnere mich gut, denn ich habe Hubert Schöllhorn recht gut gekannt. Wir sahen uns hin und wieder bei verschiedenen gesellschaftlichen Anlässen. Außerdem bemühte er sich um eine Position in der Rutenkommission«, sagte Herr Scholl.

»Rutenkommission?«

»Alljährlich gibt es in Ravensburg in der letzten Woche vor den Sommerferien das sogenannte Rutenfest. Für die Festplanung gibt es eine Rutenkommission, deren Vorstand ich bin, in der Vertreter der verschiedenen gesellschaftlichen Gruppen sitzen. Auf einen solchen Posten war der Hubert aus. Aber das hätte bestimmt noch ein paar Jahre gedauert, bis er zum Zug gekommen wäre.«

»Was können Sie mir über das Ehepaar Schöllhorn sagen?«

»Nun, seine Frau habe ich nur selten zu Gesicht bekommen. Sie hielt sich zurück, war nicht bei allen Anlässen dabei. Man könnte sagen, sie machte sich rar. Eigentlich kam sie nur mit, wenn es sich gar nicht vermeiden ließ und sie Hubert vielleicht darum bat.«

»Wie würden Sie sie beschreiben?«

»Kühl, zurückhaltend, aber eine aparte Erscheinung, dunkelblond, gute Figur, Stil. Reicht das?«

Kim Lorenz musste lachen.

»Das ist ausreichend, Herr Scholl, danke.«

»Das kennt man doch aus dem Fernsehen.«

»Stimmt. Wurde in Ihrer Stadt nach diesem Mord viel geredet, über die Tat und die Ehefrau?«

»Natürlich machten verschiedene Gerüchte die Runde. Meistens kam auch die Ehefrau darin vor. Schließlich war kein anderer Verdacht aufgetaucht. Sie wissen ja, wie das dann läuft, da kommt hier mal was dazu, da wird ein bisschen mehr geschwätzt und schon ist ein neues Gerücht entstanden.«

Kim Lorenz nickte. Genau so, wie es der Oberbürgermeister beschrieben hatte, lief das ab. Wenn sie jetzt in Ravensburg eine Umfrage machen würde, hätte sie unzählige Geschichten über diesen Mord, die sich unter Umständen alle hie und da widersprechen würden.

»Haben Sie denn einen Anlass, die Ermittlungen wieder aufzunehmen?«, fragte Herr Scholl.

»Nur ein Gefühl, wenn ich ehrlich bin. Das ist ein ganz seltsamer Fall, denn es ist selten, dass sich so gar kein Anhaltspunkt findet.«

»Das kann ich mir vorstellen. Das kratzt an der Kriminalistenehre, was?«

»Genau. Touché, Herr Scholl. Jetzt will ich nicht länger Ihre Zeit stehlen. Vielen Dank für die Auskünfte.«

Kim Lorenz stand auf. Der Oberbürgermeister kam ihr entgegen und gab ihr die Hand.

»Sie halten mich bitte auf dem Laufenden, sollte sich etwas Neues ergeben«, sagte er noch.

Sie verabschiedeten sich. Kim Lorenz schloss die schwere Eichentür hinter sich und trat ins Treppenhaus hinaus. Dieser Punkt war nun abgehakt. Sie hatte sich nicht viel erwartet, aber es war nicht schlecht, die örtlichen Behörden wissen zu lassen, was man in ihrer Stadt machte. Sie hatte mit dieser Vorgehensweise oft gute Erfahrungen gemacht. Ihre Uhr zeigt kurz nach halb zehn. Sie überlegte. Eigentlich war ihr nicht nach in der Stadt herumlaufen zumute. Sie könnte versuchen, ihre Adressen in Tettnang zu erreichen. Wenn sie schon mal in der Gegend war, wollte sie ihre Neugierde stillen. Dieser erste große Fall, den Peter gerade als Krimi »Hopfentod« schrieb, war ihr im Gedächtnis geblieben. Es interessierte sie persönlich, was aus den beiden betroffenen Familien Schurr und Lohr geworden war. Kurz entschlossen verschob sie den Stadtrundgang auf den Nachmittag. Auf dem Weg zurück zum Hotel und ihrem Wagen stellte sie sich vor, wie das sein würde, wieder vor Vera Schurr, der Ehefrau des toten Hopfenbauers und Marie Lohr, der Witwe des Herbert Schurr, Bruder von Vera, zu stehen. Meistens war ihr das nicht möglich, die Nachwehen eines Falles zu untersuchen. Dafür fehlte in der Regel die Zeit und oft auch das Interesse. Das war in diesem Fall anders.

Sie brauchte kaum zwanzig Minuten bis zur Stadtmitte von Tettnang. Der Fall lag nun etwa drei Jahre zurück. Viel hatte sich nicht verändert, stellte sie fest. Es gab das Gasthaus Bären noch mit seinen ausgezeichnete Linsen mit Spätzle. Die Veränderungen spielten sich wohl eher am Ortsrand ab. Dort waren ein paar Häuschen dazugekommen, stellte sie fest. Tettnang war das, was man als prosperierende Stadt bezeichnen konnte. Es stand seinem großen

Nachbarn Ravensburg in dieser Hinsicht wenig nach. Sie fuhr zum Hopfenbauernhof der Schurrs hinaus. Ob Vera Schurr wohl hiergeblieben war? Der Innenhof sah aus wie damals. Sie parkte vor der Haustür, dann stieg sie aus. Auf dem Schild unterhalb der Klingel stand: Großweidner. Aha, dachte Kim Lorenz, hat sie also doch verkauft. Sie klingelte trotzdem. Die Tür wurde von einer Frau in den Vierzigern geöffnet.

»Grüß Gott. Was möchten Sie?«

»Mein Name ist Kim Lorenz. Ich bin eine Bekannte von der Vera Schurr. Wohnt die nicht mehr hier?«

»Nein, die hat vor anderthalb Jahren den Hof an uns verkauft, gleich, nachdem ihre Schwiegermutter verstorben ist, wissen Sie.«

»Ach so. Wissen Sie vielleicht, wo sie hingezogen ist?«

»Gesagt hat sie uns das nicht. Aber, es wird erzählt, sie sei wieder in den Norden hinauf, mehr weiß ich auch nicht, tut mir leid.«

»Trotzdem vielen Dank, Frau Großweidner, einen schönen Tag noch«, sagte Kim Lorenz zum Abschied.

»Ihne au, auf Wiedersehen.«

Die Tür wurde geschlossen. Kim machte auf dem Absatz kehrt. Sie hatte sich so etwas Ähnliches gedacht. Irgendwie war damals klar gewesen, dass Vera gehen würde. Dann hat sie den Tod ihrer Schwiegermutter abgewartet, dachte Kim, als sie ins Auto stieg, eine schöne Geste. Sie fuhr wieder in die Innenstadt durch die Hauptstraße auf die andere Seite Tettnangs. Dort war das Haus der Familie Lohr gewesen. Sie erinnerte sich vor allem an das getöpferte Türschild mit den Namen der Familienmitglieder. Einer davon lebte ja nun seit drei Jahren nicht mehr. Sie stellte den Wagen an der Straße ab und ging auf das Haus zu.

Es sah alles aus wie damals, wenn sie sich richtig erinnerte. Nur das Türschild war verschwunden. Vielleicht war Marie Lohr zu Hause. Sie drückte auf die Klingel. Die Tür wurde geöffnet.

»Grüß Gott. Frau Lorenz! Ha, so eine Überraschung. Was machen Sie denn in Tettnang?«

»Grüß Gott, Frau Lohr. Ich bin dienstlich in Ravensburg, da dachte ich, mach doch mal einen Abstecher nach Tettnang, wie dort die Dinge stehen.«

»Kommen Sie doch rein. Sie haben Glück, Sie erwischen mich an meinem freien Vormittag.«

»Ich möchte nicht stören.«

»Das tun Sie doch nicht. Finde ich nett, dass Sie sich als Polizistin auch nach einem Fall noch mal sehen lassen, echt.«

»Ich war schon draußen auf dem Schurrhof.«

»Tja, die Vera hat ihre Koffer gepackt. Allerdings ist Michael hiergeblieben. Er wohnt zurzeit bei uns, macht hier seine Ausbildung noch fertig und Monika ist mit ihrer Mutter nach Münster zurück. Vera ruft hin und wieder an.«

»Wie geht es ihr denn?«

»Ich würde sagen, nicht schlecht. Sie hat tatsächlich einen neuen Partner gefunden, der in Münster eine Drogerie hat. Dort arbeitet sie auch. Es geht ihr wirklich gut. Es war wohl das Beste, von hier wegzuziehen. So konnte sie das alles hinter sich lassen, einen neuen Anfang machen, verstehen Sie.«

»Das verstehe ich gut.«

Marie Lohr stellte zwei Espresso auf den Tisch. Die Zuckerdose schob sie zu Kim Lorenz rüber.

»Ich nehm' keinen Zucker. Aber«, Marie Lohr schaute

auf den Bauch der Hauptkommissarin, »bei Ihnen hat sich ja auch was getan. Wann ist es denn so weit?«

»Noch etwa acht Wochen.«

»Alles Gute für Sie.«

»Danke.«

»Aber, jetzt erzählen Sie mal, was führt Sie denn nach Ravensburg?«

»Nun, eigentlich sollte ich darüber nicht reden. Aber nachdem das ein alter Fall ist, geht das, glaube ich, schon. Sagt Ihnen der Name Schöllhorn etwas?«

»Hubert Schöllhorn, der wurde doch vor mehr als fünf Jahren ermordet, nicht?«

»Genau.«

»Das war am 10. Mai, und wissen Sie, warum ich das so genau weiß? Weil kaum drei Tage später mein Vater gestorben ist. Seltsam war, dass der so viel Anteil an diesem Mord nahm. Er studierte die Zeitungen, als würde er selbst die Ermittlungen führen.

»Ihr Vater?«

»Genau. Er war vor seinem Tod oft bei uns zu Besuch. In diesen Tagen nach dem Mord hatte er kein anderes Thema.«

»Wie ist er denn gestorben?«

»Er saß eines frühen Abends in der Basilika in Weingarten, tot.«

»Ein natürlicher Tod?«

»So hat es die Gerichtsmedizin festgestellt. Herzversagen. Obwohl …«

»Was, obwohl?«

»Also mein Bruder und meine Schwägerin konnten das genauso wenig glauben wie ich. Er hatte zwar ein schwaches Herz, wusste aber darum und verhielt sich entsprechend.«

»Was haben ihr Bruder und seine Frau denn gedacht?«

»Dass ihn jemand furchtbar aufgeregt hat, das denke ich übrigens heute noch.«

Interessant, dachte Kim Lorenz. Wieso hatte sich der alte Mann vor seinem Tod so für den Mord an dem Anwalt interessiert?

»Hat er ihn denn gekannt?«

»Wen, den Toten?«

»Ja.«

»Woher denn, die sind doch eine ganz andere Liga, diese Schöllhorn, die zählen doch zu den angesehensten Familien Ravensburgs. Die hat mein Vater bestimmt nicht gekannt, höchstens vom Sehen, wenn überhaupt«, sagte Marie Lohr.

Die beiden Frauen hatten ihren Espresso ausgetrunken. So ein kleiner Espresso konnte doch nun wirklich nicht schaden, hatte Kim Lorenz gedacht. Sie verabschiedete sich von Marie Lohr. Es war erst elf. Genügend Zeit, um nach Ravensburg zurückzufahren und vielleicht einen kleinen Spaziergang rund um das Haus, in dem die Kanzlei war, zu machen. Sie würde Christina dann anrufen, damit sie sich zum Mittagessen verabreden konnten.

Es war ein seltsames Gefühl, wieder in diesem Haus zu sein. Sie hätte nicht gedacht, dass es ihr irgendwie schwerfallen würde. Doch verbanden sich mit diesen Zimmern Erinnerungen an andere Zeiten, glücklichere Zeiten. Sie konnten das große Haus schon vor der Geburt der Kinder damals beziehen. Der Heinz hatte das gedeichselt, ihnen das Geld vorgestreckt. Wie übrigens auch Huberts Bruder

Richard. Jeder gleich, das war die Devise von Heinz gewesen. So zogen sie damals gleich nach der Hochzeit hier ein. Da galt es, ein Haus mit Leben zu füllen. Das hatten sie dann ja auch brav gemacht. Die beiden Kinder haben hier eine schöne Kindheit erlebt, dachte sie. Es war eine unbeschwerte Zeit gewesen. Da hatte es zwischen ihr und Hubert auch noch einigermaßen gestimmt. Die Probleme waren gekommen, als die Kinder sich immer mehr entfernten. Nicht nur räumlich, auch innerlich sozusagen. Sie hatte das damals so empfunden. Diese heranwachsenden Persönlichkeiten brauchten sie als Mutter immer weniger. Seit sie studierten, tauchten sie alle paar Wochen hier auf. Aber, da sie jetzt auf Gran Canaria lebte und arbeitete, würden die Treffen immer seltener. Der Tod von Else war mal wieder ein Anlass, dass sich die ganze Familie und weitere Verwandtschaft traf. Nach der Beerdigung am Freitag würde die Familie in die Veitsburg einladen. Dort droben hatten sie ihre Ruhe, waren dann unter sich. Die Kinder würden erst am Donnerstag kommen. Sie ging durch die Räume. Ihr Hausverwalter hatte die Tücher von den Möbeln genommen und durchputzen lassen. Sie hatte nur die Küche wieder mit Lebensmitteln füllen müssen, dann war das Haus wieder in einem Zustand, dass man darin wohnen konnte. Wie lange sie hierbleiben würde, hatte sie sich noch nicht überlegt. Es würde wohl wieder eine Weile dauern, bis die Erbangelegenheiten geregelt waren. Anstelle von Hubert war nun sie diejenige, die zusammen mit Richard das Schöllhornsche Erbe antreten würde. Viel war das nicht, denn Huberts Teil steckte in diesem Haus, den Rest des Erbes würden die Enkel erben. Ihr und Richard würde nur ein kleiner Teil zukommen. Kleiner Teil, dachte sie, das sind bestimmt auch ein paar hunderttausend Euro. Den größten Teil machten Immobilien aus. Häuser in Ravensburg und Weingarten. Wenn das unter den vier Enkeln aufgeteilt wurde, dann blieb für jeden ein großes Vermögen.

Sie schenkte sich einen Whiskey ein. Ihr Alkoholkonsum war deutlich zu hoch, das wusste sie wohl. Aber seit Huberts Tod hatte sie immer wieder Angstattacken, die sie glaubte, nur mit Alkohol dämpfen zu können. Das Telefon läutete. Sie ging in die Diele, nahm den Apparat von der Station.

»Schöllhorn«, meldete sie sich.

»Sie sind die rote Frau«, sagte eine männliche Stimme.

»Wer ist da?«

»Sie sind die rote Frau und haben Ihren Mann ermordet. Wir treffen uns morgen Abend auf dem Mehlsack. Zehn Uhr. Ich warte am Eingang.«

»Was wollen Sie?«, brachte sie stammelnd heraus.

»Mit Ihnen reden.«

»Es gibt nichts zu reden.«

»Doch. Ich habe Beweise. Sie sind die rote Frau.«

»Wer sind Sie?«

»Das werden Sie sehen.«

»Ich werde nicht kommen«, sagte sie mit gepresster Stimme.

»Sie werden kommen. Sonst gehe ich zur Polizei.«

»Was wollen Sie bei der Polizei?«

»Wie gesagt, ich habe Beweise.«

Der Mann legte auf. Mit zitternden Fingern verfehlte sie mit dem Apparat die Basisstation. Das Telefon fiel auf den Boden. Mit schnellen Schritten ging sie zurück ins Wohnzimmer, ließ sich in den Sessel fallen, nahm einen großen Schluck. Beweise, was wollte dieser Mann für Beweise haben. Es gab keine Beweise für ihre Tat. Das hatte die

Polizei damals feststellen müssen. Einen Zeugen hatte es gegeben, aber der war ja in Gran Canaria vom Felsen gestürzt. Der arme Mark. Dabei hatte er so viele Pläne geschmiedet für ihre gemeinsame Zukunft. Tja, vorbei, dachte sie. Woher wollte dieser Mann am Telefon Beweise haben? Der alte Mann in der Basilika war gestorben. Der Schreck hatte ihn dahingerafft. Ein glücklicher Umstand, das musste sie zugeben. Hatte der alte Mann einen Hinweis hinterlassen, eine Absicherung womöglich? Kann das sein, fragte sie sich. Sie hätte es diesem netten alten Mann nicht zugetraut. Er hatte auch nicht davon gesprochen. Wenn er das gemacht hatte, dann hätte er es ihr doch gesagt. Sie überlegte. Es konnte nur von dem alten Mann kommen. Andere Zeugen ihrer Tat gab es nicht, hatte es nicht gegeben. Nur diesen alten Mann. Was sollte sie machen? Hingehen, sich diese Beweise ansehen? Und dann? Wollte der Mann vielleicht Geld? Das konnte er haben. Sie war bereit, fast jede Summe zu zahlen. Sie hatte ja Geld, viel Geld. Denn sie konnte auch noch das Haus verkaufen, denn das gehörte ihr. Allerdings müssten Huberts Aktien reichen, dachte sie, das waren immerhin an die zwei Millionen Euro. Sie war sehr überrascht gewesen, als sie das erfuhr. Die Kanzlei war anscheinend ganz gut gelaufen, wenn Hubert in etwas mehr als zehn Jahren neben seinem Gehalt noch zwei Millionen auf die Seite bringen konnte.

Sie würde hingehen, morgen Abend. Sie wollte wissen, was dieser Mann für Beweise hatte, wie stichhaltig sie waren. Dann würde sie ihm Geld anbieten, viel Geld. Sie wollte diese Sache ein für alle Mal beenden. Es kostete Nerven, immer wieder damit konfrontiert zu werden. Das Telefon klingelte schon wieder. Sie ging hinaus, nahm das Telefon.

»Schöllhorn.«

»Richard hier, hallo Lydia. Schön, dass du wieder mal da bist.«

»Musste ja.«

»Ja, gut. Ist aber trotzdem gut, dass du zu Elses Beerdigung hier bist. Ich wollte mit dir darüber sprechen, wie wir das mit der Erbschaft machen. Die Kinder werden einen eigenen Termin beim Notar haben, hat er mir gesagt. Wir beide sollten vielleicht vorher drüber sprechen, was meinst du?«

»Ich weiß nicht. Gerne. Aber, was gibt es denn da zu besprechen?«

»Ich denke, dass wir uns einig werden müssen, wer was bekommt.«

»Ist es denn nicht nur Geld?«

»Nur Geld, du bist gut. Es sind immerhin an die fünfhunderttausend Euro. Dazu noch das Häuschen am See.«

»Welches Häuschen am See?«

»Das kannte ich bisher auch nicht. Ist aber wohl alter Familienbesitz, der an uns beide geht. Es ist auf der Höri, direkt am See. Ich habe es mir angeschaut. Das ist bestimmt einiges wert. Wir müssen also darüber reden, wer das Haus möchte.«

»Ich brauche kein Haus am See. Wir könnten es den Kindern schenken.«

»Allen vier Kindern?«

»Warum nicht?«

»Ich würde es gerne nehmen. Ein Haus am See habe ich mir immer gewünscht.«

»Na, dann nimm es doch. Wir werden uns schon einig werden.«

»Gut. Sollen wir uns morgen zum Mittagessen treffen?«

»Gerne. Um eins im Goldenen Engel?«

»Okay. Ich reserviere einen kleinen Tisch, dann sind wir ungestört.«

»Gut. Dann bis morgen. Ciao.«

»Tschüs Lydia.«

Im Wohnzimmer setzte sie sich wieder in den Sessel. Ihr Blick ging an die weiße Decke des Zimmers. Ein Haus am See. Wo das jetzt plötzlich herkam? Wieso hatte niemand etwas von diesem Haus gewusst? Warum hatte Heinz das geheim gehalten? Hatte Else davon gewusst? Fragen über Fragen. Vielleicht wusste Richard mehr, als er am Telefon gesagt hatte. Sie war gespannt.

Die Fernbedienung des Fernsehers lag auf dem Couchtisch neben dem Whiskeyglas. Sie würde noch ein wenig fernsehen, dann ab ins Bett. Morgen früh wollte sie fit sein. Das wird ein spannender Tag, dachte sie.

Sie hatten sich auf Kims Zimmer im Hotel zurückgezogen. Ein offizielles Büro hatten sie nicht. »Fürs Erste muss das halt so gehen«, hatte Kim gesagt und einen weiteren Stuhl aus dem Korridor geholt. Nun saßen sie an dem kleinen Tischchen, die Unterlagen vor sich. Christina hatte ihren Block auf dem Schoß. Der Nachmittag war schnell vorübergegangen. Beim Mittagessen im Humpis hatten sie die Ergebnisse zusammengetragen. Viel war es wirklich nicht, mussten sie feststellen. Die Polizei, also Martmann, hatte den Fall gründlich recherchiert. Sie hatten keinen noch so kleinen Fehler in den Ermittlungen gefunden. Ein Motiv war außer bei Lydia Schöllhorn nicht erkennbar. Es waren keine Zeugen aufgetaucht, obwohl mehrere Aufrufe in den Zeitungen und im Fernsehen gekommen waren. Niemand hatte irgendetwas Seltsames in der Nähe der Kanzlei an diesem Mittag bemerkt. Die Kriminalbeamten hatten die verschiedenen Wege aus allen Richtungen zur Kanzlei untersucht, Anlieger befragt. Das Ergebnis war niederschmetternd: Nichts.

»Es ist zum Verrücktwerden«, sagte Christina.

»Aber echt«, stimmte ihr Kim zu.

»Das gibt es doch nicht. Die Kollegen haben wirklich gute Arbeit geleistet, keine Frage. Das muss frustrierend für die beiden gewesen sein, am Schluss mit leeren Händen dazustehen.«

»Das glaube ich auch«, sagte Kim.

»Das kann aber nicht sein. Niemand geht mitten am Tag durch eine belebte Innenstadt, bringt einen Menschen um und geht anschließend seelenruhig wieder nach Hause.«

»Das würde ich auch annehmen«, stimmte ihr Kim zu.

»Wie machen wir weiter?«, fragte Christina.

»Für heute machen wir auf jeden Fall Schluss. Mir reicht's. Die werdende Mutter will schlafen. Außerdem muss ich noch Peter anrufen.«

»Dann gehe ich mal. Wann soll ich morgen hier sein?«

»Neun Uhr genügt«, meinte Kim.

Sie verabschiedete Christina. Als sie auf dem Bett lag, überlegte sie, ob sie Christina schon von Marie Lohr und ihrem Vater erzählen sollte. Es war ja nur eine kleine Ahnung, die sie hatte. Sie beschloss, morgen der Familie des Bruders einen Besuch abzustatten. Dann nahm sie ihr Handy und drückte Peters Nummer.

»Ich bin's«, sagte sie leise.

»Hallo du. Wie geht es dir?«

»Gut. Bin erledigt. Viel gelaufen heute.«

»Übertreib es nicht.«

»Bist du nicht eingeschnappt?«

»Nur noch ein bisschen. Du hättest schon mal früher Bescheid sagen können. Schließlich hattest du das doch schon morgens vor. Sonst hättest du deine Tasche nicht mitgenommen, oder?«

»Stimmt. Du bist bald der bessere Kriminalist von uns beiden.«

»Kann schon sein. Was habt ihr gemacht?«

»Wir sind die Wege in der Stadt abgelaufen. Ich war heute Morgen beim Oberbürgermeister, Christina bei der Familie. Aber wir haben keine Anhaltspunkte oder Ermittlungslücken gefunden. Rein gar nichts. Es ist wirklich unglaublich. Das war womöglich ein perfektes Verbrechen.«

»Die Lehre sagt aber, dass es das nicht gibt.«

»Stimmt. Die Lehre. Dann soll sich die Lehre das hier mal anschauen.«

»Wie macht ihr weiter?«

»Morgen früh gehen wir alles noch mal durch. Ich war übrigens heute Vormittag in Tettnang.«

»Echt?«

»Ich wollte da mal wieder hin. Der Fall liegt nun drei Jahre zurück.«

»Sehr interessant. Lass mich raten. Vera Schurr ist wieder in den Norden gegangen.«

»Stimmt.«

»Marie Lohr wohnt noch dort.«

»Stimmt auch. Vera ist nach dem Tod ihrer Schwiegermutter weggezogen. Marie geht es gut, den Kindern auch, denke ich.«

»Interessant. Für das Buch, meine ich. Wie bist du auf den Gedanken gekommen, drei Jahre nach diesem Fall dort vorbeizufahren?«

»Das macht man doch nie, dachte ich. Ich sollte auch

einmal die späteren Folgen eines solchen Falles kennenlernen, habe ich mir überlegt.«

»Und, wie war das?«

»Gut. Wirklich gut. Zum einen merkt man, das Leben geht weiter, zum andern stellt man fest, dass tatsächlich die Zeit ihre Wunden heilt.«

»Stimmt. Das ist gut.«

»Gute Nacht, lieber Peter. Ich muss jetzt schlafen.«

»Gut Nacht, mein Schatz, wünsche wohl zu ruhen, tschüs.«

»Tschüs.«

Sie legte das Handy auf den Nachttisch. Kaum war sie in ihr Nachthemd geschlüpft, fiel sie auf das Bett. Jetzt erst mal schlafen, dachte sie noch.

Richard wartete schon an einem kleinen Tisch in der Ecke. In diesem Lokal am Marienplatz war immer viel los. Kein Wunder, dachte Lydia, das Essen war gut und ob draußen oder drinnen, man saß gemütlich. Sie zog ihre Jacke aus und hängte sie an die Garderobe. Richard stand auf und umarmte sie. Seltsamerweise hatten sie von Anfang an ein gutes Verhältnis gehabt. Hubert und sein jüngerer Bruder hatten sich nie so richtig gut verstanden, wie man das von Brüdern erwarten würde. Anfangs hatte es sie gewundert, dass Richard in mancher Situation ihre Seite ergriffen hatte. Hubert hatte das immer gewurmt.

»Schön, dass du es einrichten konntest«, sagte Richard zur Begrüßung.

»Zum Mittagessen immer«, sagte sie salopp.

Sie setzten sich. Er gab ihr eine Speisekarte.

»Was möchtest du trinken?«

»Am liebsten eine Weißweinschorle, danke.«

Er bestellte das Getränk, schaute dann auch in die Karte.

»Ich glaube, ich nehme den Klassiker. Ein paniertes Schnitzel mit Spätzle und Salat. Ich habe Hunger«, meinte er.

»Das ist mir zu viel. Ich glaube, mich machen die Lachsnudeln an«, sagte sie.

Richard winkte der Bedienung und bestellte.

»Also, leg los, was ist das mit dem Haus am See?«

»Eine schöne Überraschung könnte man sagen. Mein Vater hat das vor der ganzen Familie geheim gehalten.«

»Aber wie und warum?«

»Das ist die Frage. Ich habe noch nicht viel herausgefunden. Das Haus ist jedenfalls seit 1938 in Familienbesitz. Gekauft hat es noch mein Großvater, soviel weiß ich. Es gibt Unterlagen in Gaienhofen, den Grundbucheintrag und einen Kaufvertrag. Die habe ich bisher noch nicht eingesehen. Dazu bin ich noch nicht gekommen. Interessant ist der Zeitpunkt des Kaufs.«

»Warum?«

»Das war kurz vor dem Krieg. Die Nazis an der Macht. Hitler in Kriegsvorbereitungen. Viele Juden verließen Deutschland, flüchteten vor dem Judenhass der Nationalsozialisten. Es könnte sein, aber das ist nur eine Vermutung, dass mein Großvater das Haus von einem Juden billig gekauft hat.«

»Und dein Vater hat das gewusst oder geahnt und geschwiegen?«

»Vielleicht dachte er, da würde irgendwann genügend Gras drüber gewachsen sein.«

»Was tun wir?«

»Ich werde heute Nachmittag nach Gaienhofen fahren und mir die Unterlagen anschauen. Ich habe dort auf dem Rathaus angerufen. Dann wissen wir mehr.«

»Aber, angenommen, das ist so, wie du vermutest? Was dann?«

»Wir müssen entscheiden.«

»Wir geben es dem wirklichen Eigentümer zurück.«

»Wenn wir ihn ausfindig machen, vor allem, wenn er noch lebt, beziehungsweise ein Nachfahre, dann können wir das machen.«

»Also, ich finde, das sollten wir zumindest versuchen. Falls das nicht klappt, müssen wir neu überlegen«, sagte Lydia.

»Gut. Das Essen kommt. Ich wünsche einen guten Appetit.«

»Ja, lass es dir schmecken.«

Sie schaute Richard beim Essen zu. Warum konnte sie sich mit diesem Mann so gut unterhalten, fragte sie sich. Auch mit seiner Frau Petra kam sie gut klar. Warum nur hatte Hubert dermaßen aus der Art geschlagen?

»Und, wie geht es dir auf Gran Canaria?«

»Gut. Ich habe ja eine Agentur für Ferienhäuser aufgebaut. Die Geschäfte gehen gut.«

»Die Sache mit Mark war ja schrecklich.«

»Da hast du recht. Ich war zu der Zeit ja hier in Deutschland, in Stuttgart und Berlin. Ich habe die spanische Staatsbürgerschaft beantragt.«

»Ach was?«

»Doch. Ich wollte endlich dort heimisch werden.«

»Wenn du meinst.«

War das echt, fragte sie sich. Dieser Richard war schon

manchmal etwas komisch, vielleicht ein bisschen naiv. Sie konnte ihm ja nicht sagen, dass die spanische Staatsbürgerschaft für sie ein wenig mehr Sicherheit bedeutete. Sollte sich hier in Deutschland in ihrem Fall irgendetwas tun, dann war sie in Spanien auf ihrer Insel weit weg. Natürlich würde Spanien eine Auslieferung bearbeiten. Aber das dauerte, wie sie erfahren hatte, unter Umständen Monate. Vorher würde sie ihrem Geld in die Südsee folgen. Sie war stolz auf sich, diese Möglichkeit herausgefunden zu haben.

»Rufst du mich an, wenn du aus Gaienhofen zurück bist?«

»Klar. Ich melde mich. Ich bin gespannt, was ich herausfinde.«

»Ich auch.«

»Übrigens, die Kriminalpolizei war bei mir. Eine Hauptkommissarin, die den Tod von Hubert noch mal untersucht.«

»Ach was. Haben sie was Neues, gibt es eine neue Spur, vielleicht einen Beweis?«

»Anscheinend nicht. Diese Hauptkommissarin überprüft wohl nur alte Fälle. Bei mir war nur ihre Assistentin, eine Kommissarin Hahn.«

»Kenn ich nicht. Der ermittelnde Kommissar damals hieß Martmann, glaube ich.«

»Stimmt, ich erinnere mich. Vielleicht finden sie ja doch noch den Mörder. Schade, dass meine Mutter das nicht mehr erleben durfte.«

»Stimmt. Sie wollte immer einen Schuldigen.«

»Genau. Sie wollte jemanden verhaftet und im Gefängnis sehen.«

»Vielleicht finden sie ja was«, sagte sie.

»Vielleicht.«

Bernhard wusste nicht, ob das richtig gewesen war. Er war den Gedanken einfach nicht mehr losgeworden. Die Vorstellung, sie würden noch einige Tage an dieser Sache herummachen, hatte ihn zu dieser Entscheidung gebracht. Er hatte seiner Frau nichts davon gesagt. Diese Sache wollte er alleine durchziehen. Wenn er das im Familienkreis diskutiert hätte, wäre mit Sicherheit nichts dabei herausgekommen. Er kannte doch seine Pappenheimer.

Alle Vorbereitungen waren getroffen. Vom Harry hatte er den alten Schlüssel vom Mehlsack bekommen. Es war ein Wunder gewesen, dass ihn der noch gehabt hatte. Er hatte sich erinnert, dass vor einigen Jahren der Gesangverein ein Singen im Turm veranstaltet hatte. Ein interessantes Event, das musste er zugeben. An die sechzig Sänger hatten sich auf den Stufen des Mehlsacks verteilt und sangen aus voller Kehle. Das hatte im Turm und vor allem draußen toll geklungen. Für die Proben am Abend hatte Harry einen Schlüssel erhalten. Der, nicht dumm, hatte sich eine Kopie machen lassen. Daran hatte er sich erinnert. Er hatte Harry erzählt, dass er ein paar Nachtaufnahmen vom Turm machen wolle. Der, gutgläubig, wie er war, hatte ihm das einfach so abgenommen.

Er musste noch die Uhr für die Auktion fertigmachen. Thomas hatte zwar gesagt, das dauere noch zwei Tage, bis die Auktion beendet sei, aber er wollte die Uhr fertig haben. Vielleicht sollte er gleich eine Zweite aussuchen. Die Auktion lief gut, hatte Thomas am Telefon gesagt. Als er nach dem bisher höchsten Gebot fragte, hatte Thomas geschwiegen. »Lass dich überraschen«, hatte er gesagt und aufgelegt. Was sollte er denn jetzt denken? Er holte drei Kandidaten aus seinem Uhrenregal. Die würde er vorbereiten, damit war er den Nachmittag beschäftigt. Konnte bei der Arbeit in Ruhe über den Abend nachdenken. Er hoffte, dass es ruhig war am Mehlsack. Ein guter Ort für so ein Treffen. Um die Zeit würde dort kaum jemand unterwegs sein, hoffte er zumindest. Er wollte seine Schiebermütze aufsetzen. Die Schöllhorn konnte ruhig jemand sehen, dann war er abgesichert. War das gefährlich, was er da vorhatte? Sollte er sich irgendwie noch absichern? Wie weit würde Lydia Schöllhorn gehen, fragte er sich, würde sie einen weiteren Mord, einen dritten Toten in Kauf nehmen? Er hatte überlegt, einen Zeugen am Turm zu platzieren, damit, wenn ihm etwas passierte, die Schöllhorn als Täterin verhaftet werden konnte. Aber ihm war niemand eingefallen, den er in eine solche Sache hineinziehen konnte. Also musste es ohne Absicherung gehen.

Christina staunte nicht schlecht, als Kim ihr am Nachmittag von ihrem vagen Verdacht erzählte. Den Vormittag hatten sie damit verbracht, die Sekretärin ausfindig zu machen. Die war inzwischen in einer Kanzlei in Weingarten angestellt. Außerdem hatte sich Kim beim Notar der Familie über den Erbschaftsablauf informiert. Diese Lydia Schöllhorn hatte das wirklich fein hingekriegt. Zwar kam sie nicht an das Erbe ihrer Kinder, da war nichts zu machen, aber sie hatte tatsächlich Hubert dazu gebracht, aus der Familientradition auszuscheren und sie als Alleinerbin einzusetzen.

»Wenn wir am Nachmittag zu dieser Sekretärin fahren, könnten wir auch einen Blick in die Basilika werfen«, meinte Christina.

»Gute Idee, ich war, glaube ich, nur einmal dort und das ist Jahre her«, sagte Kim.

»Mit dieser Roswitha Fröhlich habe ich fünfzehn Uhr vereinbart. Im Haus ist wohl unten ein kleines Café, das war ihr lieber als im Büro.«

»Okay. Was machen wir mit Lydia Schöllhorn?«

»Wieso?«

»Willst du sie nicht auch noch mal vernehmen?«

»Erst einmal nicht. Ich möchte, dass sie möglichst wenig von unseren Ermittlungen mitbekommt«, antwortete Kim.

»Die Familie wird sie schon unterrichtet haben, denke ich«, sagte Christina.

»Das kann, muss aber nicht sein.«

»Stimmt.«

»Ich überlege, wie wir das mit der Familie des Sohnes dieses Herbert Willmer machen. Vielleicht wäre es besser, ich würde dort mal alleine vorbeischauen. Da spricht es sich leicht, als wenn wir da zu zweit hingehen, was meinst du?«

»Eine gute Idee«, sagte Christina, »du könntest gleich nach dem Mittagessen dort hingehen.«

Nach einer recht kurzen Mittagspause machte sich Kim Lorenz auf den Weg zum Haus der Familie Willmer. Der Sohn, Bernhard Willmer, machte ihr die Wohnungstür auf.

»Grüß Gott«, sagte er.

»Guten Tag. Mein Name ist Lorenz, Hauptkommissarin bei der Kriminalpolizei Konstanz.

»Kriminalpolizei?«

»Ich habe nur ein paar Fragen an Sie.«

»Kommen Sie doch bitte rein«, sagte er und ging der Hauptkommissarin voraus.

Sie setzten sich an den Tisch. Er überlegte. Was wollte die Kriminalpolizei wohl von ihm? Er beschloss, sich erst mal anhören, was die Hauptkommissarin zu sagen hatte.

»Ich bin zurzeit dabei, alte Fälle wieder neu aufzurollen. Im Augenblick untersuche ich mit einer Kollegin den Fall Schöllhorn. Bei einem meiner letzten Fälle habe ich Ihre Schwester kennengelernt.«

»Der Tod des Hopfenbauern in Tettnang?«

»Genau. Der Schwager Ihrer Schwester.«

»Ihr Mann hat sich ja dann erhängt.«

»Ich weiß, ich war dabei, als man ihn gefunden hat.«

»Ach so.«

»Nun hat mir Ihre Schwester bei einem Besuch vom Tod Ihres Vaters erzählt. Vor allem von Ihren Vermutungen, dass das nicht mit rechten Dingen zugegangen ist.«

»Richtig. Wir konnten das einfach nicht glauben, dass mein Vater eines natürlichen Todes gestorben sein sollte.«

»Warum?«

»Weil er genau wusste, dass er sich nicht aufregen durfte. Er hatte das im Griff, glauben Sie mir. Da muss etwas Besonderes vorgefallen sein.«

»Was glauben Sie denn?«

»Irgendjemand hat ihn so aufgeregt, dass sein Herz nicht mehr mitgemacht hat.«

»Wer könnte das gewesen sein?«

»Keine Ahnung. Ich weiß auch nicht, ob das mit dem Fall Schöllhorn überhaupt etwas zu tun hatte. Vielleicht gar nichts.«

»Vermuten Sie etwas?«

»Nein. Aber der Verdacht bleibt. Nachdem die Polizei das als natürlichen Tod beurteilt hat, wird wohl nichts mehr passieren.«

»Sehen Sie irgendwelche Anhaltspunkte, die zu einer Ermittlung Anlass geben könnten?«

»Nein, eben nicht. Das ist ja das Problem. Uns bleibt nur die Ahnung, dass da etwas war, verstehen Sie?«

Kim Lorenz schaute Bernhard Willmer ins Gesicht, als er das sagte. Sie konnte nichts als Ehrlichkeit darin entdecken. Immerhin stand es der Familie frei, diesen Verdacht zu hegen. Solange sich allerdings nichts beweisen ließ, waren ihr die Hände in dieser Sache gebunden.

»Ich danke Ihnen für das Gespräch. Sollten wir eine Verbindung zum Tod Ihres Vaters finden, werde ich Sie natürlich davon unterrichten.«

»Das wäre nett«, sagte er.

Dann brachte er die Hauptkommissarin zur Tür. Sie verabschiedeten sich. Er blieb noch einen Augenblick in der Wohnungstür stehen und sah der Polizistin hinterher. Hätte er ihr mehr erzählen sollen, womöglich den Zettel zeigen? Vorbei, dachte er, jetzt mache ich das so, wie ich es geplant habe. Er schloss die Wohnungstür.

Kim setzte sich in ihr Auto. Irgendwie wollte der Mann sie loswerden, das Gefühl hatte sie deutlich. Sie überlegte, was der Grund dafür sein könnte, ihr fiel aber nichts ein. Hatten sie doch einen Anhaltspunkt, einen Beweis, dass der Tod des Vaters mit dem Mord am Anwalt in Zusammenhang stand? Wenn sie damit nicht rausrückten, dann konnte sie nichts machen. Sie startete den Motor, denn sie wollte Christina rechtzeitig zu ihrer Fahrt nach Weingarten abholen.

Das Gespräch mit der Sekretärin, Roswitha Fröhlich, brachte nichts Neues. Sie hatte diesen Anruf erhalten, war etwas früher als sonst nach unten gegangen in die Bäckerei, nur um dann festzustellen, dass das Essen noch gar nicht gerichtet war. Sie hatte also mehrere Minuten gewartet, vor allem, weil auch noch viel Kundschaft im Laden gewesen war. Als sie zurück ins Büro kam, saß ihr Chef tot in seinem Stuhl. Sie hatte sofort die Polizei angerufen, die dann auch nach fünf Minuten am Tatort eingetroffen war.

Sie hatten sich von der Sekretärin verabschiedet. Auf dem Weg zum Wagen unterhielten sich die beiden Beamtinnen.

»Schade, ich hatte gehofft, bei ihr etwas herauskitzeln zu können«, meinte Christina.

»Ich auch, wenn ich ehrlich bin«, sagte Kim.

»Das war eigentlich ein unheimliches Risiko, das die Täterin, gehen wir mal von Lydia aus, da eingegangen ist. Wenn die Sekretärin aus irgendeinem Grund auf den Absätzen kehrt macht und beschließt, später noch mal wiederzukommen, fliegt der Plan auf.«

»Genau. Das war zwar ein kalkulierbares Risiko, aber ein Risiko«, sagte Kim.

»Eben.«

Kim setzte sich ans Steuer. Christina zeigte ihr den Weg. Auch sie kannte den Weg zum Parkplatz hinter der Basilika.

»Das ist aber praktisch«, sagte Kim, nachdem sie ausgestiegen war.

»Ich dachte, ich erspare dir die Treppen. Das ist in deinem Zustand sicherlich sehr anstrengend, oder?«

»Schon, ich muss ziemlich schnaufen, sobald ich mich anstrenge«, antwortete Kim.

Sie gingen durch einen Innenhof hinüber zur Basilika. Auf der Terrasse angekommen, warfen sie einen Blick über das sogenannte Oberland. Warum das so hieß, konnte Christina nicht erklären. Kim beschloss, mal beim Kollegen

Drechsler nachzufragen. Der alte Fuchs wusste das bestimmt. Sie gingen in die Kirche hinein. Neben dem prächtigen Altar faszinierte sie vor allem die gewaltige Kuppel. Ein solches Bauwerk hätte man hier nicht vermutet. Diese Kirche galt als die größte Barockkirche nördlich der Alpen. Kim hatte einmal gelesen, dass sie etwa halb so groß wie der Petersdom ist. Der Innenraum war kunstvoll gestaltet. Die beeindruckende Orgel an der Westseite etwa, das fein gearbeitete Chorgestühl und der Altar mit seinen Figuren. Die beiden Frauen gingen nach vorne bis zum Altar.

»Weißt du, wo man ihn gefunden hat?«, fragte Kim.

»Dort hinten, auf der linken Seite, in einer der mittleren Reihen.«

»Etwas abseits. Als ob er nicht unbedingt gesehen werden wollte«, meinte Kim.

»Stimmt.«

»Sagt uns das was?«

»Vielleicht.«

»Du meinst, er war nicht allein?«

»Wahrscheinlich nicht. Aber das können wir nicht mit Sicherheit sagen«, meinte Kim.

Sie beschlossen, unten im Städtchen noch etwas zu trinken. Kim wollte heute früher Feierabend machen und noch ausgiebig mit Peter telefonieren. Das war auch Christina recht, denn sie hatte sich für den Abend mit ihrem Freund verabredet.

»Na dann viel Spaß«, sagte Kim, als sie sich verabschiedeten.

»Werde ich haben. Gruß an Peter und ruhe dich gut aus.«

»Werde ich machen und richte ich aus«, erwiderte Kim.

Die Zeit war schnell rumgegangen. Nachdem er in der Wohnung eine Weile gewerkelt hatte, war er nach dem Besuch der Kommissarin wieder in seinen Keller hinuntergegangen. Er konnte es kaum erwarten, von Thomas endlich etwas zu hören. Schließlich sollte der Ausgang der Auktion einen neuen Geschäftszweig begründen. Er hoffte das Beste und hatte deshalb eine neue Uhr angefangen. Als er das nächste Mal auf die Uhr gesehen hatte, war es schon halb sieben gewesen. Er räumte zusammen, ging nach oben zum Abendessen.

Alle drei saßen schon am Tisch. Er setzte sich. Maria schaute zu ihm rüber, lächelte. Die Kinder unterhielten sich leise über den heutigen Schultag. Alles schien in Ordnung zu sein. Und doch stand eine ungestellte Frage im Raum: Wie geht es weiter? Was machen wir mit dem Zettel?

»Und, was hast du gemacht, im Keller?«, fragte seine Frau.

»Ich hab' eine neue Uhr angefangen in der Hoffnung, dass das mit eBay was wird«, antwortete er.

»Was machen wir dem Zettel?«, fragte Markus plötzlich.

»Genau. Das will ich jetzt auch wissen«, meinte Katrin.

»Jetzt mal langsam, ihr zwei. Das will gut überlegt sein. Viel haben wir ja nicht in der Hand.«

»Aber, wie Thomas gesagt hat, ist die Frau diese Woche hier in Ravensburg. Übermorgen ist die Beerdigung der Schwiegermutter«, sagte Maria.

»Das stimmt schon. Aber was sollen wir ihr sagen? Den Zettel vor die Nase halten: Du bist die rote Frau? So geht das doch nicht. Ich muss mir das noch überlegen. Wir reden morgen Abend noch mal drüber. Vielleicht hat auch der Thomas Zeit. Ich ruf ihn an, ich will sowieso wissen, wie das mit der Auktion läuft.«

Damit gaben sich die drei zufrieden. Er hatte einen Skatabend mit ein paar alten Freunden für den Abend angekündigt. Maria hatte sich gefreut, dass er mal wieder ausging und sich mit Leuten traf. Gegen acht Uhr machte er sich auf den Weg. Es ging nicht anders, er musste sich noch zwei Stunden in der Stadt die Zeit vertreiben. Nach einem längeren Rundgang durch die Innenstadt beschloss er, in einer kleinen Kneipe in einer engen Gasse noch ein Bier zu trinken. Das Lokal war nur spärlich besucht. Er setzte sich in eine Ecke und bestellte. Den Zettel hatte er in der Tasche. Zur Sicherheit nur eine Kopie. Das Original lag gut verwahrt wieder im Briefmarkenalbum. Er wollte nichts riskieren. Im Notfall wusste seine Familie, wo sie suchen musste. Er holte sich eine Zeitung von einem Tisch am Eingang. Als er darin blätterte, stieß er auf die Todesanzeige: Else Schöllhorn, geborene Daubert. Sie war einundachtzig geworden. Ein schönes Alter, dachte er. Unter den trauernden Angehörigen war auch Lydia Schöllhorn aufgeführt. Die würde er bald treffen. Er schaute auf die Uhr. Noch zwanzig Minuten. Langsam konnte er zahlen und sich auf den Weg zum Mehlsack machen.

Der Turm stand im Dunkeln. Auch in der Marktstraße war nicht mehr viel los. Im Humpis brannte zwar noch Licht, aber es waren nur noch wenige Gäste im Lokal. Die werden sicherlich nach unten in Richtung Marienplatz gehen, dachte er. Am Kunstmuseum war es auch dunkel. Er stieg zum Eingang des Turmes hinauf. Hoffentlich passte der Schlüssel. Das wollte er gleich probieren. Falls nicht, konnte er immer noch passen und gehen.

An der Tür angekommen, zog er den großen Schlüssel heraus. Er passte. Er drehte ihn im Schloss. Das funktionierte einwandfrei. Er schloss die Tür wieder und wartete.

Nach wenigen Minuten kam eine Frauengestalt die Treppenstufen zum Turm hoch.

»Frau Schöllhorn?«

»Ja. Wer sind Sie?«

»Der Sohn des alten Mannes, den sie auch ermordet haben.«

»Wieso auch?«

»Gehen wir nach oben.«

»Warum dort oben auf dem Mehlsack?«

»Da haben wir einen schönen Blick über das nächtliche Ravensburg und können uns in aller Ruhe unterhalten.«

»Von mir aus. Sie gehen vor.«

Er machte die Tür auf und begann den Aufstieg.

»Tut mir leid, dass es so duster ist. Aber ich habe das Licht nicht gefunden.«

»Das ist ja lebensgefährlich hier. Man sieht die Hand vor Augen nicht.«

»Warten Sie, ich habe eine Lampe mit.«

Er schaltete die Taschenlampe ein, die er vorsorglich eingesteckt hatte, und richtete sie auf die Stufen.

»Geht es so?«

»So einigermaßen.«

Nach einigen Minuten erreichten sie die Plattform. Lydia Schöllhorn stellte sich an die Umfassungsmauer.

»Jetzt sagen Sie schon. Was soll das alles?«

»Ich habe hier einen Zettel von meinem Vater, darauf steht: Lydia ist die rote Frau.«

»Na und?«

»Die rote Frau, die ihren Mann ermordet hat.«

»Das müssen Sie mir erst mal beweisen.«

»Ich nicht. Das macht schon die Polizei, wenn sie den Zettel bekommt.«

»Was wollen Sie? Geld?«

»Hunderttausend erst mal.«

»Sie sind ja verrückt!«

»Ach, hören Sie doch auf. Das ist doch ein Klacks für Sie.«

»Ein Klacks. Sie haben sie ja nicht alle!«

»Ich habe noch alle, vor allem den Zettel hier.«

»Lassen Sie mal sehen.«

Sie ging auf ihn zu. Er hielt ihr den Zettel entgegen. Sie kommt zu weit auf mich zu, dachte er noch, dann spürte er einen kleinen Stich in der Bauchgegend. Sie riss ihm den Zettel aus der Hand. Er wollte noch nach ihr greifen, sie festhalten, aber seine Hand wollte nicht mehr. Ein grauer Schleier verfinsterte seinen Blick, dann wurde ihm vollends schwarz vor Augen. Er rutschte an der Mauer herunter. Sie sah ihm zu, sah ihn sitzen. Dass das so einfach gehen würde, hätte sie nicht gedacht. Die Wahl des Ortes war eine gute Idee von ihm gewesen, denn sie hatte niemanden auf dem Weg hier herauf getroffen. Wenn sie jetzt noch ungesehen nach Hause kam, war die Sache endlich vorbei. Sie nahm ihre Handtasche von der Mauer, verstaute den Zettel darin. Dann machte sie sich an den Abstieg. Nach den ersten Stufen verfluchte sie ihre Schuhwahl heute Abend. Sie hätte nicht die Schuhe mit den Absätzen nehmen sollen. Warum war sie auch immer so eitel, fragte sie sich. Außerdem hatte sie die Taschenlampe oben liegen lassen. Aber sie war schon halb den Turm hinuntergestiegen. Das würde schon gehen. Nur die weiten Hosen machten ein wenig Mühe. Sie musste aufpassen, dass sie mit den spitzen Schuhen nicht einhakte. Jetzt müsste doch bald der Ausgang kommen. Das waren aber auch enge Stufen. Irgendwie war alles hier drin ein bisschen feucht. Da konnte man leicht abrutschen. Sie musste aufpassen. Vielleicht, wenn sie die Hosen ein wenig höher zog. Im Absteigen versuchte sie, mit beiden Händen die Hosen höher zu ziehen. Sie schwankte ohne die Hand an der Wand. Der rechte Fuß rutschte von der Stufe, mit dem linken verhakte sie sich in der Hose. Sie fiel schnell nach vorne, brachte zu spät die Hände vor den Kopf, überschlug sich mehrmals. Fast hätte ich es geschafft, dachte sie noch, sah Hubert, sah den alten Mann und seinen Sohn. Sah als letztes Bild den Zettel: Lydia ist die rote Frau. Dann knackte etwas und das Licht ging aus.

Ein schöner Morgen dachte Oberbürgermeister Scholl, als er über den Marienplatz zum Rathaus ging. Im ersten Stock betrat er sein Vorzimmer.

»Guten Morgen, die Damen, ein herrlicher Herbsttag, nicht wahr!«

»Guten Morgen, Herr Oberbürgermeister. Nun ja, so schön nun auch nicht. Wir haben eine Tote am Mehlsack!«

»Eine Tote, in Ravensburg? Schon wieder?«, er verkniff sich ein Lächeln. Die Damen wollten ihn bestimmt auf den Arm nehmen.

»Lydia Schöllhorn wurde heute am frühen Morgen tot am Mehlsack gefunden.«

»Was?«

»Ja, wirklich.«

»Ist sie etwa gesprungen? Wie kommt die überhaupt auf den Mehlsack um diese Zeit?«

»Das wissen wir nicht. Die örtliche Polizei ermittelt.«

»Suchen Sie bitte mal nach der Karte dieser Hauptkommissarin, die vorgestern da war. Die ist doch an dem Fall Schöllhorn dran. Vielleicht interessiert sie das.«

»Gut, wird gemacht. Soll ich sie auch gleich anrufen?«

»Das wäre gut. Sie soll sich mit unserer Polizei in Verbindung setzen. Geben Sie ihr die Nummer.«

»Mach ich, Herr Oberbürgermeister.«

Oberbürgermeister Scholl ging derweilen in sein Amtszimmer. Die Kaffeekanne stand schon gefüllt auf dem Tisch. Jetzt erst einmal eine schöne Tasse Kaffee. Er musste nachdenken. Lydia Schöllhorn am Mehlsack. Und nicht gesprungen? Wie konnte das gehen? Sollte das die Lösung des Mordes an Hubert sein, fragte er sich. Doch die Ehefrau? Die Leute hatten das immer vermutet. Es kann niemand anderes gewesen sein, hatte er oft gehört. Er selbst wollte da keinen Verdacht äußern. Schon von Amts wegen durfte er niemanden verurteilen, ohne dass es Beweise gab. Er hatte dem Gerede einfach nicht zugehört. Aber jetzt lag Lydia Schöllhorn tot am Mehlsack. Das würde wieder ein Medienzirkus werden. Tagelang wieder Fernsehteams in der Stadt, ständig Mikrofone um sich herum. In den Zeitungen eine Schlagzeile nach der anderen. Der Hubert hatte es damals sogar in die Bildzeitung geschafft. Wann war noch dieser Autor hier bei ihm gewesen, im Mai, glaubte er sich zu erinnern. Dem hatte er noch erzählt, das mit dem Hubert Schöllhorn sei doch ein Einzelfall gewesen, bei ihnen hier in Ravensburg passierte doch sonst nicht viel. Von wegen, kaum fünf Jahre war Hubert tot und jetzt das! Er setzte sich an seinen Schreibtisch, nahm das Telefon. Er wählte selbst, das Vorzimmer brauchte davon nichts zu wissen.

»Polizei Ravensburg, Hauptwachtmeister Melchinger.«

»Scholl hier. Herr Melchinger, was ist passiert. Klären Sie mich auf, bitte.«

»Ah, Herr Oberbürgermeister, so ganz wisset mir auch noch nicht elles. Die Frau Lydia Schöllhorn isch heit morga gega siebene von einem Passanten gefunda worda. Sie isch tot. Die Turmtür am Mehlsack war offa, ond droba auf dr Plattform hemmer en Verletzta gfonda, der isch jetzt em Krankahaus. Soweit semmer.«

»Wer ist der Verletzte?«

»Ein gewisser Bernhard Willmer, hier ansässig.«

»Willmer? Kenne ich nicht. Wie verletzt?«

»Eine Stichwunde mit einem ganz feina Gegaschtand, hot dr Doktor gsagt.«

»Ein feiner Gegenstand? Das war doch auch beim Hubert Schöllhorn die Tatwaffe!«

»Ganz genau, Herr Oberbürgermeister. Mr muaß bloß ois ond ois zsammazehla.«

»Sie meinen, das war die Schöllhorn, ich meine damals?«

»So hot's emmer ghoißa.«

»Gerüchte, Geschwätz, Melchinger, oder.«

»Scho. Aber meischtens isch ebbes wohrs dran, gell.«

»Vielleicht. Bitte halten Sie mich auf dem Laufenden. Hat sich die Frau Hauptkommissarin schon bei Ihnen gemeldet?«

»Die kommt aufs Revier ond no ganget mer zom Mehlsack nom.«

»Gut. Also ade.«

»Ade, Herr Oberbürgermeischter.«

Der Körper der Toten lag auf dem Boden vor der Eingangstür des Turms. Kim Lorenz hatte gleich nach dem Anruf des Vorzimmers das Polizeirevier angerufen. Nun stand sie zusammen mit einem Hauptwachtmeister Melchinger vor dem Mehlsack und der Toten.

»Nichts verändert?«

»Nex. Nur dr Gerichtsmediziner, der hot da Tod feschtgschtellt.«

»Sie liegt sehr unnatürlich da.«

»Ihr Gnick isch brocha, ond sonscht no a bar Knochabrüch, hot dr Dokter gsagt.«

»Sie ist gestürzt?«

»Gucket Se sich dia Schua ond dui Hos an, des ka doch et guat ganga.«

»Todeszeitpunkt?«

»Irgendwann heit Nacht. Genaueres folgt, hotter gsagt.«

»Und droben auf dem Turm lag der Willmer?«

»Genau. Bernhard Willmer. Der isch noch nicht vernehmungsfähig.«

»Wie schlimm ist er verletzt?«

»Hot Glück ghet. Dui Hutnadel hot koine innere Organe verletzt. Der Schock vom Schmerz hot ihn ohnmächtig werda lassa.«

»Haben Sie die Hutnadel gefunden?«

»Sie hot se no en dr Hand ghet. Hett sich selber fascht no erschtocha. Halba dren war se scho.«

»Die Nadel?«

»Genau. Aber Todesursache ganz klar Genickbruch. Eindeutig, sagt dr Dokter.«

»Okay. Haben Sie die Familie schon verständigt?«

»Von wem jetzt?«

»Vor allem von Bernhard Willmer. Die machen sich doch bestimmt Sorgen.«

»Mir send drbei. I mach's no.«

»Wenn es Ihnen recht ist, dann komme ich gleich mit.

Ich möchte der Familie noch ein paar Fragen stellen. Hat man irgendwas gefunden, Taschen untersucht, Handtasche, irgendwas?«

»Hier isch die Handtasche«, sagte Hauptwachtmeister Melchinger und hielt der Hauptkommissarin die Tasche hin.

Kim Lorenz nahm sie. Sie suchte etwas ganz Bestimmtes. Geldbörse, Taschentuch, kleines Schminketui, die üblichen Dinge. In einer kleinen Innentasche steckte ein Zettel. Kim Lorenz zog ihn heraus. Lydia ist die rote Frau, stand auf dem Stück Papier.

»Ich glaube, ich habe etwas gefunden«, sagte sie zu Melchinger, der ein paar Schritte zu seinen Kollegen hinübergegangen war. Er kam zurück.

»Was denn?«

»Sehen Sie mal, dieser Zettel.«

Der Hauptwachtmeister betrachtete das Stück Papier.

»Ond? Lydia ist die rote Frau. Was soll des?«

»Ich glaube, der Vater von Bernhard Willmer hat die Schöllhorn gesehen, in der Stadt am Nachmittag des Mordes an Hubert Schöllhorn. Sie war verkleidet als die rote Frau.«

»Aber die hot doch a Alibi ghet, domols.«

»Ihr Hausfreund, der dann wenige Monate später so tragisch vom Felsen stürzte.«

»Genau. Ond sie war doch zu der Zeit gar net auf dr Insel.«

»Das müssen wir noch klären. Vielleicht, wenn ihre Freundin von ihrem Tod erfährt, sieht sie die Sache vielleicht anders, könnte sein.«

»Meglich wär's, Frau Hauptkommissarin.«

»Lorenz genügt, Herr Melchinger.«

»Au recht. Also, sollet mer ganga?«

Er hatte das Polizeiauto am Kunstmuseum abgestellt. Die wenigen Schritte konnte Kim Lorenz einigermaßen mit dem großen Mann mithalten. Schließlich ging es nur bergab.

Peter hatte Radio gehört. Das machte er sonst nie am frühen Morgen. Heute war ihm irgendwie danach gewesen. Er hatte sich Kaffee gemacht, dazu zwei Scheiben Toast in den Toaster geschoben. Es war kurz vor acht. Er war gerade dabei, sich ein kleines Rührei zuzubereiten, als ihn eine Nachricht aufhorchen ließ. Er machte lauter.

»... gefunden wurde die Tote in Ravensburg unterhalb des Wahrzeichens der Stadt, dem Mehlsack. Die Polizei ermittelt. Der Tod von Lydia Schöllhorn könnte auch den Mord an ihrem Mann vor fünf Jahren aufklären. Es gab immer wieder Stimmen in Ravensburg, die nur ihr den Mord zutrauten. Rätselhaft ist die Verletzung von Bernhard W., der auf dem Mehlsack aufgefunden wurde. In welchem Zusammenhang dies alles steht, muss die Polizei noch herausfinden. Wie wir von Radio 4.0 erfahren haben, ist auch eine Ermittlerin der Konstanzer Kriminalpolizei vor Ort. Wir werden unsere Hörer auf dem Laufenden halten. Und nun zu weiteren Lokalnachrichten ...«

Peter schüttelte im ersten Moment nur den Kopf. Kim mal wieder mittendrin und hochschwanger. Vielleicht sollte er doch überlegen, sie zu ein paar Wochen unbezahltem Urlaub zu überreden. Das ging doch alles nicht. Die sollte Innendienst machen und schon nach ein paar Tagen war sie wieder mitten unter den Toten und Verletzten. Das würde bestimmt in Stuttgart nicht gern gesehen. Er musste sie aus der Schusslinie nehmen. Er hatte erst in der dritten Stunde Unterricht. Er würde Max anrufen, der konnte als stellvertretender Schulleiter schnell für eine Vertretung sorgen. Heute Vormittag hatte er nur drei Stunden, der Nachmittag war Projektarbeit, da reichte es, wenn der Referendar da war. Er ging zum Telefon. Max würde das verstehen.

Sie drückten auf die Klingel. Es war halb neun. Der Türöffner summte. Als sie das Treppenhaus betraten, stand Frau Willmer schon in der Wohnungstür.

»Polizei?«, fragte sie, als sie Melchinger im Treppenhaus sah.

»Ja, Frau Willmer. Wir müssen Ihnen eine Mitteilung machen und würden Ihnen gerne ein paar Fragen stellen«, sagte Kim Lorenz ruhig.

»Kennet mer reikomma?«, fragte Melchinger forsch.

Frau Willmer trat von der Tür zurück und ließ die beiden Beamten ein.

»Frau Willmer«, begann Kim Lorenz, nachdem sie am Tisch Platz genommen hatten, »Ihr Mann wurde heute Morgen verletzt auf dem Mehlsack gefunden. Es geht ihm so weit gut. Nur eine leichte Verletzung. Er hat Glück gehabt.«

Frau Willmer schaute sie entgeistert an.

»Auf dem Mehlsack, verletzt? Er ist gestern Abend zum Skatspielen gegangen und nicht nach Hause gekommen.«

»Er hatte sich wohl mit Lydia Schöllhorn verabredet, auf dem Mehlsack«, sagte Kim Lorenz.

»Mit der Schöllhorn? Auf dem Mehlsack? Warum das denn?«

»Wir dachten, Sie könnten uns dazu was erzählen. Wir haben diesen Zettel bei Frau Schöllhorn gefunden. Lydia ist die rote Frau. Sagt Ihnen das was?«, fragte die Hauptkommissarin.

Sie hielt Frau Schöllhorn den Zettel vor die Nase. Die schaute gar nicht hin.

»Freilich kenne ich den Zettel. Um den ging's ja, seit er ihn gefunden hat. Aber ich hatte keine Ahnung, dass er sich mit ihr treffen will. Noch gestern Abend, beim Vesper, hat er gesagt, wir sollten überlegen, was wir mit dem Zettel machen.«

Kim Lorenz betrachtete die Frau. Ihrer Einschätzung nach hatte die wirklich keine Ahnung gehabt, was ihr Mann letzte Nacht vorhatte.

»Was hot er denn womeglich von ihr wella?«, fragte Melchinger.

»Keine Ahnung. Geld, vielleicht. Könnte schon sein. Wir leben nicht gerade in Saus und Braus. Aber eigentlich ging es ihm doch um seinen Vater.«

»Der in der Basilika starb.«

»Genau.«

»Hat er Ihnen erzählt, dass ich gestern Nachmittag hier war?«

»Sie? Nein. Was wollten Sie denn von ihm?«

»Ich war bei seiner Schwester in Tettnang, eher privat. Die hat mir von Ihrem Verdacht erzählt.«

»Ach so. Sie waren bei der Marie. Tja, Verdacht. Kann man schon sagen, denke ich.«

»Es wird wahrscheinlich so gewesen sein, wie sie vermuteten. Lydia Schöllhorn hat Ihren Schwiegervater unter

Druck gesetzt, in Rage gebracht, aufgeregt. Bis sein Herz nicht mehr mitmachte«, sagte Kim Lorenz.

»Meinen Sie wirklich?«, fragte Maria Willmer.

»Es ist anzunehmen. Warum sonst der Zettel und der Angriff auf Ihren Mann?«

»Da könnten Sie recht haben. Kann ich meinen Mann besuchen?«

»Sicherlich. Es geht ihm wohl ganz ordentlich.«

»Er hot echt Glick ghet«, warf Melchinger ein.

»Wir werden auf dem Revier noch ein Protokoll machen müssen, Frau Melchinger. Wir rufen Sie an«, sagte Kim Lorenz und stand auf.

Die beiden Polizeibeamten gingen zur Tür. Maria Willmer folgte ihnen.

»Isch des strafbar, i moin, was er gmacht hot?«, fragte sie und verfiel ins Schwäbische.

»Erpressung vielleicht. Aber bloß vielleicht.«

»Er soll halt sei Gosch halta. Saget ihm des, wenn sen bsuchet«, warf Melchinger ein.

»Des werde. Danke.«

Sie verabschiedeten sich. Auf der Treppe ging Kim Lorenz hinter dem Hauptwachtmeister.

»Des war jetzt aber a bissle viel«, meinte sie.

»Ha komm, Frau Hauptkommissar, sollet mer jetzt au no da Sohn vom zwoita Opfer eikaschtla, bloß, weil der vielleicht a Geld wella hot? Kennet Sie's beweise?«

»Noi, aber Erpressung wär's halt scho.«

»Der wär schee bled, wenn er's zugeba dät«, schloss Melchinger das Thema ab.

Sie fuhren zurück ins Polizeirevier. Die Sonne des Vortags war einer grauen Wolkendecke gewichen, die baldigen Regen versprach. Zeit nach Hause zu gehen, dachte Kim

Lorenz. Der Fall war mehr oder weniger geklärt. Wahrscheinlich würden die Ermittlungen nun eingestellt werden. Der Unfalltod der Lydia Schöllhorn im Zusammenhang mit der Verletzung des Bernhard Willmer würde zu den Akten gelegt werden. Ob der Zettel genügte, einen Zusammenhang zwischen dem Mord an Hubert Schöllhorn und dem Tod des Herbert Willmer herzustellen, blieb fraglich. Es würde der Justiz wahrscheinlich genügen, dass eine vermeintliche Mörderin durch einen Unfall zu Tode gekommen war. Weil sie eine Treppe hinuntergefallen war. Ein später Fall, dachte Kim Lorenz. Nach fünf Jahren löste sich ein Fall, der vielleicht in den Akten verstaubt wäre, wenn nicht ein kleines Bauchgefühl bei ihr und die Unterstützung von Drechsler zu einer erneuten Untersuchung des Falles geführt hätten. Aber, das musste sie sich dann auch eingestehen. Ohne den Fund dieses Zettels und die Aktion von Bernhard Willmer wäre Lydia Schöllhorn wahrscheinlich der Justiz durch die Maschen gegangen. Das wäre dann doch ein perfekter Mord gewesen, dachte die Hauptkommissarin.

Sie hielten direkt vor dem Polizeirevier. Dort stand ein Auto, das sie kannte. Daneben stand ein Mann, den sie sehr gut kannte. Er war der Vater ihres noch ungeborenen Kindes. Und wenn sie sich nicht täuschte, dann kam auch der Oberbürgermeister Scholl die Seestraße entlangspaziert. Na gut, dachte Kim Lorenz, dann halt alle auf einmal.

Sie stieg aus, ging zu Peter, umarmte ihn. Der Oberbürgermeister erreichte sie und gratulierte. Melchinger stand daneben, wusste nicht, was er sagen sollte. Ein bemerkenswerter Moment, dachte Kim Lorenz.

»Ich dachte, bevor du dich in weitere Morde einarbeitest, hole ich dich heim. Urlaub ist angesagt«, sagte Peter mit dem Brustton der Überzeugung.

»Angenehm, Scholl«, sagte der Oberbürgermeister, als er Peter begrüßte.

»Entschuldigung«, ging Kim Lorenz dazwischen, »die Herren. Darf ich vorstellen, Peter Lang, mein Freund und Vater unseres Kindes. Und das hier ist Herr Oberbürgermeister Scholl und Herr Hauptwachtmeister Melchinger.«

»Freut mich, Lang, Oberlehrer«, sagte Peter mit einem Lachen auf den Lippen.

»Scholl reicht«, sagte der Oberbürgermeister.

»Bei mir au, also Melchinger«, warf Melchinger ein.

»Und?«, fragte der Oberbürgermeister.

»Alles geklärt«, antwortete die Hauptkommissarin.

»Na, wollen wir mal hoffen. Meine Uhr zeigt halb eins. Wäre es den Herrschaften, Herr Melchinger, Sie natürlich eingeschlossen, angenehm, ein gemeinsames Mittagessen einzunehmen. Ich lade Sie im Namen der Stadt herzlich ein. Dann können wir ausführlich über diesen Fall, oder vielmehr die Fälle sprechen und ich weiß anschließend, was ich den Medien erzählen soll. Wäre das in Ordnung?«

Sein Blick ging fragend in die Runde. Er erntete nur Nicken.

»Ich werde noch meine Kollegin, die mit mir an dem Fall arbeitete, anrufen, vielleicht kommt sie auch«, sagte Kim Lorenz. Ihr Blick ging fragend in Richtung Scholl.

»Aber sicher«, meinte der nur.

Christina war natürlich sofort in ihren Wagen gestiegen und losgefahren. Sie stand schon vor dem Ravensburger Hof, als sie das Lokal erreichten. Als sie dann alle an einem Tisch in der Ecke saßen, reichte die Bedienung die Karten und fragte nach den Getränkewünschen.

»Zuerst mal ein Glas Prosecco, denke ich. Nein, Melchinger, Sie sind jetzt mal nicht im Dienst und die Frau Hauptkommissarin bekommt nur einen kleinen Schluck. Das geht doch. Wir wollen anstoßen. Ich bin dermaßen froh, dass diese Sache nun ein Ende hat, glauben Sie mir«, sagte der Oberbürgermeister.

Da war viel Wahres dran. Denn er mochte es nicht, dass seine Stadt immer wieder mit solchen Themen in die Schlagzeilen der nationalen Presse kam. Wie es schien, hatten die Ermittlungen der Kommissarin und ein paar glückliche Umstände nun dazu geführt, dass der Fall endgültig geklärt war. Das hieß für ihn Aufatmen. Nichts war störender in einer Stadt wie Ravensburg, als Gerüchte und Gerede, die etwas schwelen ließen. Das ist nun geklärt, erledigt, aus der Welt, deshalb Prosecco, dachte der Oberbürgermeister.

Kaum waren die Gläser serviert, hob Herr Scholl das seine und schwenkte es in Richtung der beiden ermittelnden Beamten. Sie stießen alle miteinander an.

»Herr Scholl, eines muss ich jetzt doch sagen. Bei aller Feierstimmung ist es mir wichtig, dass wir, Christina Hahn, Herr Melchinger und ich, schon einen gewissen Anteil an der Lösung des Falles hatten, aber, wie immer, oder oft, war auch ein gutes Quäntchen Glück im Spiel. Hätte Bernhard Willmer diesen Zettel nicht gefunden, hätten er und seine Schwester und auch seine Frau keinen Zweifel am Tod des Vaters gehabt, wäre dies alles nicht zusammengekommen, hätte es das Treffen zwischen Bernhard Willmer und Lydia Schöllhorn nicht gegeben. Der Fall wäre womöglich ungelöst in den Akten verstaubt.«

Der Oberbürgermeister applaudierte.

»Gut zusammengefasst, Frau Hauptkommissarin. Aber,

dann möchte ich auch noch eines sagen. Hätten Sie die Ermittlungen zusammen mit Ihrer Kollegin und schließlich Herrn Melchinger nicht aufgenommen, dann stünden wir heute vor einer toten Frau und einem verletzten Mann und könnten uns wahrscheinlich keinen Reim darauf machen. Das müssen Sie auch bedenken. Dass Kommissar Zufall auch eine Rolle spielte, sei geschenkt. Den braucht man wahrscheinlich immer. Deshalb, lassen Sie es sich schmecken!«

Kim Lorenz ließ es dabei bewenden. Er hatte ja recht. Wenn nicht, dann nicht. Das war die kleine Logik, die einem solchen Ablauf innewohnte. Sie verstand das, konnte es aber nicht begreifen. Warum spielten so viele Elemente bei einem Fall eine Rolle? Warum war es so selten einfach, stringent? Hier der Tote, dort der Mörder.

»Einen alten Pfennig für deine Gedanken«, sprach es an ihr Ohr.

»Och, nur so berufliches«, sagte sie.

»Ich denke, wir fahren bald. Kann Christina dein Auto vielleicht bringen. Wäre doch nett, ein Besuch die nächsten Tage. Du bist ja eh zu Hause.«

»Ich zu Hause?«

»Aber klar. Kim, das macht doch keinen Sinn. Du kannst nicht ins Archiv. Du wirst es dort nicht aushalten. Ich mache dir einen Vorschlag. Telefoniere mit Stuttgart, schlage ihnen vor, zu Hause zu arbeiten, sonst meldest du dich krank. Die werden schon spuren. Drechsler kann doch zu dir kommen. Der ist auch froh, wenn er mal aus seinem Keller kommt, oder? Wäre das was?«

Kim dachte nach, ging in sich. Peter hatte natürlich recht. Es ging doch wirklich nicht mehr. Vor jeder Treppe schnaufte sie durch, holte Luft und ging es an. So konnte man draußen nicht arbeiten und das Archiv, so gerne sie Drechsler mochte, das Archiv war dort unten nicht ihre Welt. Ein paar Fälle, ein bisschen telefonieren, was anstoßen, das könnte sie sich ganz gut vorstellen. Sie hatte verstanden. Sie war schwanger. Ein Wunder, dass sie das auch schon gemerkt hatte. Andere Aufgaben waren jetzt wichtiger. Zum Beispiel das werdende Leben in ihr und sie selbst. Sollten die Verbrecher verbrechen, sie war für die nächsten Monate nicht mehr zuständig. Sie würde Christina sagen, sie solle übernehmen.

»So machen wir es.«

Peter war verdutzt.

Danksagung

Ich habe zu danken…

…meiner Familie, die mal wieder die besondere Anspannung am Ende des Schreibens eines Krimis auszuhalten hatte.

…dem Ravensburger Fotografen Marco Mehl, der nicht nur das Coverbild gemacht hat, sondern auch manch nützlichen inhaltlichen Beitrag lieferte.

…dem Oberbürgermeister von Ravensburg, Dr. Daniel Rapp, der mir die eine oder andere interessante Geschichte von seinen Ravensburgern erzählt hat.

…den Ravensburgern, die mir so bereitwillig ihre schöne Stadt als Schauplatz dieses Kriminalromans zur Verfügung stellten, wenn sie es auch bisher nicht gemerkt haben.

…Sabine Tochtermann, die diesmal unter großem Zeitdruck das Manuskript Korrektur gelesen hat.

…dem Verlag Oertel + Spörer, der mir die Veröffentlichung des vierten Falls von Kim Lorenz ermöglichte.